KB148634

If you want to write

: A book about
Art, Independence
and Spirit

글을 쓰고 싶다면

브렌다 유랜드 지음
이경숙 옮김

xbooks

서문

이 책이 당신의 생각을, 나아가 우리 모두 안에 깃든 천재성을 해방시키는 데 큰 도움이 되기를 간절히 바란다.

"자신의 천재성을 모르는 사람은 아무것도 가질 수 없다."
— 블레이크

글을 쓰고 싶은 사람들은 혼란스러운 당혹감, 또 글쓰기의 엄청난 어려움 때문에 고통 받는다. 자기 글이 실패하는 까닭을 도무지 알 수가 없고, 왜 엄청난 노력에도 불구하고 종종 독자들에게 외면을 당하는지 고민하게 된다.

여러 해 동안 나는 미니애폴리스의 YMCA에서 대형 강좌를 했다. 내 생각에 나도 꽤 괜찮은 선생이었지만 강좌에 참가한 사람들 모두 훌륭한 학생이었다. 남자 여자, 부자 빈자, 박식한 자와 무교육자, 지적인 교수와 가정부 소녀 등 온갖 부류의 사람들이 모였는데, 너무나 수줍어하는 탓에 한두 문장을 쓸 용기를 갖게 하는 데도 여러 달이 걸리곤 했다.

이제 나의 교수법은 다른 선생들과는 아주 달라졌다. 모든 학생들의 매혹적이며 끝없는 관심 ——그들의 생각, 모험, 실패, 열광, 격분, 고결함——덕분에 나는 축복받은 선생이 되었다. "내게 좀 더 이야기해 주세요. 당신이 그 인물을 죽이려고 했을 때 정확히 어떤 느낌이었는지 말해 봐요…… 당신은 '그의 근육이 양 어깨에서 물결쳤다'고 썼군요. 근육이 진짜로 물결쳤나요? 당신이 그걸 정말로 보았나요?"

내가 이렇게 말하면, 젊은 소설가는 흥분하며 자신을 방어한다. "그럼요. 정말로 물결쳤다니까요. 그 근육이 너무 우람해서 외투 솔기를 뚫고 나올 것만 같았어요!" 그럼 내가 대답한다. "그럼 그렇게 쓰세요! 그런 식으로 쓰는 거예요. 그 표현은 생생하고 아주 훌륭해요."

아무 생각 없이 내놓는 허튼소리로부터 또 '지루함'으로부터 학생들을 벗어나게 하기 위해서 내가 어떻게 했는지를 이 책에서 설명할 것이다. 그 방법의 핵심을 당신이 이해한다면, 당신도 자신의 글을 자유롭게 쓰게 되고 글쓰기에 매료될 것이다. 당신은 아마 여러 시간, 혹은 여러 달, 여러 해 동안 글을 쓰게 될 것이다. 소설과 희곡이 쏟아져 나올 것이다. 당신은 결코 우울하고 지루한 의지력을 동원해서가 아니라, 아주 관대한 태도로, 그리고 진실을 찾는 근사한 탐구심을 갖고서 글을 쓰게 될 것이다. "용감하라, 자유로워라, 진실하라"가 당신의 모토가 될 것이다. 진실성은 당신의 글이 현란함과 가식을 버리게 해줄 것이다.

미국 교육에서는 초등학교 1학년 때부터 젊은 선생들이 글 쓰는 법을 가르친다. 짤막한 작문, 예컨대 「테디 베어는 무엇을 보았나?」라든가 「농장에서 보낸 행복한 하루」 같은 글을 써보게 된다. 하지만 이런 수업에서는 다만 문법과 철자를 배웠을 뿐이다. 정말 흥미롭고 매혹적이고 중요한 점은 바로 우리 자신의 진정한 생각이라는 것을 선생들이 알지 못했던 것이다.

또한 우리는 훗날 예일 대학이나 콜로라도 대학 여름방학 작문수업에 참가하는데, 그 수업 방식은 한 학생이 비참함을 느끼면서 다른 모든 학생들 앞에서 자기 글을 수줍게 낭독하는 식이었다. 그러면 모두들 달려들어 잘못을 지적하는 것이다! 그를 더욱 당황스럽게 하는 것은 사람들의 비판과 난리법석을 떨며 제시하는 교정이다.

'나라면 두 번째 단락을 첫 번째로 보냈을 거야.'

'나는 **전문지식**이라는 단어가 마음에 들질 않아.'

'…그 형용사 두 개는 너무 비슷해.'

등등의 지적 말이다.

하지만 이 모든 것은 작가인 당신에게 전혀 도움이 되질 않는다. 마치 무슨 위원회가 소집되어 글을 쓰고 있는 형국이다. 이를 두고 누군가는 위원회가 모여서 낙타 한 마리를 만들어 냈다고 비유하기도 한다.

그것은 재능이라곤 전무한 글을 대단한 공을 들여 퇴고하는 것에 불과하다. 톨스토이는 이를 '머리 짜내기'라고 불렀다. 불성실하고 거짓되고 가짜이며 진실하지 않다는 것이다. 하지만 그보다 더 나쁘고 가장 저주스럽고 절망스러운 점은 그것이 재미가 없다는 점이다.

이 책에서 우리는 이제까지 생존했던 작가들 중 가장 재미있는 작가인 톨스토이가 '재미'의 비밀을 뭐라고 했는지, 또 그것이 작가에게서 독자에게 전달되는 방식을 어떻게 설명했는지를 보게 될 것이다. 그것은 감염이다. 그리고 그것은 즉각적이다. 작가가 특정한 느낌을 갖고 있고, 그리하여 그것을 진정한 자아에 입각해서 이야기한다. 독자는 그것을 읽고 그 자리에서 즉각 감염된다. 독자가 완전히 똑같은 느낌을 갖게 되는 것이다. 바로 이것이 홀림 혹은 매혹의 비밀이다. 이에 관해 체호프와 윌리엄 블레이크와 반 고흐와 모차르트가 한 말, 즉 신성한 상상력의 저 위대한 비밀을 보여 주려고 한다.

* * *

우리는 빛과 선명한 환상으로 가득한 어린애로서 삶을 출발한다. 워즈워드의 「불멸에 대한 송가」나 헨리 본(Henry Vaughan)의 어린이 같은 모습으로 말이다.

금빛 구름과 꽃 위에
응시하는 내 영혼이 족히 한 시간은 머물렀던 때

그런 뒤 우리는 학교에 가고, 비판의 연필을 든 학교 선생들이라는 거대한 군단과 만나게 된다. 또 부모님과 형이나 언니(누구보다도 지독한 비아냥꾼들), 심술궂은 친구들, 마지막으로 저 위대한 상상력 살해자들——즉 끊임없고 불친절하고 사소하고 깐깐한 저 거대한 비평의 세계——과 마주치게 된다.

몇 년 전 어느 여름 한 대학에서 작가세미나가 있었고, 나는 미네소타 주의 작가들 앞에서 강연해 달라는 초대를 받았다. 불안하고 수줍고 순종적인 작가 청중들은 이미 온갖 종류의 충고를 들었고, 무엇보다도 잡지 편집자들에게 거절당하지 않으려면 '그들의 원고를 어떻게 개작할 것인지'에 관해 엄숙한 강의를 들었다.

순서가 되자 나는 글쓰기 강좌와 가르치는 방법에 관해 이야기했고, 내 학생들이 쓴 몇몇 재능 있고 신나게 지껄이는 글을 읽었다. 청중으로 모인 그 가련한 작가들은 아주 큰 안도감을 느꼈다. 그 빛나던 얼굴들! 박수갈채! 그들은 웃기 시작했고, 진정한 예언자와 시인처럼 눈이 반짝였다. 그들은 나의 마차에서 말을 떼어내다 나를 태우고는 대학로에서 행진을 벌이고 싶어 했다. 놀테 교수는 내 원고를 복사해서 그들 모두에게 나누어 주었다. 한 출판사는 내게 그것을 책으로 내자고 요청했다. 그렇게 해서 나온 것이 바로 『아홉 뮤즈의 도움』(*Help from the Nine Muse*)이다.

추신: 내가 그 책을 쓰고 있을 때, 마침 내 오랜 친구 칼 샌드버그가 우리집에 왔다. 때때로 황량한 11월 저녁에 칼훈 호수를 내다보면서, 그는 거친 회색 물결, 북풍, 초승달, 총구 빛 하늘에 관해 그 우렁찬 목소리를 쩡쩡 울리며 (마치 이사야같이) 시를 읊곤 했다.

그는 그 책을 아주 좋아했다. "이 책은 여태껏 나온 글쓰기 책들 중 최고"라고 하면서.

1983년
브렌다 유랜드

목차

5   서문

15   1. 누구에게나 재능, 독창성, 이야깃거리가 있다

24   2. 상상력은 모든 사람의 성체이다

32   3. 왜 르네상스 귀족들은 소네트를 썼나

45   4. 상상력은 천천히, 조용히 온다

60   5. "행하지 못할 욕망을 키우느니 아이를 요람에서 죽여라"

72   6. "늘 젊고 살아 있는 시인이 우리 안에 잠자고 있음을 알라"

89   7. 글을 쓸 때는 사자처럼, 해적처럼 경솔하고 무모하라!

99   8. 퇴짜통지에 낙담하거나 기죽지 말아야 하는 이유

114   9. 사람들은 인간적 자아와 신성한 자아를 혼동한다

125   10. 왜 집안일을 지나치게 하는 여성들은 글을 쓰려면 게을러
         져야 하나

142   11. 미세한 진실

157   12. 예술은 감염이다

168   13. 삼차원

182   14. 무턱대고, 저돌적으로, 충동적으로, 정직하게 일기를 쓰라

200   15. 당신이 모르는 당신 안의 것 — 마르지 않는 생각의 샘

219   16. 상상력 사용법

228   17. "격분한 호랑이가 훈련받은 말보다 현명하다"

239   18. "얼굴이 빛나지 않는 자는 별이 되지 못한다"

245   옮긴이 후기

¶

"언제나 당신이 생각하는 것을 쓰세요."

1
누구에게나
재능, 독창성, 이야깃거리가 있다

길고 고된 나의 글쓰기로부터, 또 지난 3년 다른 사람에게 글쓰기를 가르치면서 참으로 많은 것을 배웠다. 나는 온갖 부류의 사람들을 가르쳤다. 부자도, 가난한 사람도 가르쳐 보았으며 속기사, 가정주부, 외판원, 고학력자, 저학력자, 소심한 사람, 대담한 사람, 더디게 배우는 사람과 빨리 배우는 사람 등 각양각색의 사람들을 가르쳤다.

그러면서 터득한 가장 중요한 사실은 누구에게나 재능, 독창성, 이야깃거리가 있다는 것이다. 정말 무재능이라고 여겨지던 사람들이 실은 가장 쉽게, 아무런 압박감이나 고통 없이 입심 좋게 술술 써내려가서 한 일주일 정도면 소설 한 권을 거뜬히 써낼 수 있다는 사실을 알게 되면, 여러분은 위안을 받을지도 모른다. 정말이지 그들은 절대로 실력이 나아질 것 같지 않던 사람들이다. 사실 그들에게서 배울 점은 별로 없다. 그들은 이내 글쓰기를 포기하고 도중하차해 버렸다. 하지만 그들에게도 저 깊은 밑바닥에는 그들만의 재능이 숨어 있었다고 나는 믿는다. 다만 그들은 손쉬운 달변의 단단한 외피를 뚫고 저 밑바닥에 있는 진실하고도 생생한 어떤 것에 도달하지 못했을 뿐이다. 다른 대부분의 사람들도 마찬가지다. 각자 자신의 소심함과 긴장의 껍데기를 깨고 나와야만 하는 것이다.

누구에게나 재능이 있다. 사람인 한 누구에게나 표현하고 싶은 무언가가 있게 마련이다. 스물네 시간 동안 아무것도 표현하지 않으려고 애써 보라. 그런 다음 무슨 일이 일어나는지를 보라. 당신은 마치 봇물이 터진 것처럼, 긴 편지를 쓰거나 그림을 그리거나 노래를 부르거나 옷을 만들거나 정원을 손질하고 싶어질 것이다. 종교적인 사람들은 일찍이 홀로 광야에 가서 스스로 침묵의 규율을 지켰다. 그것 역시 사람에게 하는 것이 아니라 신을 향한 것일 뿐, 누군가에게 이야기하기는 매한가지다. 그들 역시 무언가를 표현했다. 그들 속에서 생각이 샘솟았고, 그 생각은 침묵 속에서든 목청을 높여서든 누구에겐가 전달되었던 것이다.

글쓰기나 그림 그리기는 바로 이런 생각을 종이 위에 옮기는 일이다. 그리고 음악은 그 생각을 노래하는 것이다. 그뿐이다.

진실을 말하기만 한다면, 자신의 깊은 속에서 나오는 것을 이야기하기만 한다면, 누구나 독창적일 수 있다. 스스로 나는 이러저러한 사람이어야 한다고 생각하는 그런 자신이 아니라 진정한 자기 자신 속에서 나오는 이야기라면 말이다. 유전과 유전자 및 염색체 분야에서 누구보다도 해박한 학자인 존스 홉킨스 대학의 제닝스 교수는, 어떤 개인도 다른 개인과 완전히 동일하지 않으며 인류 역사상 똑같은 두 사람은 존재한 적이 없다고 말한다. 요컨대 진실한 자아로부터 나오는 글을 쓰거나 말한다면 누구든 독창적이지 않을 수가 없다는 것이다.

그러므로 당신은 재능이 있다는 것과 독창적이라는 것, 이 두 가지를 명심하라. 그리고 확신하라. 왜냐하면 자기 확신이야말로 글쓰기에서 가장 중요하기 때문이다. 왜 그런지에 대해서는 앞으로 이 책에서 차근차근 이야기할 것이다.

독창성과 상상력은 누구에게나 있고, 그것을 표현하려는 욕구, 즉 타인과 그것을 나누려는 욕구도 그렇다. 그런데 이 욕구에 무슨 일이 일어나는가? 이 욕구는 매우 여리고 민감해서, 흔히 어린 시절에 받은 비평 때문에 사람들로부터 튀어나가 버린다(이렇듯 이른바 '유익한 비평'이라는 것이 종종 가장 나쁜 역할을 한다). 그밖에도 놀림, 비웃음, 규율, 잔소리꾼 선생, 평론가들, 또한 지식이 끝나는 곳에서 영혼이 태어난다는 경구를 망각해 버린 사랑 없는 사람들도 이 일에 가담한다. 때때로 나는 인생이란 모든 사람들이 좌절하는 과정이며, 한편으론 다른 사람들의 기를 꺾는 과정이라고 생각하곤 한다. 아이들은 대단한 창조력을 갖고 있다. 예컨대 당신은 하나의 연극에 이어 새 연극을 끝없이 보여 주던 친척 꼬마소녀를 기억하고 있을 것이다. 그 꼬마들은 스스로 각본을 썼다(훌륭하고 재미있고 흥미진진하며 익살스러운 내용이었다). 그들은 스스로 연기를 했다. 또 그들은 다락방의 허접쓰레기나 어머니의 고급 옷을 가져다가, 아름답게 효과적으로, 역사적으로 정확하게, 또 매우 창의적으로 손수 무대의상을 만들었다. 그들은 의자들을 나르고 피아노를 옮기고 직접 목수노릇을 하면서 무대와 극장을 설치했다. 심지어 제 또래 여자애들을 매수하고 개와 아기들과 어머니와 가까이 사는 이웃들을 유인하여 직접 관중을 끌어 모았다. 이 모든 수고의 대가는 무엇이었던가? 겨우 서너 개의 장식 핀과 동전 몇 푼이 전부였다.

하지만 이 작은 열 살배기 꼬마들은 열광적인 에너지와 인내심으로 이 모든 작업을 했다(제작에는 꼬박 이틀이 걸렸다). 만약 학교 공연을 위해서 그렇게 일해야 했다면, 그 애들은 거의 죽을 맛이었을 것이다. 그들은 다만 즐거움을 위해서, 숭고한 내면의 자극을 위해서 일했던 것이다. 그들 속에서 활동한 것이 바로 창조력이다. 더할 나위 없이 힘든 일이었지만 그런 기쁨과 흥분은 아무 데서도 찾을 수가 없었고 결코 잊지 못할 체험이었을 것이다.

그러나 이 즐겁고 상상력 넘치고 열정적인 에너지는 아주 어린 시절에 우리에게서 빠져나간다. 왜일까? 우리가 그 힘을 위대하고 중요하게 여기지 않기 때문이다. 무미건조한 의무들이 그 자리를 대신하도록 방치하기 때문이다. 우리가 자신 안의 그 에너지를 존중하지 않기 때문이고, 그리하여 계속 사용함으로써 살아 있도록 돌보지 않기 때문이다.

또한 타인들에게 귀를 기울임으로써 그들 속에 그것이 살아 있도록 지켜주지 않기 때문이다. 이에 비추어 볼 때, 누군가를 사랑하는 유일한 방법은 결코 기독교의 상투화된 관념이 제시하듯이 그가 아플 때 돌보며 음식을 가져다주는 것이 아니라, 바로 그들의 말에 귀를 기울임으로써 하느님과 시인과 그의 자아를 발견하고 믿어 주는 것이다. 이렇게 함으로써 당신은 하느님과 시인을 생생히 살아 있게 하고 튼튼히 성장하도록 도울 수 있다.

어쩌다가 우리 안의 창조적 충동이 죽어 버리는 걸까? 당신 작문의 여백에다 파란색 펜으로 "진부함, 다시 쓸 것"이라고 사납게 써갈긴 국어 선생이 그것을 죽이는 걸 도왔다. 비평가들도 그것을 죽이고, 가족들조차 이 일에 조력한다. 가족들, 그 중에서도 특히 남편은 이 창조적 충동의 탁월한 살해자이다. 형은 동생을 비웃음으로써 그것을 죽인다. 그 결과 모든 사람은 어떤 일에 조금이라도 의욕과 열정을 보이거나 진지한 감정을 드러내는 일을 수치스럽고 부끄럽게 여긴다.

당신은 지금까지 살아오면서 선생과 비평가와 부모와 그밖에 유식한 체하는 친지들이 당신의 어떤 글을 보고 나서 대번에 교만하고 까다롭게 굴면서 잘못을 열거하는 경험을 했을 것이다. "어허, 맞춤법이 틀린 단어가 하나 있구나!"――마치 셰익스피어가 철자법을 알기라도 했다는 듯하다! 철자와 문법과 수사법 책에서 배운 내용이 자유로움과 상상력에 무슨 대단한 관련이라도 있기라도 한 듯하다!

'나의 아내에게. 그녀의 유익한 비평 덕분에…' 하는 식으로 시작되는 헌사가 적힌 책들을 두고 내 친구 하나는 신랄하게 꼬집은 적이 있다. 이런 헌사가 실제로 의미하는 바는 이렇다는 것이다. '나의 아내에게. 그녀의 끊임없는 비판과 또한 내 능력에 대해 계속 바가지를 긁는 불신이 없었더라면, 아마도 이 책은 이류나 삼류 출판사가 아니라 일류 출판사에서 나왔을 것이다.'

종종 학식 높은 비평가나 걸출한 작가가 글을 쓰려는 평범한 사람들의 시도에 대해 개탄한 글을 보게 된다. 평론가들은 정신 차리라며 우리의 이마를 톡톡 야비하게 쳐댄다. 거장을 제외한 그 누구에게도 글쓰기가 허용되어서는 안 된다는 식이다. 열광적이며 얼빠진 아마추어 작가들이 자신도 글을 쓸 수 있다고 생각하는 것을 비웃는 논평을 유명 작가라는 사람들이 써서 팔아먹기도 한다.

어쩌면 그들이 옳을 수도 있다. 하지만 그 결과 이런 일이 일어난다. 즉, 글을 쓰고자 시도하는 모든 사람을(그리고 자연스럽고 당연한 권리로서 글쓰기를 갈망하는 모든 사람을) 불안하고 소심하고 위축된 완벽주의자로 만들어 버리고, 그리하여 셰익스피어만큼 좋은 글이 아니라면 아무것도 쓰지 못할 만큼 완전히 겁을 먹게 한다.

그러므로 당신이 아무것도 쓰지 못한 채 한 달 또 한 달, 그리고 십 년 또 십 년 동안 미루기만 하는 것은 당연하다. 왜냐하면 당신이 글을 쓰는 동안 조금이라도 좋은 글을 쓰려면 당신은 반드시 불안이 아니라 자유로움을 느껴야 하기 때문이다. 유일한 좋은 선생은 당신을 사랑하는 친구들이다. 그들은 당신을 무척 재미있고 아주 중요하고 굉장히 유쾌한 사람이라고 생각하므로 이런 태도를 보일 것이다.

"내게 조금 더 말해 줘. 네가 할 수 있는 모든 걸 이야기해 줘. 나는 네가 느끼거나 알고 있는 모든 것, 너의 안과 밖에서 일어나는 모든 변화를 조금 더 이해하고 싶어. 더 많은 것을 쏟아내 봐."

만약 여러분에게 이런 친구가 없다면, 그런데도 여전히 쓰고 싶다면, 상상 속에 친구 하나를 만들어 내라.

그렇다. 나는 권위적인 비평이 정말 싫다. 매튜 아놀드 같은 훌륭한 비평이 아니라, 옹졸하고 까다롭지만 혼란스러운 저 흔해 빠진 비평들 말이다. 그런 비평들은 잘못을 지적함으로써 사람들을 향상시킬 수 있다고 여기지만, 사실은 다만 사람들에게 망설임과 자의식의 족쇄를 채우며 일체의 상상력과 용기를 시들게 할 뿐이다.

내가 비평을 싫어하는 것은 결코 나 자신을 위해서가 아니다. 왜냐하면 마침내 나는 비평에 의해 방해받지 않는 법을 터득했기 때문이다. 그 이유는 찬란한 잠재력과 온화함과 재능을 가진 모든 시대의 사람들 때문이며, 비평이 매년 바로 이 사람들을 축출해 버리기 때문이다. 비평은 재능을 죽인다. 그리고 가장 겸손하고 민감한 사람들이야말로 가장 재능 있고 가장 풍부한 상상력과 공감을 갖고 있는 탓에, 이들이 첫 번째 제거 대상이 되기 때문이다. 결국 가장 사나운 이기주의자들만이 살아남는다.

물론 공정하게 말하자면 장인들 중에서도 우리 작가야말로 간이 콩알만 한 겁쟁이임을 나는 당신에게 상기시키고 싶다. 작가는 작은 노력을 들여서 다른 누구보다도 더 많은 것을 얻기를 기대한다.

재능 있는 젊은 여성이 시 한 편을 쓴다. 그 시가 퇴짜를 맞는다. 그녀는 아마도 두 해 동안 혹은 평생에 걸쳐 다시는 시를 쓰지 않을 것이다. 탭 댄서나 곡예사가 자기 일에 들이는 인내와 사랑을 생각해 보라. 크라이슬러가 떨림음을 몇 백 번 연습했을지 상상해 보라. 만약 당신이 크라이슬러가 연습한 만큼 많은 단어들을 쓴다면, 여러분은 십 년 후에 노벨상을 탈 것이라고 나는 감히 예언할 수 있다.

그러나 이때 중요한 점이 있다. 당신은 형식적으로가 아니라 크라이슬러처럼 지성과 사랑을 다 기울여서 연습해야 한다. 한 위대한 음악가가 내게 한 말을 인용하자면, 그 누구라도 스스로 자기 연주에 귀를 기울이지 않고서는, 그리고 그것이 진실이라고 느끼지 않고서는, 또 그것이 아름답다고 생각하지 않고서는, 단 하나의 음표도 제대로 연주할 수 없다.

이제 당신 스스로 글쓰기를 시작할 때가 되었다. 이 말을 기억하라. 그대의 모든 지성과 사랑을 기울여 작업하라. 그대를 사랑하는 친구에게 이야기하듯 자유롭게 신나게 일하라. 정신적으로는 (최소한 하루에 서너 번씩) 박식한 체하는 사람들, 조롱꾼들, 비평가들, 의심꾼들을 무시하라.

그대들이 앞으로 오래도록 글을 쓰려면, 또 이 습관을 소홀히 하지 않으려면 이런 사람들을 무시하는 게 자신에게 얼마나 중요한 일인지를 나는 보여 주려 한다.

2
상상력은 모든 사람의 성체이다

앞에서 살펴본 대로 누구나 독창성과 재능을 갖고 있고, 또 그것을 토로하고 싶은 욕망을 느낀다. 다시 말해 당신에게는 창조적 충동이 있다.

하지만 이 창조적 충동의 불꽃은 여러 요인 때문에 금지되고 말라붙는다. 비평, 자신감 상실, 의무감 같은 요인들 말이다. 그밖에도 공연히 계단을 오르내리거나 쇼핑목록의 항목들을 북북 지워버리는 외면적 행동으로 드러나는 초조, 불안, 그리고 효율적이어야 한다는 강박관념도 이 불꽃을 사그라들게 한다. 한마디로 생계에 대한 걱정, 타인보다 우월해야 한다는 초조감이 당신의 창조적 충동을 가로막고 있는 것이다.

나는 이 창조적인 힘이야말로 기독교에서 말하는 성령이라고 생각한다. 신학적으로 정확하지는 않겠지만 그렇게 생각한다. 윌리엄 블레이크는 이 창조적 힘을 상상력이라고 불렀고, 이 힘이 바로 신이라고 단언했다. 진정 위대한 시인이자 예술가였기에 그는 다른 위대한 예술가들과 마찬가지로 이 사실을 깨달았던 것이다.

그런데 블레이크는 이 창조력이 모든 사람들 속에 평생 동안 생생히 보존되어야 한다고 생각했다. 나도 완전히 동감이다. 왜냐고? 바로 그 힘이 삶 자체이기 때문이다. 그것은 영혼이다. 우리에게 진정으로 중요한 것 한 가지, 그것은 바로 이 창조적 힘이다. 나머지는 팔다리와 내장과 물질적인 욕망과 두려움에 지나지 않는다.

이 힘, 창조력을 살아 있게 하려면 어떻게 해야 할까? 그걸 사용하고 분출시키고 그것에 시간을 내주어야 한다. 하지만 우리 대부분은 그렇지 못하다. 여자들은 애들 코를 닦아주고 식탁을 차리는 따위의 일이 글쓰기나 피아노 치기보다 훨씬 더 중요하다고 여기며, 남자들이라면 내면에 시를 쓰고 싶고 바이올린을 연주하거나 석양을 보며 눈물짓고 싶은 갈망을 품고 있어도, 실제로는 숫자를 계산하고 사업상의 편지를 구술시키면서 평생을 보내기 일쑤이다.

블레이크와는 달리, 그들은 이것이 자신을 거역하는 무서운 죄라는 사실을 알지 못한다. 만약 소망하는 대로 실제로 시를 짓고 바이올린을 켜고 석양에 눈물 흘린다면 그들은 훨씬 더 위대해지고 훨씬 더 빛과 힘으로 넘치게 될 것이다.

여기서 잠시 블레이크에 관해 당신에게 할 말이 있다. 이는 당신에게 창조력 사용의 은총을 보여 주려 함이다. 창조력의 진정한 모습(이 주제만으로도 책 한 권거리는 된다), 그 진정한 느낌 말이다.

블레이크는 자신의 에너지가 그림 그리기나 글쓰기가 아닌 다른 데로 분산될 때면, "나는 지금 자칼과 하이에나에게 잡아먹히는 중"이라고 비유하고는 했다. 그는 예술(즉 자신의 상상 속으로 들어온 생각을 그림과 글로 표출하는 일)을 몹시 사랑해서 자신이 좋아하는 모든 것에서 오직 예술만을 보았다. 나아가 예수와 그의 제자들을 사랑한 그는 "그들은 모두 예술가였다"고 썼다.

그는 신을 '천재 시인'이라고 불렀다. "사랑하는 사람은 사랑이 자기 속으로 내려오는 것을 느낀다. 또한 그가 지혜로운 사람이라면 그 사랑은 천재시인, 즉 주님이 보내오는 것임을 알 것이다."

자신의 창조력을 이처럼 자유롭고 풍부하게 사용했기에 블레이크는 지금까지 살았던 어느 누구보다도 행복했다. 그는 엄청나게 많은 시를 (행여 출판되리라는 희망이나 근심도 갖지 않은 채) 쓰고 또 썼다. 한때 그는 자신이 시를 좀 덜 쓴다면 조각이나 그림을 더 많이 만들 수 있으리라고 생각했다. 그래서 시쓰기를 한 달가량 중단한 적이 있었다. 하지만 곧 자신이 영감과 환상으로 가득 찬 글을 분출시킬 때 오히려 더 많은 그림을 그리게 된다는 사실을 깨닫게 되었다. 이 이야기는 무엇을 말하는가? 그건 당신이 —마치 스스로 연극을 만들어 공연하는 어린 소녀들처럼— 즐겁고 창조적인 이 힘을 더 많이 사용하면 할수록, 당신은 창조력을 훨씬 더 갖게 된다는 것이다.

블레이크의 친구 한 사람은 블레이크가 누린 행복을 이렇게 표현했다. "만약 누군가 내게 지적인 사람들 가운데 행복한 사람을 알고 있느냐고 묻는다면, 바로 떠오르는 단 한 사람이 블레이크일 것이다."

하지만 블레이크의 이 창조력은 야심에서 나오지 않았다(내 생각에, 야심은 이 힘을 손상시키고 그것을 초조한 긴장과 고된 노역으로 바꾸어 버린다). 그는 자기 작품 대부분을 태워 버렸다. 그 까닭을 그는 이렇게 말했다. "나는 지상의 명성을 누리는 것이 달갑지 않다. 인간이 누리는 세속적인 영광은 무엇이든 그 크기만큼 영적인 영광을 손상시키기 때문이다. 나는 이익을 위해서는 아무것도 하지 않기를 소망한다. 나는 오직 예술을 위해 살기를 소망한다. 그러므로 바라는 게 없다. 나는 아주 행복하다."

노인이 되었을 때, 그는 한 어린 소녀를 보며 기원했다. "신이여, 내게서 그랬듯이, 이 소녀에게서도 당신의 세계가 아름답게 펼쳐지도록 해주소서."

그는 티끌만치도 죽음을 두려워하지 않았다. 자신에게 죽음이란 다른 방으로 들어가는 것과 마찬가지라고 썼다. 임종의 날, 자신의 창조주에게 바치는 시를 지어서 아내에게 들려주었다. 죽기 직전 그의 얼굴은 환하고 눈은 빛나고 하늘에서 본 일들이 노래로 터져 나왔다.

"성자의 죽음이 이렇겠지요!" 블레이크 부인을 도우러 온 가난한 청소부 여인마저 찬탄했다.

하지만 우리 대부분이 신과 악마를 혼동한다고 지적한 이도 바로 이 시인이었다. 그는 많은 사람들이 신이라고 여기는 것은 사실은 분별력일 뿐이며, 활기찬 에너지를 억압하고 금지하는 이 분별력이야말로 두려움과 수동성, 그리고 결국은 '상상력의 고갈'을 초래한다고 말했다.

우리가 종종 '이성'이라고 부르며 칭찬하는 것은 실은 지성도, 이해력도 아니다. 그것은 단지 우리의 기억과 육체적 감각으로부터, 또한 만약 이러저러하게 행동한다면 곤경에 빠질 것이라는 타인의 경고로부터 나오는 주장일 뿐이다. "그렇게 하면 아무런 대가도 받지 못할 거야." "사람들은 그걸 어리석다고 생각할 걸." "다른 사람들은 아무도 그런 일을 하지 않아." "그건 비도덕적이야"라는 주장일 뿐이다.

하지만 블레이크는 어떤 일이 진짜로 좋은지 나쁜지를 알아낼 수 있는 유일한 방법은 그것을 직접 해보는 것이라고 말한다. "행동에 옮기지 못할 욕망을 키우느니 일찌감치 그것을 요람에서 목 졸라라." 블레이크가 '이성'이라고 부른 것(실은 신중함)은 우리 내면에서 솟아나오는 상상력, 열정, 자유, 그리고 강렬한 열광을 끊임없이 잘라 버리고 구멍 내고 오그라들게 한다. 그것이 바로 악마라고 블레이크는 지적한다. 그것은 신의 유일한 적이다. "왜냐하면 아름답고 고상한 것들을 창조하는 일 외에는 아무것도 신을 기쁘게 할 수 없기 때문이다." 블레이크의 동시대인으로 논리적이고 논쟁적이고 박식하고 계산적이고 합리적인 만물박사가 사람들에게 '단순한 열정'을 조심하라고 경고하자, 블레이크는 격분해서(그는 다정하고 격정적이며 맹렬한 빨강머리 남자였다) 이렇게 썼다. "단순한 열정이야말로 전부다!"

내가 블레이크의 이 말을 인용하는 이유는, 당신이 글쓰기,[1] 혹은 관심 있는 창조적인 일에 매진하는 것이 얼마나 중요한지를 말하고 싶기 때문이다. 만일 당신이 이렇게 느끼기만 한다면, 틀림없이 그 일을 시작할 것이고 또 계속할 것이다. 결코 다음 몇 주 동안이 아니다. 앞으로 수년, 아니 평생 동안 그 일을 하기를!

우리는 의무가 맨 앞이라고 생각하기도 한다. 하지만 나는

---

1) 이 책에서 '글쓰기'라고 할 때 그건 당신이 하고 싶은 일이나 만들고 싶어 하는 것도 의미한다. 그것은 무운시로 된 6막짜리 비극, 옷 만들기, 공중곡예, 혹은 새로운 복식부기 체계의 개발일 수도 있다. 하지만 당신이 확실히 해야만 할 점은 당신의 상상력과 사랑이 그 뒤에 있다는 것, 그 일을 돈을 벌어야 한다든가 사람들을 감동시켜야 한다는 식의 우울한 결단으로 하고 있지 않다는 것이다.

절대 반대다. 의무보다는 글쓰기, 그 창조적 노력, 즉 상상력의 사용이 맨 앞자리를 차지해야 한다. 적어도 당신 삶에서 하루 중 잠깐이라도 그래야 한다. 당신이 상상력을 사용한다면 그 것은 놀라운 축복이 될 것이다. 당신은 좀 더 행복해지고 좀 더 이해력이 깊어지고, 생동감이 넘치고 쾌활해지고 타인에게 관대해질 것이다. 건강도 좋아질 것이다. 감기 따위는 사라지고, 좌절감과 지루함에서 생기는 다른 질병들도 없어질 것이다.

내가 아는 한 멋진 여성은 생계비를 버느라고 낮에는 바이올린 교습을 한다(그녀의 이름은 프란체스카인데, 뒤에서 그녀 이야기를 다시 할 것이다). 그런 다음 자정부터 새벽 다섯 시까지 그녀는 행복하다. 자신의 책을 쓰기 때문이다. 이것이 그녀의 일과이다. 그 책은 그녀에게는 평생의 작업이다. 그녀는 이미 삼십 년간 책을 써왔다. 그 책에서 그녀는 사람들에게 바이올린을 아름답게 연주하는 법을, 십 년이 아니라 단 이 년 동안 배우려면 어떻게 해야 하는지를 설명하고자 한다. 그녀가 이런 책을 쓰려는 까닭은, 사람들이 훌륭하게 음악을 연주할 수 있다면 그들—모든 이—에게 엄청난 일이 일어날 것이기 때문이다.

어느 날 나를 찾아온 그녀가 심한 감기에 걸려 있었다. 깜짝 놀라서 나는 외쳤다. "어머나, 빨리 누우세요! 따끈한 레몬차와 이불을 좀 가져올게요." 그녀는 눈을 크게 뜨며 나를 쳐다보며 거의 경악에 가까운 말투로 대꾸했다.

"어머, 그건 감기 치료법이 절대 아니에요!… 그게 아니고, 어제 제가 약간 슬럼프에 빠졌거든요. 그래서 감기에 걸린 거죠. 하지만 밤새 일한 덕분에 지금은 훨씬 좋아졌어요."

지금까지 나는 당신이 시시하고 무기력한 방식으로가 아니라 애정과 인내심으로 글을 써야 하는 이유를 확실히 밝혔다. 다시 말하면 글쓰기에는 훌륭한 내재적인 보상이 따른다는 것을 당신이 깊이 느끼기를 바란다. 이를 느끼지 못한다면, 당신은 곧 글쓰기를 포기하게 될 것이다. 몇 번의 출판 거절 통지서가 당신을 굴복시킬 것이며, 몇 년간 돈 한 푼 벌지 못한 결과, 당신은 글쓰기를 포기하고 그건 시간낭비였다는 쓰라린 느낌을 갖게 될 것이다.

나는 당신이 글쓰기는 시간 낭비가 아니라고 확신하게 하고 싶다. 느낌과 상상력과 지성을 사용해야 하는 다른 창조적인 일도 결코 시간 낭비가 아니다. 당신이 쓰는 문장 하나하나에서 당신은 무언가를 배운다. 글쓰기는 당신에게 유익함을 주고, 당신의 이해를 확장시킨다. 나는 그것을 알고 있다. 설령 내 글이 앞으로 다시는 출판되지 않을 것이며, 그것으로 단돈 한 푼도 벌지 못하리라는 것을 확실히 알고 있다고 하더라도, 나는 기꺼이 계속 글을 쓰겠다.

3
왜 르네상스 귀족들은 소네트를 썼나

"이 일에는 돈이 따르지 않아" "이건 결코 출판되지 않을 거야" 같은 식으로 생각하면, 당신 속 에너지의 샘이 말라붙고 자신을 아무리 밀어부쳐도 단 한 쪽도 쓸 수 없는 지경에 이를 수도 있다.

적어도 나는 종종 그런 경험을 했다. 그런 생각을 내가 어떻게 털어 버렸는지 이야기하려고 한다.

르네상스 시대에 모든 신사들은 소네트를 썼다. 그들에게는 자신의 시를 유명한 문학잡지에 신겠다는 생각은 애당초 없었다. 그렇다면 왜 소네트를 쓴 걸까?

물론 그런 잡지에 게재되리라는 희망이 있었을 수도 있다. 하지만 좀 더 중요한 다른 이유들이 있었다. 덧붙이자면, 만약 당신에게 이 다른 이유가 없다면 당신의 글은 그다지 생동감이 없을 것이고 잡지사로부터 거절통지서를 받게 될 것이다.

르네상스 시대의 귀족들은 여러 이유로 사랑의 소네트를 썼다. 우선 사소하고 부차적인 이유는 자신이 소네트를 쓸 줄 안다는 것을 사람들에게 과시하고 싶어서였다. 하지만 가장 중요한 이유는 어떤 숙녀에게 사랑을 고백하기 위해서였다(물론 당시에는 온갖 소재로 소네트를 썼고 따라서 어떤 소네트는 기도였고 어떤 것은 격분한 사업상의 편지였으며 때로는 정치적 주장이었다).

한 귀족이 어떤 숙녀에게 사랑한다는 사실을 전하려고 소네트를 썼다고 상상해 보자. 가슴에는 그가 표현해야 하는 불안하고 답답한 감정이 가득 차 있었을 것이다. 그리고 그는 가능한 한 가장 유창하게 가장 아름답게 가장 열정적으로 그 감정을 종이 위에 옮겨 적었을 것이다.

비록 그의 소네트가 아무 잡지에도 실리지 않고 한 푼도 벌어들이지 못했지만, 그는 충분히 보상을 받았을 것이다. 그 보상은 절박하게 돈이 필요한데도 무보수로 바흐의 합창곡을 부르는 가수에 뒤지지 않았을 것이고, 또한 시간당 50센트의 최저 임금조차 받지 못하면서도 연극을 만들던 저 열 살배기 꼬마들이 받은 보상만큼이나 충분했을 것이다.

이 내재된 보상 가운데 하나는 그가 소네트를 쓰면서 자신의 느낌을 더 잘 알고 이해하게 된다는 점이다. 그는 사랑이 무엇인지, 자신의 감정 중 어느 것이 가짜(말 그대로)이며 어느 것이 진짜인지, 그리고 자기 모국어의 아름다운 점이 무엇인지를 한층 잘 알게 된다.

만일 당신이 화가 반 고흐가 쓴 편지를 읽는다면, 그의 창조적 충동이 무엇이었는지를 알 수 있을 것이다. 그것은 바로, 그가 무엇인가를, 예컨대 하늘을 사랑했다는 점이다. 그는 사람들을 사랑했다. 사람들에게 하늘이 얼마나 아름다운지를 보여주고 싶었다. 그래서 그들을 위해 하늘을 그렸다. 이것이 그의 그림의 전부였다.

반 고흐는 이십대 젊은 시절에 목회자가 되려고 신학을 공부하며 런던에 체류 중이었다. 당시 그는 화가가 되려는 생각은 전혀 없었다. 그는 네덜란드에 거주하는 그토록 사랑하는 동생에게 편지를 쓰며 싸구려 하숙집의 작은방에 앉아 있었다. 창문 밖으로 희미한 석양과 호리호리한 가로등 기둥과 별 하나를 바라보면서 그는 이렇게 썼다. "정말 너무 아름다워서 어떤 모습인지를 너에게 꼭 보여줘야겠어." 그러고는 값싼 괘선지 공책에다 그 장면을 정말 아름답고 정겹고 작은 소묘로 그려 넣었다.

반 고흐의 이 편지를 읽었을 때 나는 큰 위안을 받았고 예술의 길 전체에 관해 깨달음의 빛이 던져진 듯했다. 그전까지 나는 미술이나 문학 작품을 창작하려면 이맛살을 찌푸린 채 오랫동안 모든 사물을 심각하게 숙고하고, 이전의 여러 분파의 예술가들이 작업한 작품을 모두 공부하고, 디자인과 균형에 관해 극도로 조심하며 그림 속에 흥미로운 평면들을 배치

하고, 매우 엄격하고 진지한 태도로 일체의 학구적 경향을 희미하게라도 드러내서는 안 되며, 철저히 현대적이어야 한다고 생각했다. 그밖에도 이런저런 요구사항들이 많았다.

하지만 반 고흐의 편지를 읽는 순간 나는 예술이 무엇인지, 또 창조적 충동이란 무엇인지를 즉각 깨달았다. 그것은 사랑의 감정[1]이며 무언가에 대한 열정이다. 또한 그것은 직접적으로, 단순하게, 열정적으로, 진실하게 사물의 아름다움을 묘사함으로써 타인에게 보여 주려고 노력하는 것이다.

반 고흐가 당신이나 나와 다른 점은 우리는 하늘을 보며 아름답다고 생각하더라도 그것이 어떻게 보이는지를 타인에게 보여 주려는 데까지 나아가지 않는다는 점이다. 그 이유는 우리가 하늘이나 다른 사람들에게 그럴 만큼 충분히 관심이 없기 때문일 수도 있다. 하지만 그보다는 흔히 이미 기가 푹 꺾여 있어서, 우리가 하늘을 보며 느끼는 것을 중요하게 여기지 않기 때문일 것이다.

값싼 공책에다 스케치한 반 고흐의 작은 소묘는 진정한 예술작품이었다. 왜냐하면 그가 하늘과 그 하늘을 배경으로 가냘프게 서있는 가로등 기둥을 너무나 진지하게 사랑했고 그것을 가장 섬세한 의식과 주의력을 기울여 그렸기 때문이다. 그

---

1) 혹은 증오나 혐오의 감정일 수도 있다. 사랑으로 만든 작품이 증오로 만든 작품보다 더 위대한 듯하지만.

는 자기가 사랑하는 것에 자신의 가장 큰 사랑을 부어 그렸다.
아마도 당신이나 나도 소묘를 그려보았겠지만 거칠게 북북 지
워 버렸을 것이다. 물론 시도해 볼 만한 가치는 있었다. 반면
반 고흐는 진지함과 진실을 담아 그 소묘를 그렸던 것이다.

반 고흐는 우리 같은 사람들에 관해 바로 이 점을 지적했다.
우리의 창조적 충동은 혼란되고(그의 것처럼 단순하지 못하고),
잡다한 것들로, 예컨대 인상을 남기고 싶다는 바람(다만 진실을
말하고 싶은 게 아니라)이나 비평가들이 예술가들에게 권유하는
지시사항 같은 것들로 뒤범벅이 되어 있다.

그는 이렇게 썼다.

"젊은 화가들은 **기억을 더듬어** 작품을 구성하고 그린다. 그런
다음 또한 **기억을 더듬어** 자신들이 좋아서 그린 것을 북북 문질
러 망쳐 버리고, 그러고는 그 그림에서 물러서서 심각한 얼굴로
어떻게 보이는지를 알아내려고 애쓰다가 마침내는 그것을 다
르게 만들어 버리는데, 이럴 때도 언제나 기억을 더듬는다. 이
런 모습을 보며 때때로 나는 혐오감에 휩싸이며 너무 지루하고
멍청하다고 생각한다."

"그들은 노동하는 사람의 형태가 ── 그리고 쟁기질이 잘된 들
판의 고랑들과 한 뙈기 모래땅과 바다와 하늘이 ── 진지한 대
상이라는 것을 이해하지 못한다. 또한 그들은 이런 대상들이 너
무나 난해하면서도 아름답기 때문에 그것들 속에 감추어진 시

를 표현하는 임무에 누군가의 한평생을 바칠 만한 가치가 있다는 것을 알지 못하는 것이다."

위대한 천재 반 고흐의 창조적 충동이란 단지 자신이 본 것을 사랑하고, 과시욕이 아니라 관대함에서 그것을 타인들과 나누고 싶어 했던 열정이었다. 이 사실을 보여주기 위해 그의 말을 좀 더 인용해 보고자 한다. 그가 자신 속에 갖고 있던 것을 당신도 내면에 갖고 있으며, 그것을 표출해야 한다는 점이 내가 말하고 싶은 핵심이다. 바로 이것이 이 책을 쓴 목적의 전부라는 것을 당신에게 거듭 상기시키고 싶다.

반 고흐는 이렇게 말했다.

"단 하나 나의 불안은 과연 내가 무엇을 할 수 있는가 하는 점이다. … 혹시 나는 아무짝에도 쓸모없고 무재능이지는 않을까? …그러므로 나는 그림을 통해, 음악이 하듯 위로를 줄 수 있는 무언가를 말할 수 있기를 소망한다."

"우리는 함께 멋진 산책을 하며 지내고 있다. 누구든 제 눈 속의 들보를 제거하고서 단순하고 열린 눈을 갖기만 하면, 이곳의 풍광은 너무나 아름답다. 하지만 그런 눈을 갖고 있다면, 아름답지 않은 곳은 없을 것이다."

"화가들은 자연을 이해하고 사랑하며 또 우리에게 자연을 보라고 가르친다."

"그날 저녁 아버지와 나는 준데르트에서 돌아오는 길에 히스 관목 숲을 통과하게 되었다. 우리는 차에서 내려 잠시 거닐었다. 태양은 소나무 숲 뒤로 붉게 지고, 저녁 하늘이 물웅덩이에 드리워 있었다. 히스 나무들은 노랑, 하양, 잿빛으로 변하는 사막과 어우러져서 조화와 정감을 품고 있었다.——그렇다, 우리 내면 전체가 평화와 정감으로 충만하고 우리의 전 삶이 히스 숲을 통과하는 오솔길처럼 보이는, 그런 순간들이 인생에는 있다. 늘 그렇지는 않지만."

"그 당시에는 내 삶이 약간 덜 곤란했다는 점만이 지금과 다를 뿐이다. 하지만 내면의 상태에 관한 한 아무것도 변하지 않았다. 무언가 달라진 게 있다면, 그때 이미 생각하고 믿고 사랑했던 것들을 지금은 더욱 진지하게 생각하고 믿고 사랑한다는 점이다."

"아, 내가 앓아누워 있는 동안 축축하게 녹아내리며 눈이 왔다. 한밤중에 일어나서 나는 시골풍경을 바라보았다. 결코, 결코 자연이 이처럼 감동적이며 정감으로 가득했던 적은 한 번도 없던 것 같다."

'몇 년 안에 나는 작품 몇 점을 완성하면 된다. 스스로를 재촉할 필요는 없다. 서둘러서 좋을 일이 없으니까. 하지만 나는 완전한 평온과 고요 속에서, 최대한 규칙적으로 집중하여, 가능한 한 가장 단순하고 간결하게, 계속 작업을 해야 한다."

"내가 세상과 관련을 맺는 유일한 순간은 세상에 대해 어떤 부채감과 의무감을 느끼는 때이며, 또한 **감사**[2)]의 마음으로 소묘나 회화의 형태로 몇몇 기념품을 ——특정한 **예술적 경향**을 만족시키기 위해서가 아니라, 인간의 진정한 느낌을 표현하려고 만든 그런 작품을 —— 남기기를 원하는 때이다."

이제 당신은 반 고흐의 소박한 충동이 우리 모두의 안에도 있다는 것을 알게 되었을 것이다. 하지만 우리 안의 그 충동은 온갖 생각으로 구름에 가리고 혼탁해져 있다. '이 작품은 좋은가 나쁜가?' '이것이 예술이 될 수 있을까?' '이것이 충분히 현대적이면서도 현학적이지는 않은 것일까?' '이것이 과연 팔릴까?' '이것을 만들려고 애쓰며 들이는 시간이 경제적으로 타당한 것일까?' 하는 온갖 생각들로.

어쨌든 반 고흐는 위대한 예술가 중 한 사람이었다. 그가 자신의 그림 전체로 벌어들인 금액은 겨우 109달러였다. 지금 그 그림들은 약 200만 달러나 나간다. 그는 몹시 힘든 삶, 즉 고독과 가난과 영양실조 끝에 정신병에 걸리고 만 삶을 살았다. 하지만 그 삶은 그전의 어떤 삶보다 위대했다. 가장 행복하고 가장 열정적으로 불타오른 삶이었다. 또한 보라, 그가 편지에 남

---

2) 강조 표시는 필자가 한 것이다. 우리가 보듯이 그는 사랑과 관대함으로 작업을 했다. 하지만 세상은 그 누구보다도 반 고흐를 냉대했다. 가난과 영양실조로 그는 정신병을 앓다가 죽었다. 세상을 감동시키는 명성을 위해 작품을 제작하는 사이비 예술가라면, 엄청난 격분을 느낄 터이다.

긴 몇 마디 말이 그의 사후 수십 년을 넘어 이제 나의 삶 전체를 변화시켰다!

이러한 내재적 보상들 가운데 가장 중요한 것은 꿰뚫는 이해, 즉 빛나는 통찰이다. 하늘을 그림으로써 반 고흐는 그저 바라볼 때보다 훨씬 더 하늘을 잘 보고 찬탄할 수 있었다. 마찬가지로 (내가 수업 시간에 말하듯) 당신이 남편을 그려보지 않는다면 그의 진정한 모습을 결코 알지 못할 것이며, 그의 이야기를 써보지 않고서는 그를 이해하지 못할 것이다.

내가 이런 이야기를 하는 까닭은 나 스스로가 겪은 곤란 때문이다. 나를 짓누른 억압과 장애물 가운데 하나는 나의 글이 과연 돈이 될 수 있을까 하는 우려였다. 하지만 만일 당신이 늘 이런 생각에 골몰한다면, 당신의 작품은 공허하고 건조하고 타산적이며 생명력을 갖지 못할 것이고, 따라서 돈도 벌지 못할 것이다. 혹은 돈을 진짜로 벌더라도 자신의 작품을 부끄러워하게 될 것이다. 출판된 당신의 글들을 볼 때마다 언짢은 기분에 시달릴 것이다.

나를 비틀거리게 만든 또 다른 커다란 방해물과 억압은, (내가 큰돈을 벌고 대중을 눈부시게 만들고 싶어 했기 때문에)[3] 글쓰기가 나 자신을 과시하고 예술의 거장이 되게 하고 특출한 인물로 우뚝 세워주는 것이라는 관념이었다.

그러나 마침내 윌리엄 블레이크와 반 고흐와 다른 위대한 인물들로부터, 그리고 나 자신으로부터 —내 속에 있는 진실로부터 ──글쓰기가 무엇인지를 배우게 되었다. (마침내 나는 그 진실을 주장하고 옹호하는 법을 배우게 되었고, 그래서 이렇게 여러분도 당신의 내면적 진실을 옹호하라고 설득하고 있다.) 그것은 나 자신이 갖고 있는 느낌이나 진실을 다른 사람들과 나누고 싶은 욕망이었다. 그들에게 설교하려는 것이 아니라, 만약 그들이 관심 있어 한다면 그들에게 그 느낌과 진실을 이야기하는 것이었다. 그들이 관심 없다면? ──그것도 좋다. 그들이 꼭 귀를 기울여야 할 필요는 없었다. 그래도 아무 상관이 없었다. 그리하여 "나는 할 말이 없고 중요한 사람도 아니며 재능도 없다거나, 혹은 반대로 '대중은 양질의 작품을 원하지 않는다'"는 양극단(두 가지 거짓말)에 다시는 빠져들지 않았다.

이 모든 것을 배우게 되자 그 후로 나는 자유롭고 즐겁게 글을 쓸 수 있었으며, 도취한 멍청이가 되는 일에 조금도 위축되거나 죄책감을 느끼지 않게 되었다. 그리고 더 이상은 마치 성공을 추구하는 사업가처럼 굳센 결의로 성공하려는 맹렬한 야

---

3) 하지만 당신이 쓰고 싶도록 만드는 동기라면 그것이 무엇이든 좋다는 점을 기억하라. 그것을 활용하라. 시작하라. 만일 당신이 대중을 눈부시게 만들고 싶다면, 시도해 보라. 행운이 있기를! 나의 경우에 그것은 압박이었고 역겨운 글을 쓰게 했을 뿐이다. 다만 얼마 뒤에는 대중을 눈부시게 만들려는 동기가 더 이상 작동되지 않고, 결과물이 당신을 실망시킬 수도 있다는 점을 이야기하고 싶다. 하지만 만약 자만심과 과시욕이 당신에게 글을 쓰기 시작하도록 했다면 나는 그것에도 감사한다. 그것은 가장 큰 축복이다. 글쓰기를 통해 당신은 그런 동기를 통과하여, 더욱 위대하고 더욱 풍요로운 동기를 만나게 될 것이기 때문이다.

심을 갖고서 ──오로지 행동과 이기적 분투만 신경 쓰면서 사랑과 상상력은 까맣게 망각하고 조만간 미라처럼 정서적으로 마비되고 영적으로 석화되어 비창조적이 되는 식으로[4] ── 내몰리며 글을 쓰지 않게 되었다(이것을 이해하게 된 것은 비록 하찮을지라도 직접 경험한 덕분이다. 나는 스스로 경험하지 않은 것에 대해서는 악담하지 않으려고 노력한다).

그렇다. 이런 경험으로 나는 글쓰기란 성취가 아니라 관대함이라는 사실을 깨달은 뒤, 글쓰기를 즐기게 되었다. 3년 전 내가 어떤 이에게 쓴 편지에도 이 이야기가 들어 있다.

주제넘습니다만, 당신은 다시 글을 써야 합니다. '창조적 작업'(이 용어의 사용을 용서하시길)[5]에는 필수적이면서 생명을 주는 무언가가 있습니다. 일종의 흥분 상태이지요. 그것은 마치 수도꼭지 같아서, 틀지 않으면 아무것도 안 나오고 틀면 틀수록 더 많이 나오지요.

---

4) 이런 사업가들은 다른 분야는 물론 사업에서도 비창조적일 것이다. 창조력이란 당연히 다른 것에서와 마찬가지로 사업에서도 드러나기 때문이다. 내가 아는 어떤 사업가는 한 문장마다 예술가들보다 더 큰 생명력과 창조적 시각과 관대함을 담아서 이야기한다. 하지만 예술처럼 자유롭고 비범하게 창조력을 표출한다면 사업은 곤경에 빠질 것이다. 사업에서는 계속 임금을 올려주거나 모든 제품을 대중에게 무료로 나누어주며 사랑을 전달하는 식으로 무모하게 관대할 수는 없기 때문이다.
5) '창조적'이라는 단어를 말할 때마다 나는 늘 당혹스럽다. 너무나 많은 번지르르한 사람들이 이 말을 남용했다. 하지만 나는 그걸 써야만 한다. 내 나름의 뜻으로.

오늘날의 역겨운 물질주의로 인해 우리는 만약 단 한명의 관중도 얻을 수 없고 돈을 벌지도 못한다면 글쓰기나 그림그리기가 무슨 소용이 있느냐고 느끼기도 하지요. 하지만 소크라테스와 르네상스 시대의 사람들이 그토록 많은 예술작업을 한 까닭은 그 보상이 내재적인 것, 즉 '영혼'의 확장이었기 때문입니다.

정말 그렇습니다. 우리는 예술 같은 일에 대해서조차 철저히 물질주의적 태도에 물들어 있습니다. 무슨 일이든 돈을 벌거나 갈채를 받을 수 없다면, 인간이란 어차피 때가 되면 죽게 마련인데 무슨 쓸모가 있느냐고 묻습니다. 소크라테스와 그리스인들은 영혼은 아마 영원히 존재할 것이므로, 인간의 삶은 '영혼을 돌보는 일'에(그들에게 영혼이란 지성, 상상력, 정신, 이해, 인격을 모두 포함하는 단어입니다) 바쳐져야 한다고 믿었습니다.

돈을 위해서 작업하든, 비록 소수일망정 어떤 사람들에게서 찬사를 받기 위해서 작품을 만들든 다 괜찮은 일이겠지요. 하지만 그 작업과 노력과 탐구가 중요하지 않다거나 흥미진진하지 않다고 느끼는 것은 잘못입니다. 사람들이 무가치하고 통속적인 이야기를 쓸 수 있는 것도 결국 그 싸구려 이상의 무언가를 배우기 때문입니다. 하지만 그뿐입니다. 제가 뻔한 헛소리를 하고 있군요.

이 장에서 왜 당신이 지금부터 죽는 날까지 진정한 사랑과 상상력과 지성을 갖고서 글쓰기나 다른 관심이 가는 일을 해야 하는지 그 이유를 여러 가지로 설명했다. 그렇게 한다면 당신이 쓰는 거대한 산 가운데 작은 둔덕 몇 개는 출판될 것이다. 어쩌면 당신은 큰돈을 벌거나 노벨상을 탈지도 모른다. 하지만 아무것도 출판되지 않고 한 푼도 벌지 못하더라도 당신이 작품을 썼다는 것은 똑같이 좋은 일임에 틀림없다.

4
상상력은 천천히, 조용히 온다

이제 상상력이 무엇인지, 어떻게 하면 그 상상력을 당신 안에서 탐지하고 초조한 의심과 검열로부터 분리할 수 있는지 이야기하자. 상상력은 단순한 기억과 어떻게 다른지도 이야기하고자 한다. 왜냐하면 기억과 박식(당신이 배운 딱딱한 사실들의 누적된 잡동사니)은 아주 쉽게 상상력을 질식시킬 수 있기 때문이다.

우리는 '영감'이라는 단어에서 번개처럼 내리치는 어떤 것을 상상하며, 또 몰두한 채 번뜩이는 눈빛으로 머리칼이 곤두서는 열광적인 흥분 속에서 격렬하게 그림을 그리거나 글을 쓰는 시인이나 화가를 떠올린다. 슬픈 일이지만 적어도 나는 한때 영감이란 분명 그런 것이리라고 생각했으며, 그럼에도 그 비슷한 것조차 경험한 적이 없다.

영감이란 그런 것이 아니다. 영감은 매우 천천히, 그리고 조용히 온다. 당신이 글쓰기를 시도한다고 해보자. 아마 첫날에는 그다지 많은 이야기가 떠오르지 않을 것이다. 어쩌면 아무것도 찾아오지 않을 수도 있다. 당신은 타자기나 종이 앞에 앉아서 창밖을 내다보며, 한두 시간쯤 아무 생각 없이 머리카락만 쓸어 넘길 것이다. 전혀 걱정하지 말라. 그것은 좋은 일이다. 아니 그래야만 한다. 다만 당신은 줄곧 타자기 앞에 앉아 있어야 하며 공상에 잠겨 있는 동안에도 조만간 무언가를 이야기하게 될 것이라는 점을 확신하기만 하면 된다. 또한 당신은 내일도 잠깐 틈을 낼 것이고, 또 다음날도 그 다음날도 계속, 영원히 언제나 그렇게 앉아 있으리라는 것을 깨닫기만 하면 된다.

우리가 늘 활기차고 적극적이어야 한다는 생각은 아주 잘못된 것이다. 버나드 쇼에 따르면 나폴레옹이 언제나 십여 명의 장관과 부관들에게 이미 결정된 내용을 큰소리로 외쳐댔다는 풍문은 사실이 아니며, 오히려 그는 여러 달 동안 뭉그적거렸다고 한다. 물론 이것이 사실이다. 이것이 똑똑하고 열정적이며 지체하지 않고 추진력 있는 사람들이 그토록 자주 "나는 창조적이지 않다"고 말한 이유이기도 하다. 그들은 창조적이지만, 꽤 긴 시간 게으르고 빈둥대고 혼자 있어야만 한다. 마치 강둑에서 낚시를 하는 사람처럼 나태하게, 고요히 바라보고 생각에 잠기며, 늘 의지적이지는 않게 지내야 한다. 이 조용한 관망과 사고가 바로 상상력이다.

상상력은 생각 속에 머물도록 놓아두는 것이다. 의지적이라는 것[1]은 당신이 이미 알고 있는 어떤 것, 즉 타인으로부터 전해들은 그 무엇을 행한다는 뜻일 뿐이다. 거기에 새로운 상상적 이해는 단 한 톨도 들어 있지 않다. 그리하여 곧 그 영혼은 몹시 황폐해지고 메말라 버린다. 왜냐하면 재빨리 서두르면서 효율적으로 하나의 일에 이어 다음 일을 해치우는 탓에, 자신의 생각이 찾아들어 무르익고 고요히 빛날 시간을 갖지 못하기 때문이다.

당신이 의지적으로 작정하고 덤빌 때, 실은 그 일을 하지 못하리라는 상상의 공포를 드러내는 것이다. 당신이 그 일을 하리라는 것을 확신한다면 당신은 행복한 미소를 띠고서 유유히 착수할 것이다. 하지만 이런 공포는 (상상력은 언제나 창조적으로 작동하므로) 당장 나타나고 당신은 몇 주일 혹은 몇 년 동안 완전한 슬럼프에 빠진다. 당신이 그토록 겁내던 일이고, 따라서 다시 당신은 작정하고 덤벼든다.

그런데 이처럼 완강한 결단력을 지닌 사람들은 왜 의지적일까? 그들은 두려움으로 가득 차 있어서, 돈을 벌거나 안전판을 만들기 위해 자신을 몰아세우고 타인들까지 통제한다. 만약

---

[1] 의지라는 단어를 이렇게 사용하는 것에 심리학자들은 깜짝 놀라겠지만, 나는 신경 쓰지 않는다.

당신이 아이들을 늘 지배하고 감독한다면 그것은 그들이 안전하지 못할까 봐 두려워한다는 뜻이고, 또한 어리석게도 왕초노릇이 아이들의 안전을 보장해 줄 것이며 어떻게 성장해야 하는지를 당신이 알고 있다고 생각한다는 뜻이다. 혹은 당신은 의지적이 됨으로써 자신을 통제하는데, 그 이유는 자신의 중요성을——경제적으로, 혹은 예술적으로, 혹은 윤리적으로, 아님 다른 면에서——보장받으려는 것이다.

하지만 미켈란젤로, 블레이크, 톨스토이 같은 예술가들은——지상에 존재했던 가장 창조적인 상상력을 지녔다는 이유로 블레이크가 서슴없이 예술가라고 부른 예수와 마찬가지로——이기적인 것이든 물질적인 것이든 어떤 종류의 안전도 원하지 않는다. 그 이유는 그런 생각이 그들에게 떠오르지 않기 때문이다. '내일을 염려하지 말라' 그리고 '너의 걱정이 그의 키를 한 치라도 늘릴 수 있는가?'

그래서 그들은 감히 게으를 수 있다. 늘 아무런 압박감도 느끼지 않고 의무에 쫓기지도 않는다. 나쁜 처지에서도 감히 사람들을 사랑하고, 다른 사람들에게 스스로를 위해 이런저런 일을 해야 한다고 가르치거나 지배하려 하지 않는다. 왜냐하면 위대하고 창조적인 예술가들은 알고 있었기 때문이다. 누구에게나 최선은 스스로의 자유라는 것, 그래야만 상상력(양심 혹은 성령)이 자기 방식으로 성장할 수 있다는 것, 설령 그 방식이 당신, 나, 혹은 정치가나 독실한 기독교인에게 끔찍하게 나빠 보이더라도 말이다.

하지만 나는 뭘 위해서든 비판자가 되고 싶지 않다. 즉 당신의 잘못만 지적하고 싶지 않다. 오히려 당신에게 달라지고 싶다는 감정을 일으키거나, 나라면 어찌 하리라는 것을 알게 하고 싶다. 굳센 결단력을 지닌 사람들에게 어떻게 하면 상상력이 넘치고 창조적인 사람으로 변화할 수 있는지를 알려주고자 한다.

이런 바보들, 의지 경배자들은 격언과 잡다한 일상사의 목록과 십계명에 따라 살아간다. 훌륭하고 위대한 격언 하나가 내면에서 작고 조용한 세시의 폭탄을 터뜨리는 그런 창조적인 방식으로가 아니라, 단지 기계적인 방식으로 말이다.

"네 부모를 공경하라." … 적극적이고 의지적이며 당장의 실천을 중시하는 사람은 이 계명을 매일 생각하고 기록하고 이를 악물고 실행하면서, 자신이 부모를 진정 공경한다고 생각한다. 사실은 그렇지 않다. 물론 그의 부모도 이를 알고 있고 느낄 수 있다. 외면적 행위는 아무것도 은폐하지 못하기 때문이다.

반면 빈둥거리는 창조적인 사람은 이렇게 말한다.

"'네 부모를 공경하라.'… 이건 참 흥미로운 말이군. … 나는 내 부모를 별로 공경하지 않는 것 같아. 왜 그런지 생각 좀 해봐야겠어." 그의 상상력은 창조적으로 계속 방황하다가 마침내 그에게 어쩌면 아버지는 까다롭고 편협한 사람이며 어머니는 불행하게도 쟁쟁거리는 잔소리꾼이라는 진실에 직면하게 한다. 이 때문에 그는 우울해지고 당황하여 이 문제를 더 잘 이해하고 싶어서 계속 생각에 몰두하며, 자신의 상상력이 보여 줄 수 있는 모든 것을 그려 볼 것이다. 예컨대 자신이 좀 더 친절해져야 하며 화를 억눌러야 하는 것은 아닌지 등을 상상한다. 그리하여 이런 결론에 이를 수도 있다. '까다롭고 편협한 사람이 과연 그들일까, 오히려 내가 속 좁은 인간이라서 그렇게 생각하는 건 아닐까?' 그는 줄기차게 상상력을 작동시켜서 그 답을 찾으려고 애쓴다.

한참 뒤 그는 예수가 한 일을 이해할 수도 있다(앞서 말한 대로 예수는 지금까지 살았던 가장 상상력이 풍부한 사람이었고, 그의 삶은 어떠한 규범에도 기계적으로 따르는 걸 반대할 만큼 격렬하고 열정적이었다). 사람들을 그들의 모든 한계에도 불구하고 존경하고 사랑할 수 있을 만큼 한 인간이 위대하고 상상력이 풍부하다는 것이 뭔지 깨달을 수도 있다.

이처럼 상상력은 뭉그적거리기 ——오랜, 비효율적인 행복한 게으르기, 빈둥거리기, 시간 낭비하기를 필요로 한다. 늘 뭔가를 부산스럽게 하는, 종종걸음 치는 생쥐마냥 바쁜 사람들은 하찮고 치밀하고 단속적인 생각들로 가득 차 있다. 예컨대 '고기 값에서 연간 3달러 47센트를 절약할 수 있는 곳이 어딘지를 난 알고 있지'와 같은 생각 말이다. 하지만 그들은 느린, 커다란 생각은 하지 않는다. 위안을 주고 고상하고 빛나고 자유롭고 유쾌하고 커다란 생각이 적게 떠오르면 떠오를수록, 그들은 더욱 조바심이 나서 필사적으로 사무실에서 사무실로 위층에서 아래층으로 바쁘게 뛰어다니며, 오로지 행동을 통해서 삶이 결국 따뜻해지고 의미 있어질 것이라고 착각한다.

이들을 두고 위대한 신비주의 철학자 플로티누스는 말했다. "그러므로 너무나 약해서 명상할 수 없는 사람들이 있다."(명상이라는 그의 단어는 나에게는 상상력을 뜻한다.)

"그들은 영혼이 약해서 자신을 명상 상태로 끌어올릴 수 없는 탓에 영적 현실을 볼 수도, 그 현실로 자신을 채울 수도 없지만, 그것을 보기를 갈망하며 자신의 영적 눈으로 볼 수 없는 것을 보기 위해서 더욱 행동에 박차를 가한다."

여하튼 이제 우리의 주제, 글쓰기로 되돌아가자.

당신이 글쓰기를 시작한다면, 훌륭한 생각들이 샘솟아 나오고 그리하여 무언가 쓸거리가 생겨날 것이다. 좋은 생각이 당장 혹은 한동안 떠오르지 않더라도 전혀 걱정할 필요가 없다. 그 생각들을 기다리면 된다. 아무리 하찮더라도 사소한 생각들을 적어두기만 하라. 그러나 더 이상 자신의 게으름이나 고독에 대해 죄책감을 느끼지 말아야 한다.

물론 여기서 꼭 해둘 이야기가 있다.

혹시 당신의 게으름이 완전한 슬럼프 즉 우유부단함이나 초조나 걱정 혹은 과식으로 인한 신체적 나른함이라면 그것은 나쁘고 끔찍하고 철저히 비생산적이다. 만일 그것이 수많은 사람들이 창조적인 게으름과 대체해 버리는 나태함이라면, 예를 들어 탐정소설이나 신문 같은 온갖 종류의 인쇄된 허튼소리로 자신의 정신을 채우는 우아한 게으름이라면, 이런 게으름 역시 나쁘고 완전히 비창조적이다.[2]

그러나 그것이 아이들이 꿈꾸는 게으름이라면[3] 또한 그것이 당신이 홀로 긴 산책을 하거나, 옷을 만들며 한참 동안 꿈꾸며 보내거나, 밤에 잠자리에 누워 이런저런 생각들을 곱씹거나, 정원의 땅을 일구거나, 혼자 장시간 운전을 하거나, 피아노를 치거나, 바느질을 하거나, 혼자 그림을 그리며 부리는 게으름이라면 혹은 내가 진짜 말하고 싶은 것처럼 연필을 들고 종이나 타자기 앞에 앉아 생각나는 것들을 조용히 써내려 가는

---

2) 나의 개인적 생각으로는, 사교생활의 떠들썩하고 파편적이고 피상적인 이야기들, 그리고 대부분의 카드놀이가, 아주 작은 영향도 미치지 못한 채 스쳐 지나가는 모든 읽기가 이런 게으름에 속한다. 그저 시간을 때우려는 읽기 말이다. 물론 이것도 그에게 영향을 미친다—천천히 그의 영혼을 좀먹을 테니까.

3) 아이들은 날마다 여러 시간씩 혼자 있지 않으며 그리고 싶어 하지 않는데도 창조적이지 않느냐고 반문할 수도 있다. 하지만 아이들은 항상 의지와는 거리가 멀다. 아이들은 모든 의무와 걱정으로부터 벗어나 있다. 아이를 부모가 어딘가로 데려다 놓아도 이런저런 생각으로 조바심치는 법이 없다. 엄마 아빠가 늦게 올까 아니면 일찍 돌아올까, 난로를 켜놓고 나온 것은 아닐까 하는 생각도 말이다. 오히려 그 아이는 편안히 쉬면서 창밖을 여기저기 바라보고 생각에 잠긴다. 그 아이는 '현재'에 산다. 바로 이 때문에 아이들은 바라보고 듣는 일을 그토록 좋아하는 것이다. 이 점에서 아이들은 어른이 모방해야 할 훌륭한 모범이다. 아이들은 사물에 흥미를 갖는 것밖에는 다른 걱정이 없기 때문에 엄청난 집중력을 보인다. 하지만 훗날 그들도 억지로 집중하도록 훈련을 받으면서, 우리 어른들처럼 상상력이 빈곤하고 불안한 인간으로 변해 간다.

그런 게으름이라면, 그것은 분명 창조적인 게으름이다. 바로 이런 시간에 당신은 따스한 상상과 멋지고 생생한 생각들로 서서히 채워지고 재충전된다. 이것이 내가 온힘을 다해 하고 싶은 말이다.

어떤 사람들은 쓰려고 앉아 있어도 아무런 특별한 생각이나 좋은 착상이 떠오르지 않을 때 몹시 위축되어 진한 커피를 줄곧 들이켜거나 담배를 여러 갑 피우거나 혹은 술을 마시거나 하면서 생각을 짜내려고 안간힘을 쓴다. 좋은 착상은 느리게 온다는 것, 정신이 맑고 고요할수록 흥분하지 않을수록 착상은 더디지만 더욱 훌륭한 모습으로 나타난다는 것을 그들은 모른다.

이것을 내게 알려준 사람은 톨스토이였다. 나는 온종일 커피를 마셔대고 담배를 두 갑이나 피워대곤 했다. 그러면서 며칠간 밤낮으로 써대도록 나를 몰아세웠다. 하지만 슬프게도 그렇게 힘들여 쓴 작품은 별로 좋지 않았다. 가식적이고 상투적이고 진실이 아닌 것들로 뒤범벅되어 있었다.[4]

이에 관해 톨스토이는 다음과 같이 썼다.

---

[4] 이런 글이 왜 재미없는지, 다른 장에서 설명할 것이다. 설령 이런 글들이 대영박물관 전체를 채우더라도 아무도 읽으려 하지 않을 것이고, 그런 것을 써도 자신에게 득이 될 게 전혀 없다. 만일 아무도 관심을 갖지 않더라도 진실하고 훌륭한 무언가를 쓴다면, 그것은 내게 아주 유익할 것이다.

종종 '담배를 피우지 않으면 쓸 수가 없다. 쓰기 시작할 수도 없고, 설령 시작하더라도 계속할 수가 없다'는 이야기를 듣게 된다. 한때는 나 자신이 한 말이기도 하다. 이 말의 진정한 의미는 무엇일까?

그것은 당신이 아무런 쓸거리가 없다는 뜻이거나, 아니면 쓰고 싶은 것이 당신 의식 속에서 아직 덜 성숙하고 겨우 희미한 윤곽을 드러내기 시작했을 뿐이라는 뜻이다. 만일 담배에 절어서 멍해진 상태가 아니라면 당신 안의 감식력 있는 비평가[5]가 이 사실을 알려줄 것이다.

만일 당신이 담배를 피우지 않는 상태라면, 당신은 쓰기 시작한 것을 아예 포기하거나, 혹은 생각이 당신 안에서 점점 더 선명해지기를 기다릴 것이다. 당신은 희미하게 드러나 있는 것 속으로 뚫고 들어가려고 애쓸 것이다(앞서 말했듯이 게으름을 피우

---

5) 그의 이 '비평가'라는 단어는 내가 진실한 자아, 상상력, 성령 혹은 양심이라고 부르는 것에 해당한다. 그것은 우리 속에서 계속 탐색하는 그 무엇이다. 그것 덕분에 우리가 진정으로 생각하는 것을, 우리가 생각해야만 한다고 여기는 것으로부터 벗어나게 할 수 있다. 또한 군림하는 부모와 선생과 문학평론가들이 부과한 요구사항들로부터 우리의 진정한 생각을 해방시킬 수가 있다.

우리 모두 안에 있는 이 비평가를 나는 사랑한다. 내가 싫어하는 비평가는 저울질하고 비교하고 주의를 주고, 분별력을 가지라고 조언하고, 실수에 대해 경고하고, 권위 있는 작가를 인용하고, 반드시 준수해야 할 방식을 지시함으로써 모든 사람들에게 무미건조하고 초조한 의심을 던지는 그런 사람이다. 절대로 그래서는 안 된다. 각자가 자신의 양심에 따라, 즉 창조적이며 진실을 찾는 자기 안의 비평가를 따라서 써야 한다.

거나 장시간의 고독한 산책을 하거나 홀로 있으면서—인용자). 그리고 소재가 스스로 드러날 것이라고 생각하면서 깊은 관심을 기울여 명료한 생각을 얻으려고 노력할 것이다. 하지만 당신이 담배를 피우면 당신 속의 저 비평가(진실을 추구하는 창조적 비평가—인용자)는 마비될 것이고 작품을 가로막던 이 창조적 장애물은 사라져 버리게 된다. 담배에 취해 있지 않아야 이제까지 당신에게 사소해 보이던 것이 다시 중요해진다. 모호했던 것이 이제는 명료해진다. 맹위를 떨치던 반론들이 사라지고 당신은 이제 많이 빨리 계속 쓰게 된다.

당신에게 담배를 피우지 말라고 강권하는 것은 아니다. 각자 자기 방식을 찾아야 한다. 하지만 훌륭한 생각이 천천히 나타난다는 것을 톨스토이가 어떻게 알게 되었는지를 말하고 싶을 뿐이다. 그러므로 걱정하거나 두려워하는 것은 무익한 일이며, 좋은 착상을 짜내려고 서두르는 것은 나쁜 계획이다.

당신이 억지로 그렇게 한다면 돌연 많은 착상이 나타날 수도 있겠지만, 그 생각들이 반드시 특별히 좋거나 흥미롭지는 않을 것이기 때문이다. 그것은 복잡한 심정인 데다 약간 지쳐 있는 사람에게 독한 술을 먹이는 것과 아주 흡사하다. 술을 마시기 전까지 그는 오직 자신이 관심을 갖고 있고 중요하게 여기는 것만을 말한다. 이야기를 하면서 느끼는 피곤함을 상쇄할 만큼 중요한 것만을 말하는 것이다. 하지만 술을 마신 뒤에는, 그의 모든 생각들이 마구잡이로 쏟아져나온다. 갑자기 많은 생각들이 떠오른다. 하지만 그 생각은 쉴 틈 없이 수다를 떠는 불행한 사람들이 퍼붓는 그런 좌충우돌일 뿐이다. 이런 종류의 이야기는 창조와는 무관하다. 그것은 다만 정신적 배설일 뿐이다.

바로 톨스토이로부터 나는 게으르기의 중요성을 배웠다. 생각은 천천히 나타나기 때문이다. 오늘 쓰고 있는 것은 요전날 혼자서 아무것도 하지 않고 있었을 때 우리의 영혼 속으로 살며시 들어온 것이다.

톨스토이는 도스토옙스키의 『죄와 벌』의 주인공에 대해 이렇게 썼다.

라스콜리니코프가 진정한 삶을 산 때는 저 늙은 노파와 그녀의 여동생을 살해한 순간이 아니다. 노파를 죽이는 순간은 물론이고 그 여동생을 죽이는 순간에도 그는 자신의 진정한 삶을 살지 않았다. 오히려 그때 그는 도저히 억제할 수 없는 행동——이미 오래전에 장전해 놓은 실탄을 발사하는 동작——을 기계처럼 수행했을 뿐이다. 라스콜리니코프가 진정한 삶을 산 것은… 자기 방의 소파에 누워 있었을 때였다. …바로 그때, 동물적 행동으로부터 완전히 독립된 바로 그 공간에서, 늙은 노파를 죽일지 말지 하는 문제가 결정되었던 것이다. 그 문제를 결정하는 동안 그는 아무것도 하지 않으면서 생각에만 잠겨 있었다. 오직 그의 의식만이 활동하고 있었으며 그 의식 속에서 아주 작은 변화들이 일어났던 것이다. 바로 이런 순간, 제기된 문제에 대해 정확한 결정을 내리려면 우리는 최대한 명쾌함을 필요로 한다. 이 순간에는 한 잔의 맥주나 한 개비 담배가 문제해결을 방해할 수도 있고, 결정을 유보하게 할 수도, 의식의 목소리를 잠재울 수도, 자신의 저급한 동물적 본성의 편에서 문제를 결정하도록 재촉할 수도 있다. 바로 이런 순간을 라스콜리니코프도 산 것이다.

내가 이 이야기를 한 *까*닭은 당신에게 술이니 담배를 끊도록 설득하려는 게 아니라(그게 바람직할 수도 있겠지만) 오늘 당신이 쓰고 있는 것은 어제 게으름을 피운 꽤 긴 시간, 즉 대화나 사업으로부터 격리된 시간의 결과라는 것을 보여 주려는 데 있다.

병들고 비참해진 라스콜리니코프는 자신의 빈곤한 어머니와 누이동생에 관해 절망적인 기분에 휩싸인 채 무엇을 해야 할지를 궁리하면서 소파에 누워 있었고, 바로 그때 그는 여러 날 뒤에야 윤곽이 선명해진 살해를 창조해 냈던 것이다.

마찬가지로 오늘 당신이 쓰고 있는 것은 지난 어느 날 게으름을 피운 시간 동안 생각하고 창조해 낸 것이다. 어느 날 당신은 생각과 상상을 천천히 쌓아올린다. 그래야만 훗날 당신이 펜을 들면, 생일 파티에서 환호성을 질러대는 아이들처럼 피상적이거나 기계적이 아닌 진정한 이야깃거리[6]가 있게 된다. 그 이야기는 진실한 것이고, 오랫동안 내적으로 검토되어 온 것이며, 무엇엔가 확고히 기반을 둔 것이다.

그것이 왜 진실할 수밖에 없는지는 앞으로 설명할 것이다. 내가 의미하는 진실함이란 "콜럼버스는 1492년에 아메리카대륙을 발견했다"는 식의 사실이 아니다. 그것은 당신의 이론적 자아로부터가 아니라 진정한 자아로부터 나와야 하며, 또한 사람들을 감동시키려는 당신의 희망으로부터가 아니라 진심으로 생각하고 사랑하고 믿는 것들로부터 나와야만 한다.

바로 이 때문에 나는 당신이 지속적으로 매일 일정 시간 동안(두 시간이면 더 좋고, 다섯 시간이라면 훌륭하고, 여덟 시간이라면 행복한 변신이겠지만, 단 한 시간만이라도!) 타자기 앞에 앉아 있기를 바란다. 비록 아무것도 쓰지 못한 채 생각에 잠겨 애꿎은 머리카락만 쓸어 넘길지라도. 하루나 이틀 건너뛰면 다시 시작하기 어렵다. 이상하게도 당신은 그러기를 두려워한다.[7] 또다시 아무것도 종이 위에 쓰지 못하는 공허한 빈둥거림의 한

---

6) 하지만 당신이 쓰려고 앉아 있는 동안, 하고 싶은 중요한 이야기를 의식하지 않을 수도 있다는 것을 알아두라. 당신은 평소처럼 정신적인 공백 상태로 무사태평하게 미소를 띠고 앉아서 전달할 주제의 무게에 대해 진지하게 이마를 찌푸리지 않을 수도 있다. 오히려 쓰기 시작하자마자 당장 진실하고 흥미로운 무언가가 나올 수도 있다.

7) 이 책이 끝나기 전에 나는 왜 당신이 다시 시작하기를 두려워하는지, 하지만 왜 당신이 전혀 그럴 필요가 없는지를 이야기하고 싶다.

두 시간이 필요하다. 이렇게 지내기란 늘 쉽지 않다. 특히 성취 강박증을 지니고 늘 바쁘게 효율을 따지며 사는 족속들이라면 이런 시간에 불안과 죄의식을 느끼기 때문이다.

당신이 혹시 스스로를 아둔하고 재능 없다고 판정하면 어쩌나, 나는 무척 염려스럽다. 또한 훌륭한 재능을 지닌 사람들이 흔히 그렇듯이, 당신이 혹시 남편이 은퇴하여 연금을 충분히 받고 아이들이 모두 대학을 마칠 때까지 작업하기를 미뤄둘까 봐 염려스럽다.

5
"행하지 못할 욕망을 키우느니
아이를 요람에서 죽여라"

— 윌리엄 블레이크

나는 행동을 비난할 의도는 전혀 없다. 행동은 훌륭한 것이며 우리는 행동해야 한다. 블레이크는 말했다. "행하지 못할 욕망을 키우느니 아이를 요람에서 죽여라."

그 때문에 당신은 마냥 뭉그적거려서는 안 되는 것이다.[1] 어떤 사람들은 더 좋은 인간, 더 좋은 의사, 더 좋은 사업가, 더 좋은 어머니가 됨으로써 행동한다(즉 자신의 게으른 시간에 생각한 것을 표현한다).

하지만 이 책에서 내가 바라는 것은 당신이 연필을 쥐고서 그 생각을 표현하거나 종이나 캔버스에 옮겨놓는 것이다. 그

---

1) 만일 우리가 전혀 행동하지 않는다면(우리의 상상을 작품이나 인격의 변화로 표현하지 않고, 그리하여 더 나은 것을 배우거나 생각하지 못한다면), 우리는 분명 녹이 슬 것이다.

러면 당신은 그 생각을 바라볼 수 있고, 만약 그것이 좋지 않다고 생각된다면 하나님과 천사들에게 빛을 던져 달라고 청하면서 계속 행동할 수 있고 또 다음에도 다시 행동할 수 있다. 생각하라. 그런 후에는 그것을 내보내라. 즉 행동으로 옮겨라. 늘 그렇게 하라. 한동안 조용히 생각에 잠기라. 나중에 그것을 조용히, 신념이나 의지에는 그다지 의존하지 말고 표현하라.

이런 이유로 나는 이 책 어디에서도 "당신은 생각을 표출해야만 한다. … 당신은 글을 써야만 한다"고 말하지 않는다. 당신에게는, 또 모든 사람들에게는 이미 너무 많은 의무의 압력과 두려움이 존재한다. 너무 많은 '해야만 한다'가 당신의 재능이 자유롭고 즐겁게 빛나는 것을 가로막고 있다.

당신에게 행동을 거부하라고 권하는 것이 절대 아니다. 다만 초조하고 공허하고 끝없이 의지적인 행동은 무익하다는 것,[2] 그리고 더욱 빨리 달려서 쓸데없는 일을 많이 행할수록 당신은 더욱 황폐화된다는 것을 지적함으로써 당신을 격려하고 싶을 뿐이다.

그러므로 당신이 글쓰기를 원한다면 이렇게 해보라. 혼자서

---

2) 이른바 '의지'란 당신이 잘 못한다고 누구나 생각하는 일을 끈기 있고 완강하게 실행하는 것을 뜻한다. 온갖 방법을 다 동원해서라도 그 일을 하는 것은 바보짓이다. 사람들은 '의지'에 의해 놀라운 일을 한다. 하지만 자신의 상상력과 사랑이 끔찍스럽고 무의미하다고 경고하는데도 불구하고 온갖 악행을 저지르는 군인이나 수전노가 이런 일에 합당하다.

당신의 방에 틀어박히라. 고요 속에서 적어도 한 시간 동안 느릿느릿 하찮은 일을 해보라. 연필을 집어 들거나 타자기 앞에 앉은 채 창밖을 내다보라. 그리고 하늘에서 본 것이 무슨 색인지 정확히 몰두하여, 고요하고도 꿈꾸는 듯한 주의력을 가지고 쓰거나 이름을 붙여 보라. "별… 네 개의 점들… 노랑." 하는 식으로.

그러나 하고 싶지 않다면 굳이 문장을 만들려고 애쓰지 마라. 혹은 당신의 머리를 스치는 것들을 꿈꾸듯이 아무렇게나 써보라. "난 오늘 일하고 싶은 생각이 전혀 없는 것 같아. 이 후텁지근한 느낌은 무엇일까?"(당신은 무기력과 무관심을 묘사하는 훌륭하고 진실하며 빛나는 표현을 찾아낼 수도 있다.) 아니면 그저 게으르게 끄적거려라.

"8백 달러에 팔 수 있는, 공작부인 이야기를 쓰고 싶어. 하지만 여태까지 공작부인을 만난 적도 없고 상상으로도 잘 안 그려지는걸. 그런데 어쨌거나 그녀의 이름을 뭐라고 해야 할까?" 생각은 바로 이런 식으로 나오기 시작한다. 당신은 뭔가 할 이야기가 있다는 것을 발견하게 될 것이다. 그리고 내일은 더 많은 이야기가 나타날 것이다.

좀 더 핵심적인 것에 관해 말하기 전에, 상상력에 관해, 당신 안의 창조력에 관해, 그리고 그것을 어떻게 탐지해 내고 어떻게 움직이게 할지에 관해 조금 더 이야기해 보자.

내가 경험으로부터 배운 것을 이야기하자면 8~9킬로미터

정도의 긴 산책이 도움이 된다. 반드시 날마다 혼자서 이런 산책을 해야 한다. 그렇게 하기를 몇 년, 최근에야 나는 재충전된 듯한 느낌이다. 이 긴 산책을 빼먹은 다음날이면 나는 반 고흐가 '빈약함'이라고 부른 상태에 빠지게 된다. 반 고흐는 '빈약함 혹은 이른바 의기소침'이라고 말했다. 하루나 이틀 산책을 거른 뒤에 글을 쓰려고 하면 나는 약간 둔감하고 우유부단해진 느낌을 받는다.

한동안 나는 이런 둔감함의 원인이 집안에 앉아 지내는 생활의 질식 상태(바깥 공기를 쐬며 돌아다니지 않는 사람들이 알게 모르게 겪는 질병)인 줄만 알았다.

지금은 다르게 생각한다. 단지 운동을 한다거나 운동량을 채울 목적으로 엄격하게 체조하듯 산책을 하고 나면[3] 상상력은 재충전되지 않는다. 다음날 쓰려고 하면, 산책하지 않았을 때보다 오히려 더 큰 빈약함을 겪는다.

그러나 하늘이나 호수를 바라보거나, 아주 작고 한없이 섬

---

3) 나는 평생 동안 지독하게 자기단련을 해왔다. 이제는 그보다 수천 배 더 좋은 방식을 알고 있다. 나는 내 자신이 터득하지 않은 이야기는 당신에게 하고 싶지 않다. 하지만 만약 당신에게는 자기통제와 자기단련이 상상력보다 더 좋은 방식이라고 생각한다면, 그것도 좋다. 그렇다면 당신은 그렇게 해야 한다. 내가 만약 '당신은 해야 한다'라든지 '당신은 그럴 의무가 있다'라고 이 책에서 말한다면 그것은 단지 스스로를 통제하려던 나의 옛 습관의 잔재일 뿐이다. 스스로를 통제하려고 노력하는 사람들은 언제나 (아무리 친절한 태도를 취하더라도) 타인들을 통제하려고 하는 법이다. 그들은 늘 그들이 가장 잘 알고 있다고 생각하며, 너무나 완고하고 단호하기 때문에 새롭고 더 좋은 생각에 대해 마음을 닫아걸고 있다.

세하고 헐벗은 어린 나무들에게 시선을 던지거나, 마음 닿는 대로 이곳저곳 둘러보면서 목과 턱을 이완시키고 행복감을 느끼며 상상 속에서 "나는 자유롭다" 혹은 "서둘 필요가 전혀 없어" 하며 자신과 대화하는 산책을 하고 나면, 그 후에는 생각이 제 나름의 고요한 방식으로 찾아온다.

이 경험을 내 식으로 표현하자면, 태평하게[4] 산책을 할 때 나는 현재에 살고 있는 것이다. 그리고 오직 이럴 때에만 창조력이 쑥쑥 커간다.

물론 긴 하루 중에는 아무리 바쁘더라도 이런 순간이 있다. 하지만 그 시간은 대부분의 삶에서 너무나 짧다. 우리는 늘 무언가를 하고 있다. 대화를 하거나 책을 읽거나 라디오를 듣거나 다음 일을 계획하고 있는 것이다. 마음은 온종일 하찮고 외부적인 일상사로 성가시도록 바쁘기만 하다.

이토록 분주한 마음 상태를 지속하려고 대다수 사람들은 혼자 있기를 두려워하는 것이리라. 하지만 불쾌한 정신적 공백의 처음 몇 분을 견뎌내면 창조적인 생각이 찾아든다. 그 시작은 우울할 수밖에 없다. 그 생각의 첫 전언은 오로지 잡담과 식사와 독서와 지루한 일과 라디오 청취가 전부인 이 삶은 얼마

---

4) 여러 가지 걱정거리가 있을 때 태평하기란 쉽지 않다. 하지만 걱정이 많을수록 오히려 잠시라도 태평하게 느끼는 일이 더욱더 필요하다. 그래야만 그것들에 대처할 방법에 대해서 새로운 아이디어가 떠오를 것이다.

나 무의미한가 하는 것이기 때문이다.[5] 하지만 이것은 시작일 뿐이다. 바로 여기서부터 상상력은 당신을 안내하여 어떻게 하면 삶이 좀 더 나아질 수 있는지를 보여 준다.

그건 다만 참을성을 갖느냐에 달려 있다. 오랜 시간 혼자 지내거나, 긴 산책을 여유롭게 하면서 현재에 산다면 보상이 있을 것이다. 생각, 근사한 아이디어, 소설의 플롯, 동경, 결심, 계시가 당신을 찾아올 것이다. 나는 이걸 진짜로 증명할 수 있다.

그런데 내가 알게 된 또 다른 사실이 있다. 산책으로 그저 운동이 되었을 뿐이라고 생각한 날에는 끝내 아무런 생각도 떠오르지 않았다. 당시 일기에는 "꽤 오래 걸리는 긴 산책을 할 때에만 새로운 착상을 얻게 된다"고 쓰여 있다. 이제 나는 왜

---

5) 블레이크가 말했듯이, 대부분의 말하기는 단지 지난 일과 추억을 떠들어 대는 것일 뿐 창조적인 상상력이 아니다. 대화를 할 때 우리는 어제 한 일, 생각한 일, 들은 일을 이야기한다. 이것은 과거에 사는 것이지, 결코 현재에 사는 것이 아니다. 그렇지만 대화가 정말 재미있다면, 그 순간 우리는 현재에 살고 있는 것이다. 어떤 변화가 담화자들에게 일어난다. 상대방이 진정으로 필요로 하거나 듣고 싶어 하는 이야기, 혹은 정신이 번쩍 들게 하는 이야기를 한다. 그 이야기는 그의 내면에 어떤 변화를 일으킨다. 기혼자들이 상대방 이야기에 진력이 나면 싸움을 하게 되는 것도 바로 이 때문이라고 나는 생각한다. 그들의 감정이 상처를 받고 별거 등등의 위험이 등장하며, 급기야 그들은 정말로 충격을 받고 감동하고 변화하게 된다. 그들은 창조적으로 현재에 사는 것이다. 드디어 그들의 대화가 서로에게 진정으로 흥미로워진다. 그들은 마침내 서로에게 귀를 기울이고 즐겁게 느낀다. 그저 예의를 차리는 태도로 대화하는 것이 아니라, 자신들의 영혼 속에서 강렬한 상호소통과 화학적 변화가 일어나는 걸 느끼면서 서로의 이야기를 듣는다. 그렇기에 오로지 기억에만 관련된 독서, 즉 시간 때우기나 사실 축적을 위해서 하는 독서는 좋지 않은 것이다. 당신이 박사학위를 셋이나 딸 만큼 많은 사실들을 축적했느냐 아니냐는 내 관심사가 아니다.

그런지를 안다. 긴 산책에서 집에 거의 다 와갈 무렵에야 이 운동적 일상 즉 걷기에서 벗어나려는 의지와 분투를 버리기 때문이다.

나는 당장 긴장이 풀리고 게으르고 자유로운 느낌이 들었다. 갑자기 나는 언제나처럼 (멍청하게) 신문을 읽거나 혹은 저녁을 먹는다는 본래의 목표[6]를 잊은 채 현재에 살게 된다. 갑자기 내 눈앞에 겨울저녁이 얼마나 아름다운지, 희뿌연 달빛 속에서 나무들은 어떻게 검은 색조를 띠는지, 별들은 또 서로 어떻게 다른 색깔인지, 왜 이기주의가 두렵고 자기방어적인 것인지, 반면에 위대하고 성스러운 이기주의는 어떻게 존재하는지가 다가왔던 것이다. 다시 말하자면 생각들이 왔고 시적인 정감까지도 찾아왔다.

이 창조적 생각은 어떻게 올까? 느리게 온다. 그것은 당신 내면에서 폭발하는 깨달음의 작은 폭탄이다. 고독한 긴 산책 끝에는 반드시 이 고요하고 내면적인 작은 폭탄이 소리 없이 터진다는 것을 나는 발견했다.

"이제 알겠어. 이제 난 그걸 이해할 수 있어."

그 탄성, 그리고 행복감.

---

6) 미래에 사는 이 모든 일의 어리석음이라니! 언젠가 여든 살에 돈을 잔뜩 쌓아 놓고 은퇴하기 위해서 평생 동안 무미건조한 일을 열심히 하는 것과 마찬가지다.

아마 당신도 바느질, 목공, 조각, 골프, 상상에 잠겨 하는 설거지 등 무언가 다른 일을 하고 있을 때, 작은 폭탄이 당신 안에서 조용히 터진다는 걸 알고 있을 것이다.

피아노 치기는 이런 놀라운 일에 적합한 예이다. 내가 아는 한 러시아 피아니스트의 표현처럼 "자기 자신에게 자장가를 불러주듯이" 늘 똑같은 방식으로 똑같은 옛날 작품을 마치 사탕을 먹듯 기분 좋게 시간보내기 식으로 쳐서는 안 된다. 또한 혹사하는 식으로 치지도 말고, 바로 작업하는 식으로──사람들은 '작업하기'(working)와 '혹사하기'(grinding)를 혼동한다──즉 점점 더 많이 생각하고 느끼고 듣고 이해하는 식으로 연주하라.

가령 모차르트의 소나타를 작업하듯 쳐보라. 돌연 더할 수 없이 아름다운 선율이 나타나고, 선율의 빛이 그 위에 쏟아지기라도 하듯, 가구와 빗물 같은 가장 평범한 것들이 온통 아름답고 감동적인 것으로 변모한다. 거기에는 손과 어깨를 움직이는 놀라운 운동적 쾌감이 있다. 내면의 춤 같은 가락이 있다. 그리고 고독이 있다. 대개 짜증스럽고 불협화음을 내기 일쑤인 일상생활로부터──즉 불행하게도 이리저리 바쁘게 관심을 돌려야 하므로 상상력이 힘과 빛을 축적할 여유가 거의 없는 생활로부터──한두 시간쯤 벗어날 수 있는 고립이 거기에 있다.

이제 당신에게 '작업하기'와 '혹사하기'의 차이를 말해야 하

겠다.[7]

때때로 나는 산책하는 동안, 이를테면 셰익스피어의 소네트 같은 시 한 편을 외운다. 아이들이 암기할 때처럼 반쯤은 기계적으로 한 행을 반복해서 읊조리다 보면 어느덧 두뇌와 턱의 신경과 근육이 자동적으로 외우는 동작을 하고 있다.

그러나 혹사하기는 자동적이 되려면 아주 오랜 시간이 걸린다. 시를 좀 더 쉽게[8] 배우려고 내가 하는 방식은, 한 행을 천천히, 아주 천천히 읊는 것이다. 그러면서 상상 속에서 한 단어 한 단어를 음미하면서, 그 단어가 글자일 때와 현실에 존재할 때 각기 어떤 모습인지를 그려 본다. 만약 그 단어가 '바람'이라면 바람을 바라본다. 그리고 다시 상상 속에서 셰익스피어의 문법이 얼마나 압축적인지 검토하며 감탄한다.

이 깊은 명상과 상상의 순간에, 즉 마음이 활짝 열리고 무언가를 영원히 포착하는 1초도 안 되는 파편적 순간에 걸음은 저절로 늦춰진다. 심사숙고를 하면 할수록(즉 꿰뚫는 이해를 얻으려 창조적으로 생각하기를 거듭할수록) 나는 점점 더 천천히 걷게

---

7) 이 두 가지는 자주 혼동된다. 그렇기 때문에 불행하게도 행복하고 열의로 넘치는 사람들에게 '작업하기'라는 단어는 우울한 말이다. 하지만 그들은 혹사하는 사람들보다 열 배나 더 많은 에너지를 갖고 있기 십상이며, 이 단어를 제대로 이해한다면 그들도 작업하기를 사랑하게 될 것이다.

8) 또한 창조적으로 말이다. 그렇게 나는 그 시를, 나아가 그 시인이 말하려는 것을 이해하고 느끼려 하고, 또 그 한 행을 나에게 달라붙게 함으로써 남은 평생 동안 내 삶에 영향을 미치게 하려는 의도이다.

되며 자주 완전히 멈추어 서서 저 순간——한 단어가 완전히 이해되어 내게 영원히 달라붙는 창조적인 순간——을 경험하려고 무진 애를 쓴다.

이런 이야기를 하는 까닭은 당신이 노심초사하며 혼신의 힘을 기울이는 것이 바로 창조력이라고 오해하지 않기를 바라기 때문이다. 실은 초조한 긴장은 오히려 창조력을 깜짝 놀라 도망치게 한다.

그러므로 혹사하려고 애쓰지 마라. 어떤 것을 그때만 이해하려고 노력하라. 만일 이해되지 않으면 그냥 다음으로 넘어가라. 당신이 두 번째, 세 번째 것을 이해하게 되면 그 첫 번째 것도 불현듯 이해될 터이니까.

무언가 하나를 이해하더라도 그것을 혹사하듯 되씹지 말라. 마치 피아노에 대고 음계를 쳐대는 아이들이나 주입식으로 시험공부를 하는 학생들처럼 그것을 암기하려고 자신을 혹사해서는 안 된다. 그것을 이해하는 순간 그것은 영원히 당신의 일부라는 사실을 알라. (그것을 잊어버릴까 두려워서) 혹사하듯 되씹고 반복하는 것은 완전히 시간낭비일 뿐이다. 그 시간은 더욱 새롭고 더욱 위대한 것들을 위해 사용되어야 한다.

혹사하기란, 마치 엄청나게 재능 있는 사람들이 아주 소량의 작품을 써놓고서는 그것을 완벽하게 다듬으려고 진짜 결점 하나 없이 완벽한 보석 하나를 만들려고 고치고 또 고쳐 쓰는 일과 비슷하다. 하지만 이런 사람들은 1년 혹은 5년 만에 진주

하나를 생산할 뿐이다. 이런 일이 일어나는 까닭은 혹사하기, 갈고닦기,[9] 다시 말해서 작은 문학적 진주가 혹시나 완벽하고 확실한 것이 되지 못할까 하는 두려움 때문이다. 그러나 이것은 완전한 시간낭비이며 가련한 일이다. 왜냐하면 이런 사람들 속에도 넘치는 생명과 시와 문학이, 상상력의 샘이 존재하기 때문이다. 하지만 그들이 보석을 연마하느라 노심초사하며 바쁜 탓에 그 샘이 솟아나오지를 못한다.

바로 이것이 핵심이다. 만약 그들이 계속 새로운 것들을 자유롭게 관대하게 그리고 걱정 없는 진실함으로 쓴다면, 분명 그들은 어떻게 진주를 만들어 내는지를, 또한 어떻게 하면 전혀 힘들이지 않고도 단 2초 만에 훌륭하게 연마할 수 있는지를 배우게 될 것이다.

이 모든 이야기를 통해 내가 전달하고 싶은 것은, 작업하기는 혹사하기가 아니라 오히려 해볼 만한 근사한 것이라는 것, 그리고 창조력은 당신들 모두 안에 존재한다는 것이다. 창조력에게 약간의 시간만 내준다면, 창조력을 조금이라도 신뢰하고 그것이 자신의 속으로 조용히 들어오는 것을 지켜본다면, 항상 서두르는 탓에 혹은 게으르고 행복해야 하는 시간에 죄

---

9) 이 두 가지는 자주 혼동된다. 그렇기 때문에 불행하게도 행복하고 열의로 넘치는 사람들에게 '작업하기'라는 단어는 우울한 말이다. 하지만 그들은 혹사하는 사람들보다 열 배나 더 많은 에너지를 갖고 있기 십상이며, 이 단어를 제대로 이해한다면 그들도 작업하기를 사랑하게 될 것이다.

독자분들께 안내드립니다.

브렌다 유랜드의 『글을 쓰고 싶다면』(1·2쇄)
본문 70쪽, 각주 9번에 오류가 있어 정정합니다.

수정 전

9) 이 두 가지는 자주 혼동된다. 그렇기 때문에 불행하게도
행복하고 열의로 넘치는 사람들에게 '작업하기'라는 단어는
우울한 말이다. 하지만 그들은 혹사하는 사람들보다 열 배나
더 많은 에너지를 갖고 있기 십상이며, 이 단어를 제대로
이해한다면 그들도 작업하기를 사랑하게 될 것이다.

수정 후

9) 이러한 갈고닦기는 점점 더 진실에 다가가기에 적합한 노력이
절대로 아니다.

독서에 불편을 끼쳐드려 죄송합니다.

앞으로 책 만드는 데에 더욱 정성을 다하겠습니다.

━━ 엑스북스 드림 ━━

의식을 느끼는 탓에 그것을 멀리하지 않는다면, 그것을 멀리하는 핑계로 스스로에게 최악의 거짓말——자신에게는 창조력이 전혀 없다는 거짓말——을 하지 않는다면 말이다.

6
"늘 젊고 살아 있는 시인이
우리 안에 잠자고 있음을 알라"

— 알프레드 드 뮈세

전에 나는 일을 하도록 자신을 몰아세우곤 했다. 작가로 여겨
진다는 것이 얼마나 불쾌하고 고달픈 일이었는지 당신은 상상
도 할 수 없을 것이다. 어떻게든 일을 하려고 스스로를 아슬아
슬한 상태 즉 절박하게 돈이 필요한 궁지까지 내몰곤 했다. 하
루 세 시간 가량 일하고 나면 머리가 지끈거리고 녹초가 되었
다.[1] 오후나 저녁에는 일을 못했는데, 그 시간대에는 머리가
맑지 않다고 확신했기 때문이다. 그러나 이 모든 것은 두려움

---

1) 소설이나 기사를 마무리할 때는 그렇지 않았다. 이런 일은 대개 옮겨 쓰면 되기 때문
에 나는 하루 종일 일할 수 있었다. 하지만 초고, 최초의 발명품에 매달려서 한두 시
간 일하고 나면 거의 실신할 정도였다. 정말 얼마나 도망치고 싶었던가! 얼마나 지루
했던가! 또 물은 얼마나 끝없이 마셔댔던가! 나는 걸핏하면 전화를 건다든가 다른 도
피구를 찾곤 했다.

이었고 또 기만이었다.

　내가 잘못된 방식으로 일하고 있다는 것을 가르쳐준 사람은 다름 아니라 글쓰기 강좌 학생들이었다. 그 시시하고 미숙한 아마추어 작가들이 갑자기 ——내가 그들의 두려움을 없애 주는 순간—— 놀라운 선물로 바뀌어 내 앞에 모습을 드러냈다.

　나는 그들로부터 영감에 관해 배웠다. 영감은 번개처럼 느닷없는 것도, 활동적이고 힘든 분투도 아니라는 것, 오히려 규칙적으로 매일 흘러나올 기회를 조금 준다면, 그리고 약간의 고독과 게으름을 제공하기만 한다면 영감은 느리고 조용하게 언제든지 우리 속에 들어온다는 것을 말이다. 또한 글을 쓸 때 우리는 정상에 우뚝 선 바이런처럼 느낄 게 아니라 마치 유치원에서 구슬을 꿰는 아이들처럼 행복하게 몰두하여 구슬을 하나씩 조용히 꿰어 나가야 한다는 것을 배웠다.

　언젠가 나는 열두 살짜리 소녀들에게 유화 모델을 해준 적이 있다. 나는 그들에게 초상화를 완전히, 그들이 그릴 수 있는 한 가장 잘 그릴 때까지 사흘간 온종일 앉아 있겠다고 말했다.

　그때까지 이 아이들은 아무도 유화 그림을 그려 본 적이 없었다. 동쪽으로 난 창문들로부터 흘러 들어오는 빛을 받으며, 나는 화실 벽을 등지고 의자에 앉았다. 어린 소녀 넷과 어른 셋으로 이루어진 집단이 나를 향해 앉아서 캔버스 비스듬히 나를 응시하고 있었다. 그 긴 시간 동안 나는 그들을 바라보는 것밖에는 달리 할 일이 없었다.

방안을 꽉 채운 일곱 명이 모두 어른이라면 꽤 큰 웅성거림과 속삭임이 오갈 수밖에 없다. 그들 중 네 명이 어린아이라면 그 방은 시끄럽고 아수라장이 된다. 모두가 알고 있듯이 어린아이들이란 (학교에서든 교회에서든 연설장에서든) 조용히 계속 몰두하는 힘을, 더군다나 강한 정신적 싸움과 노력이 필요한 일에서는 가질 수가 없다. 특히 그림 그리기는 익숙하지 않은 때에는 기묘하리만치 어렵다는 걸 누구나 안다. 삼차원 세계를 평면에 옮기기란 얼마나 끔찍하게 어려운 일인가! 코를 정면에서 그린다는 것은 소름끼치도록 곤란한 일이지 않은가! 게다가 유화 물감으로는 처음 그린다고 상상해 보라. 그 일은 마치 권투글러브를 끼고 찰흙을 주물러 정교하고 세밀한 형태를 빚는 것과 비슷하다.

어쨌거나 바로 이런 일을 하려고 그 아이들은 애쓰고 있었다. 하지만 그들이 나를 그리는 동안 방 안에는 죽음 같은 고요가 흘렀다. 숨소리마저 들리는 듯했다. 반짝이는 여러 눈이 나를 아래위로 훑어보고 있었을 뿐이다. 한 20분쯤 지나자 신음소리나 좌절의 외침이 흘러나왔다. "아이쿠, 브렌다 선생님! 제가 선생님을 마녀처럼 보이게 그렸어요!"

한참이 지나서야 그들은 한낱 인간에 지나지 않는 나를 다만 몇 분이라도 쉬게 해야 한다는 생각을 해냈다. 하지만 그림을 중단하기가 싫어서 정말 마지못해서였다. 그런데 막상 짧은 휴식시간이 시작되자 그 지극히 종교적이고 행복한 침묵과 몰두와 명상은 밀려나고, 대신 어린아이들로 가득찬 방 안에서는 당연한 소란과 시끄러움과 훼방놓거나 내리치거나 부딪치는 소리가 들려왔다. 심지어 태평스레 졸던 개들마저 짖어대거나 몸싸움을 하면서 드나들었다.

바로 이 아이들이 대여섯 시간을 내리닫이로(글을 쓸 때 이런 식으로 일해야 한다) 이틀 하고도 반나절 동안 그림을 그렸다. 마치 미켈란젤로 같은 화가나 블레이크 같은 시인의 축복받은 빛나는 힘이 그들에게 깃든 것 같았다. 아이들의 그림은 하나같이 놀라웠다.[2] 각기 다르고 경이로운 자기 방식대로였다. 그 까닭은 창조적 충동이 순수하게 움직였을 뿐, 이기적 구석이라곤 전혀 없고, 또 누군가를 이를테면 예술적인지, 균형이 맞는지, 구도는 어떤지 등을 묻는 초조한 선생을 기쁘게 하려는 의도가 전혀 없었기 때문이다.

이 이야기를 통해 나는 바로 이런 것이야말로 당신이 글을 쓸 때 느껴야 하는 감정이라는 점을 말하고 싶다. 당신은 행복하고 정직하고 자유로워야 하며 마치 아이들이 유치원에서 구

---

2) 특히 색깔이 정말 아름다웠다. 한 뛰어난 초상화가가 이 그림들을 보더니 감탄하며 거의 신음소리를 냈다. 그는 그 색깔들과 소묘 솜씨를, 마룻바닥을 원래의 색이 아니라 옅은 청록색으로 칠한 한 아이의 천재성을 부러워했다.
각각의 초상화는 서로 전혀 달랐다. 하지만 하나하나가 나의 모습과 개성을 (사진보다 더 잘) 묘사했으며, 그림을 그린 소녀와 그녀의 개성을 나타내는 것이기도 했다. 글을 쓰거나 그림을 그릴 때에는 언제나 이런 일이 일어난다. 당신이 누구인가를 보여 주게 된다.

슬을 뀔 때처럼 놀랍고도 흐뭇하게 몰두해야 한다. 완전히 자신을 믿어야 한다. 당신은 누구와도 다른 사람이므로 오직 당신 속에 있는 것을 정직하게 드러내기만 하면 된다. 그러면 그것은 분명 흥미롭고 훌륭할 것이다. 잘 팔리겠느냐고? 그건 나도 잘 모른다. 하지만 어쨌든 한동안은 그런 문제는 고려하지 않는 게 좋다.

거듭 이렇게 말하는 까닭은 창조적 충동은 고요하고 또 고요하기 때문이다. 그것은 바로 지금 현재에서 보고 느끼고 조용히 귀를 기울인다. 나의 초상화를 그리던 아이들이 어떻게 현재에 살고 있었는지를 당신은 알지 않는가? 진정으로 현재에 살고 있을 때에만 당신은 정신적으로, 또한 상상력과 더불어 사는 것이다.

내가 아는 희귀하고 특출하며 창조적인 두세 사람들이 진실로 매혹적이고 근사하고 예언적인 때는, 현재에 살고 있는 듯이 보였다. 프란체스카가 그런 사람이다. 또 블레이크처럼 환상을 보는 자그마한 스웨덴 신비주의자가 두 번째이다. 세 번째로 시인 칼 샌드버그가 있다.

예컨대 프란체스카는 언제나 현재에, '지금! 바로 지금!' 사는 듯이 보인다.[3] 아무도 그녀에게 남의 뒷소문을 늘어놓게 하거나, 장황한 이야기를 되뇌게 하거나 귀 기울이게 만들 수 없다. 그 까닭은 그녀가 뒷말하기를 싫어하고 그런 걸 멀리하기 때문이 아니다. 단순한 이야기가 관심거리가 아니어서가 아니라, 그런 이야기는 다만 기억일 뿐이며[4] 새로움이 절대 나올 수 없는 과거의 이야기일 뿐이기 때문이다. 그것은 영감도 아니고 현재도 아니다.

오히려 그녀는 거의 말이 없는 편이다. 다만 애정 어린 빛나는 눈으로 당신을 응시하며, 침묵의 음악에 맞추어 하느작거리듯 당신의 이야기를 귀담아듣고, 완전히 이해하고, 어딘가 저 먼 곳에서 온 지혜가 깃든 모습이다. 그 순간 그녀는 마치 성 요한의 목소리를 듣고 이해한 것처럼 보인다. 그런 다음 그녀는 (느닷없이)[5] 무언가를 이야기한다. 그것은 즉각 내게 특별하고 진실하고 중요하게 느껴지고, 놀라운 위안과 통찰력으로 나의 내면을 가득 채운다.

나는 한 번도 그녀가 오로지 추억에서 끄집어낸 이야기를

---

3) 때때로 스스로 이렇게 속삭여 보라. "지금… 지금. 내게 지금 무슨 일이 일어나고 있지? 이 순간이 지금이구나. 지금 내게 무엇이 들어오고 있지? 이 순간에 말이야." 그러면 갑자기 세상은 마치 전에는 보지 못했던 듯이 나타날 것이고, 사람들의 목소리를 들을 때에도 그들이 말하고 있는 것뿐만 아니라, 그들이 말하고자 노력하고 있는 것을 듣게 될 것이다. 또한 그들에 관해 모든 진실을 알게 될 것이다. 존재하는 것들은 파편적으로—이것은 아니고 저것은 어떻다는 식으로—가 아니라, 투명한 전체로서 이해될 것이다.

4) 물론 그녀도 기억하는 것들을 이야기한다. 하지만 그것은 언제나 현재의 창조적 순간에 어떤 빛을 던진다.

5) 그녀는 늘 단번에 진실의 한복판으로 뛰어들며 그 이야기에 변명 섞인 설명도 어떤 증거도 어떤 수식구도 덧붙이지 않는다. 당신도 글을 쓸 때 이렇게 하기 바란다. 그리고 프란체스카처럼 늘 진실하기 때문에, 당신의 이야기를 사람들이 믿어줄지 아닐지에 전혀 신경 쓰지 말기 바란다.

하는 것을 들은 적이 없다(그런 이야기는 그 전날 듣거나 생각한 것을 반복하는 것에 불과하다).[6] 언제나 그녀는 창조적으로 말한다. 단 한 번도 겉치레적인 단어를 쓰지 않으며, 그 순간 자신이 깊이 느끼는 이야기만을 한다.

시인 칼 샌드버그도 마찬가지였다. 그는 아름다운 목소리로 꿈꾸듯 이야기하는데, 말하는 동안 그로부터 영감이 지금… 지금 나오는 것만 같다. 마치 그게 무엇이든 어떤 상상이 그에게 들어갔다가 다시 자유롭게 음악처럼 흘러나오는 듯하다.

한번은 여러 사람과 함께 나의 집 옆에 있는 호수 주변을 드라이브하다가 내려서 노을을 구경했다. 12월의 하늘이었다. 샌드버그는 '총구 빛 하늘'이라고 말하더니 묵묵히 하늘을 응시했다. 나는 경외감을 느꼈다. '시인은 자기 감동을 이런 식으로 표현하는구나.' 하늘을 쳐다보는 동안 그의 내부에서 일어나고 있는 것을 나도 느낄 수 있었다. 그것은 일종의 체험으로, 환하게 빛나며 작동 중이었다. 반면 나는 겉으로는 "정말 완벽하게 아름답지요?" 하고 외치면서도, 실은 약간의 자의식과 사

---

6) 그녀는 절대로 의식적으로 이렇게 하지 않는다. 그녀는 이야기를 반복하지 않는 사람이 되려는 계획도 의지도 없다(당신도 절대 그러지 말아야 한다). 추억으로부터 사실과 증거를 쌓아올리느라고 시간을 낭비하지 않을 뿐이다. 단지 그녀의 상상이 그녀에게 보여 주는 것을 받아들이고 이 새로운 진실을 표현할 뿐, 이것저것을 염려하면서 비교하거나 그 진실이 건전한 것인지를 검토하지 않는다. 아마도 내면에서는 그녀가 그 진실을 검토하리라고 나는 확신한다. 하지만 그녀는 사람들 앞에서 자신의 건전함을 (독선적으로) 확실히 해둘 필요를 느끼지 않는다.

람들을 즐겁게 해야겠다는 책임감을 느끼면서 10분 후 다가올 미래에 살고 있었다. 칼 샌드버그는 현재에 살면서 시적인 체험을 하고 있었으리라. 하지만 내 마음은 다른 환영행사들과 예의바른 주인 노릇을 해야 하고 때맞춰 집으로 돌아가서 저녁식사를 대접해야 한다는 염려로 가득 차 있었다.

그런데 당신과 나, 그리고 다른 모든 사람도 종종 석양 앞에서는 현재에 산다. 우리도 칼 샌드버그나 단테나 셰익스피어와 마찬가지로 노을을 보며 무언가를 느낀다. 생 보브(Saint-Beuve)는 말했다. "대부분의 사람들 속에는 시인이 존재하지만, 그 시인은 젊어서 죽고, 사람들은 그 시인보다 너 오래 산다." 그리고 드 뮈세는 이렇게 썼다. "늘 젊고 살아 있는 시인이 우리 안에 잠자고 있음을 알라."

당신들 모두는 이것이 사실임을 안다. 나는 우리 모두 시인이기에, 위대한 시인과 예술가들처럼 시간의 현재 부분에 살자고 제안한다. 덧붙이자면, 만일 당신이 그저 이야깃거리로 하늘을 두고 "얼마나 아름다운 저녁인가!" 하고 피상적으로 말한다면 그것은 시가 아니다. 하지만 당신이 정말 진정한 의미로 그렇게 말한다면 그것은 시이다.

앞서 말한 주장을 이 책에서 계속 견지할 수 있을지 나도 잘 모르겠다. 어쩌면 당신은 이런 주장에 대해 딱딱한 표정으로 지적인 사고를 하면서, 어떤 규칙을 세우고(당신은 절대로 그래서는 안 된다!) 스스로 이렇게 곱씹을 수도 있다. "조심하자. 내가 지금 올바로 하고 있는 것일까? 내가 지금 사용하고 있는 것은 기억인가 아니면 상상력인가?"

절대 이렇게 해서는 안 된다. 이 책이 끝나기 전에 아마 이 문제를 다시 이야기할 것이므로 당신이 그럴 위험은 없을 것이다. 물론 우리는 언제나 기억을 사용하며, 기억이란 좀 더 선명할수록, 좀 더 자세할수록 더 좋은 것이다. 만일 당신이 소설을 쓰고 있다면, 물론 당신은 기억을 사용하여 가출경험 따위를 자세히 쓰게 될 것이다. 하지만 어린아이들이 하듯 '영감'이라는 새로운 생각으로 당신 자신을 계속 재충전하기를 잊지 말라. 바로 이것이 내가 '현재에 살기'라고 묘사한 것이다. 당신도 그러고 싶을 것이다. 당신도 모든 사물에 대해 자유롭고 열린 태도를 갖고 싶을 것이며, 가식적이거나 초조해하고 싶지 않을 것이다.[7]

멕시코 사람들과 미국 남서부 인디언들이 자신이 해야 할 일을 행복하게 조용히 하면서, 내일에 대해 아무런 염려도 하지 않으면서, 어떻게 현재에 사는지를 보라. 멕시코 사람은 땅

---

7) 정말 그렇다. 나는 모든 불안과 걱정에 반대한다. 당신도 알다시피 많은 사람들이 걱정을 의무라고 생각한다. 이런 걱정의 뒷면에는 운명이나 신은 비열하고 분개하고 까다롭고, 우리가 충분히 걱정하지 않는다면 분명 신으로부터 처벌받을 것이라고 생각하는 무의식적 느낌이 있다. 하지만 이런 사람일수록 예수가 우리에게 한 말을 기억해야 한다. "하늘나라와 그 의로움을 추구하려면"(창조적으로 위대하게 추구하면서 현재에 살려면) 먼저 걱정을 버려야 하며, "그리하면 이 모든 것들이"(아름다움, 행복, 선함, 재능, 음식과 의복이) "너희에게 주어질 것이다." 물론 그의 말은 지당하다.

바닥에 주저앉아 담배를 피우며 아무것도 바라보지 않으면서 몇 시간이나 행복하게 보낸다는 이야기가 있다.

또한 모든 멕시코 사람들이 어떻게 그토록 훌륭한 예술가가 될 수 있는지를 보라! 가장 가난한 사람들이 손끝을 대기만 해도 아름다운 작품이 나온다. 그것이 두 푼짜리 양철통이거나 폐타이어 샌들에 지나지 않더라도 말이다. 그 까닭은 그들이 현재에 살기 때문이라고 나는 생각한다. 더 고려할 점도 있다. 그들은 아름다움을 사랑하기 위해 느긋하게 시간을 쓴다.

하지만 우리 도시인들은 20년 후에 ─ 지금이 아니라 ─ 살아갈 생각에 너무나 쫓기면서 살아왔다. 그때쯤 되어야 저축과 불어난 이자 덕에 우리가 현재를 살게 될 거라고 믿기 때문이다. 현재에 산다는 것은 우리에게 게으름을 의미할 수도 있다. 두려움 때문에 우리는 게으름을, 창조적이며 빛나는 것이 아닌, 천한 것으로 여긴다.

'현재에 사는 것'은 이렇게 묘사될 수도 있다. 음악을 듣거나 피아노를 칠 때, 당신은 그것에 대고 연주할 수도 있고 그것 속에서 연주할 수도 있다.[8] 당신이 그것에 대고 연주할 때 당신은 악보의 부호에 따라 점점 세게 혹은 점점 약하게 피아노를 친다. 당신은 악보를 보면서 "이제 점점 더 크게 칠 때로구나"

---

8) 내가 아는 한 훌륭한 피아니스트가 끔찍이 노력하지만 희망 없는 학생에 관해 애석해하며 말했다. "그 애는 늘 연습하지만 결코 연주하지는 않아요."

하고 생각한다. 그래서 당신은 점점 더 큰소리를 낸다. "정신 차려! 여기는 '점점 여리게'잖아!" 이런 식으로 의무적으로 연주한다. 하지만 이것은 이성적이고 외면적이다.

오직 당신이 어떤 악기 속에서 연주할 때에만, 사람들은 당신의 연주를 경청하고 감동받는다. 그런 때에만 당신 스스로가 감동받기 때문이다. 그런 때에만 색다르고 놀라운 체험이 생겨나며, 그 음악이 ── 모차르트든 바흐든 무슨 곡이든 간에 ──돌연 당신 자신, 당신의 목소리, 당신의 웅변이 된다. 그 음악 속의 열정적이고 불가사의한 질문이 당신의 질문이 된다. 그리고 예를 들면 베토벤의 고상함과 격렬함과 경이로운 달콤함을 갖고서 청중들에게 이야기를 건네는 사람이 바로 당신이 된다.

예를 하나 더 들어 보자.

사람들을 웃기는 데 천재적인 재능을 가진 사람들을 살펴보라. 그들이 누군가를 흉내 낼 때 그들은 실제로 일종의 무아지경에 빠져 있음을 당신은 알 수 있다. 그들은 자신이 흉내 내고 있는 그 사람이 되어 있다. 그러지 않고 만약 그들이 (나처럼) 자의식에 사로잡혀 무아지경과 일체감 속으로 들어갈 수 없다면, "이제 나는 이렇게 해야지, 이제 나는 눈을 감아야지, 그럼 사람들이 웃을 거야" 하는 식으로 생각한다면, 그들의 흉내는 전혀 우습지 않을 것이고 관객들은 고통스럽고 당황스럽고 어디로 눈길을 주어야 할지 난감하기만 할 것이다.[9]

그러니까 당신이 글을 쓸 때에도 바로 이런 일체감, 자유로움, 방심과 함께 해야 한다. 그러면 글은 좋아질 수밖에 없다.

어떤 사람들은 이 말을 사고의 중단이라는 뜻으로 해석할 것이다. 아니, 그렇지 않다. 그런 뜻으로 한 말이 아니다. 글을 쓰는 동안, 아마도 당신은 평생의 어느 순간보다 더 열심히 더 명확히 사고해야 할 것이다. 하지만 자의식, 불안, '지식인화'(잘난 체하면서 코안경 사이로 이맛살을 찌푸린 채 타인들이 써놓은 규칙에 따라 글을 쓰려고 안간힘을 쓰는 태도)[10]를 떼어내고 던져 버려야 한다.

딘 잉게(Dean Inge)에 따르면, 위대한 신비주의 철학자 플로티누스는 이 '현재에 살기'를 다음과 같이 묘사했다고 한다.

가장 좋고 가장 효율적인 순간에, 즉 우리가 우리의 일 속으로 진정으로 '들어갈' 때, 우리는 그 일을 잊는다. … 이는 순수한 영혼의 체험이며, 그때 그 영혼은 유일자를 향하게 된다. 이 단계에 도달하면 우리는 종종 이 체험이 실제인가 아닌가 하는

---

9) 자의식은 사람들에게 깊은 인상을 남기지 못하면 어쩌나 하는 불안에서 나온다. 광대인 척하는 사람은 관객이 그를 인정하지 않을까 두려워하기 때문에 사람들을 웃기지 못한다. 진짜로 웃게 하는 사람은 관객을 전혀 의식하지 않는다. 관객이 웃지 않더라도 그는 스스로 재미있었기에 별로 신경을 쓰지 않는다. 관객이 웃는다면, 그는 한층 더 자유로워져서 자신을(그의 영감을) 더욱 깊고 더욱 엉뚱하고 느닷없는 익살로 가득 채운다.

10) 하지 말아야 할 많은 것들을 명심하는 태도 또한 이와 마찬가지로 버려야 한다.

의문이 든다. '감각들이 아무것도 보지 못했다고 항의하기' 때문이다. 나아가 영혼의 이런 최고의 체험에는 우리가 그 체험을 조금도 의심할 수 없음에도 불구하고, 일종의 무의식이 깃들어 있다.

달리 말하자면, 바로 당신이 진정으로 현재에 살고 있을 때, 즉 당신이 몹시 좋아하는 일을 작업하고 생각하고 몰두하고 열중해 있을 때야말로, 당신은 영적으로 살고 있는 것이다.

그리하여 다시 요점에 이르렀다. 당신이 글쓰기 작업을 한다면 그것은 다른 사람에게가 아니라 당신에게 좋은 일이다.

우리가 아무 행동도 하지 않는 때 스스로를 게으르다거나 어리석다고 느끼는 감정에 대해서 한마디 덧붙이자.

당신은 쓰기 위해 앉은 뒤 생각한다('생각하기'는 대학교수들의 몫이려니 하는 느낌을 어렴풋이 갖고서). 처음 1~2분 동안은 아무런 논리적 생각도 떠오르지 않는다. 일종의 무감각 상태가 뒤따르고, 당신의 정신적 한계에 대한 확신 같은 것이 들고, 마침내 수심에 잠겨 아래층으로 내려가서 설거지같이 쉽고 몸을 움직이는 일을 한다. 그러는 동안(비록 의식하지는 못하더라도) 어떤 놀랍고 매혹적이고 특출하고 창조적이며 빛나는 생각이 떠오른다. 그게 생각이라는 점을 전혀 모르기에, 당신은 그것을 존중하지 않고 또 종이에 적지도 않는다. 종이에 적어 두는 것, 바로 이것이 지금부터 당신이 해야 할 일이다! 다시 말해 당신은 언제나 행동해야 하며 당신 속을 지나가는 것들을 표현해야 한다.

그러지 않는 것이 이른바 시시한 사람들의 비극이다. 그들은 아마도 우리 행동파들보다 더 많이 생각할 것이다. 하지만 그들은 이미 설명한 많은 이유들 ——즉 자기회의, 실패에 대한 두려움 등등 ——때문에 그 생각들을 끄집어내서 종이나 캔버스에 혹은 음악이나 일로 표현하지 않는다.

반면 과감하고 직선적이고 부지런한 사람들의 비극이란, 별로 생각은 하지 않으면서 지나치게 계속 행동하기 때문에 그들의 생각이 무미건조하고 공허해진다는 점이다.[11]

물론 우리는 행동해야 한다. 하지만 게으른 사람은 흔히 행동하지 않는다. 게을러서가 아니라 어떤 식으로든 두려워하기 때문이다. 생각 뒤에는 (마치 아이들이 구슬을 꿰듯) 몰두하여 단순히 즐기는 행동이 뒤따르게 된다는 것을 그는 미처 알지 못한다. 행동은 고통스럽고 몹시 힘들며,[12] 실패로 끝날 것이 거

---

11) 아주 강하고 활동적인 사람들은 행동 덕분에 자신들이 더욱 잘 생각한다고 반박할 수도 있다. 하지만 그들이 게으름을 피우면서 생각하는 데 좀 더 많은 시간을 쓴다면, 아마도 상상력은 그들이 현재 하고 있는 행동보다 한층 더 위대한 행동을 보여 줄 것이다.

12) 세상의 모든 규범주의자, 금욕주의자, 의무주의자들 때문이다. 내 말의 의미는, 힘들고 괴로운 일은 아무것도 하지 말아야 한다는 것이 아니다. 콜럼버스는 아메리카를 발견하기까지 힘들고 불편한 시절을 겪었다. 하지만 그 역시 사랑과 상상력 덕분에 그럴 수 있었다. 단지 의무감 때문이라면 그는 그렇게 할 수 없었을 것이다. 의무

의 틀림없다고 생각한다.

가난하고 위대하며 열정적인 반 고흐가 이에 관해 한 말에 귀 기울여보자. 그는 동생에게 썼다.

아주 대조적인 두 종류의 게으름이 있다. 먼저 나태, 인격 결함, 천성의 비천함 때문에 게으른 사람이다. 원한다면 나를 그런 사람으로 생각하렴….

다음으로 또 다른 게으른 사람이 있다. 그는 자신의 의지와는 무관하게 게으르고, 너무나 행동을 갈망한 탓에 내면이 지쳐 있는 사람이다. 그가 아무것도 하지 못하는 이유는 새장 속에 갇혀 있는 듯하기 때문이고, 자신을 생산적으로 만드는 데 필요한 것을 갖고 있지 못하기 때문이며, 불운한 환경이 그를 그 지경으로 몰아갔기 때문이다. 그런 사람은 자신이 할 수 있는 일을 늘 알지는 못하지만 본능으로는 느낀다. 하지만 나도 무언가에 적합한 인간이고, 나의 삶에는 궁극적으로 하나의 목표가 있다. 내가 아주 다른 사람으로 바뀔 수도 있다는 것을 나는 알고 있다! 그렇다면 어떻게 해야 내가 쓸모 있게 되고, 무슨 일엔가 봉사하게 될 것인가! 나의 내면에는 뭔가가, 그렇게 될 수 있는 어

감은 당연히 그가 집에 머물면서 돈을 벌고 아이들을 키우도록 했을 수도 있다. 아니, 의무감 때문이라면 그는 그토록 분별없고 자유롭고 명예로운 일을 시도하지도 않았을 것이다.

떤 것이 있다!

이런 사람은 아주 다른 종류의 게으른 인간이다. 원한다면 나를 이런 사람으로 생각하려무나. 봄날 새장에 갇힌 새는 자신이 무슨 목적엔가 쓸모 있으리라는 걸 아주 잘 안단다. 그는 자신이 해야 할 무언가가 있다는 것을 절감하지만, 그것을 할 수가 없단다. 그게 무엇이냐고? 그는 잘 기억하지 못한다. 하지만 그는 무언가 희미한 생각을 갖고서, 다른 새들은 제 둥지를 만들고 알을 낳고 새끼들을 키우잖아라고 스스로에게 말한다. 그런 다음 그는 자신의 머리를 횃대에 짓찧는 것이다. 하지만 그 새장은 그대로 있고 그 새는 번민으로 미쳐 간다.

지나던 다른 새가 '저 게으른 동물을 보렴. 그는 마음 편히 살고 있는 것 같아' 하고 말한다. 맞는 말이다. 그 포로는 살아 있고 건강이 좋고 햇볕이 내리쬐면 좀 즐겁기까지 하다. 하지만 곧 철새가 이동하는 계절이 온다. 우울감이 줄곧 그를 덮친다. 그를 새장에 가둬놓고 돌보는 아이들이 말한다. '하지만 그는 자기가 원하는 모든 걸 갖고 있잖아.' 그는 음산한 하늘을 올려다보며 마음속으로 자신의 운명에 반역한다. '나는 갇혀 있어. 내가 갇혀 있는데도 너희는 내가 원하는 게 하나도 없다고 말하는군. 이 멍청이들아! 너희 생각으로는 내가 필요한 걸 전부 갖고 있는 것 같겠지. 아, 정말 간절히 부탁하는데, 제발 내게 자유를 줘. 다른 새들처럼 살게 해줘!'

어떤 나태한 인간은 이 새를 닮았다. 공정하게든 부당하게든 파

괴되어 버린 평판, 빈곤, 운명적인 환경, 역경 ——이것들이 사람들을 갇힌 자로 만들지. 한 인간을 이런 감금에서 벗어나 자유롭게 하는 것이 무엇인지 너는 알겠니? 그것은 바로 깊고 진지한 애정이란다. 친구 되기, 형제 되기, 사랑 ——이런 것들이 최상의 힘을 발휘해서 그 어떤 마술적인 힘으로 감옥 문을 열어젖힌다. 하지만 이것들이 없다면, 그 사람은 감옥에 남아 있게 될 거야.

연민이 부활하고 생명이 복원되는 곳이 어딘가에 있을 것이다. 이 감옥은 편견, 몰이해, 사물에 대한 치명적 무지, 불신, 잘못된 치욕이라고 부를 수도 있다. 하지만 만약 네가 내게서 최악의 게으른 유형의 인간이 아닌 그 무엇인가를 볼 수 있다면, 난 정말 더없이 기쁠 것이다.

7
글을 쓸 때는 사자처럼, 해적처럼
경솔하고 무모하라!

이제 나는 내 강의시간에 배운 몇 가지를 이야기하고 싶다.

모든 사람은 재능이 있고 독창적이다. 하지만 그것들은 오랫동안 뚫고 나오지를 못한다. 사람들은 너무 겁을 내고 너무 자의식적이고 너무 자존심이 세며 너무 부끄러워한다. 그들은 구성, 줄거리, 통일성, 전체, 일관성 등에 관해 지나치게 많이 배운 것이다.

내 남동생은 열두 살 때 작문을 쓸 적마다 거의 매번 셋째 문장을 "그러나 애통하여라, 모든 것이 헛되도다!"라고 썼다. 모든 사람이 수년 동안 이와 비슷하게 글을 쓴다. 그 이유는 그들이 글쓰기를, 종이에 대고 말하기가 아니라 뭔가 특별한 것이라고 배웠기 때문이다.

작가들이 처음 20년 동안 겪는 또 다른 골칫거리는 특출해야 하며 깊은 인상을 남겨야 한다는 초조함이다. 그들은 허세를 부리며 글을 쓴다. 그러지 않기란 무척 어려운 일이다. 나도 마찬가지였다.

여러 해 동안 내가 쓴 많은 글들이 왜 가식적이고 허위와 과장으로 가득 차 있는지, 요컨대 왜 몹시 지루하고 재미가 없는지, 내게는 수수께끼였다. 다시 읽기가 늘 두려웠다. 물론 그것들은 단 한 편도 팔리지 않았다.

그 까닭을 나는 학생들에게서 배웠다. 한두 주일 동안 신나게 떠들면서 격려를 거듭하고 나면 그들은 모두──심지어 도리 없이 지루하고 진부하고 편협하고 상투적인 글을 쓰던 사람들마저도──마치 번데기에서 나오듯 이런 상태를 뚫고나와 갑자기 생생하고 진실하고 감동적이고 훌륭하게 쓰기 시작했다. 그들은 구성이나 주제를 중시하는 글쓰기를 벗어던지고, 어떤 자유와 정직함으로, 나아가 내가 '미세한 진실'이라고 이름붙인 글쓰기로 비약하곤 했다.

어떻게 그럴 수 있었을까? 나는 그 이유를 안다. 그들이 그럴 수 있게끔 도운 사람은 바로 나였다고 생각한다. 나의 교수법은 결코 그들을 비판하거나 그들의 공들인 작품 속에서 진부한 부분을 들춰내는(그리하여 위축되거나 온갖 잘못을 피하려고 신경을 곤두세우도록 하는) 식이 아니었다. 나는 그들이 더욱 자유롭고 더욱 대담하게 느끼도록 도왔다. 잘못된 것은 그냥 내버려두세요! 경솔하고 무모하세요! 사자처럼, 해적처럼 되세요! 이제까지 쓰던 식으로 쓰세요.

내가 이렇게 해야 한다는 걸 이해하도록 도와준 사람은 프란체스카였다. 그녀는 바이올린 레슨을 하면서 어린 학생들에게 음을 틀리게 연주한다고 지적하지 않는다.[1] 그 이유는 무엇일까? 아이 스스로 그걸 알고 있기 때문이다. 모든 학생들은 심혈을 기울여서 올바른 가락에, 완벽에 가까워지려고 노력한다. 그러니 실수를 피하는 데 온갖 주의를 기울이도록 할 이유가 없지 않은가? 그렇게 해봤자 그들은 긴장하고 위축되고 레슨을 싫어하게 될 뿐이다. 게다가 조심하라고 주의를 받은 잘못된 가락에 지나치게 신경을 쓰게 되면 마치 자전거를 배우는 사람이 자기가 겁내는 나무를 들이받듯이 그 부분을 자꾸 틀리게 연주하게 된다. 어떤 음을 진정으로 연주하려면, 가장 단순한 사람도 알고 있듯이, 마음이 그 정확한 음에 닿아 있어야 하며 자신이 연주하기를 원하는 대로 상상력이 그 음을 들을 수 있어야 한다.

형편없는 이야기를 쓸까 너무나 두려워해서 수많은 재능 있는 사람들이 몇 달 동안 단 한 문장도 쓸 용기를 내지 못한다는 것을 나는 알게 되었다. 이런 사람들에게는 이렇게 말해야 한

---

1) 또 프란체스카는 누구나 음악을 들을 수 있는 귀를 갖고 있고 가락에 맞춰 노래 부를 수 있다고 내게 말했다. 어떤 사람들은 자신은 그런 능력이 없다고 생각하지만, 그들이 그럴 수 없는 것은 단지 올바르게 듣는 법을 배우지 못했기 때문이다. 또 어떤 사람들이 그럴 수 없는 까닭은 너무 긴장해서 지나치게 열심히 노력하기 때문이다.

다. "당신이 얼마나 형편없는 이야기를 쓸 수 있는지 한번 시도해 보세요. 얼마나 멍청할 수 있는지 알아보세요. 그렇게 해봐요. 그러는 것도 재미있을 거예요. 만약 당신이 첫 문장부터 마지막까지 완전히 지루한 이야기를 쓸 수 있다면, 내가 10달러를 주겠어요!" 물론 아무도 그럴 수는 없다.

당신 자신도 한번 시도해 보라. 그러면 위로를 받을 것이며, 어째서 당신이 전혀 멍청하지 않은지를 알게 될 것이다. 죄의식에 사로잡혀 아주 착하게 행동하려고 늘 애쓰는 사람이라면 오히려 지독한 악질이 되려고 노력해 보아야 하며, 끝까지 그러려고 결심해 보아야 하는 법이다. 그렇게 해보면 그들은 선함이 자신에게 얼마나 자연스러운지를 알게 될 것이며, 또한 착해지려는 노력이 아무리 좋은 것이더라도 결국은 자신을 위선자로 만들 뿐이기에 그렇게 할 필요가 없다는 것을 알게 될 것이다.

내가 수업시간에 수줍음을 많이 타는 학생들에게 자신의 글이 얼마나 나쁠 수 있는지를 한번 알아보라고 말할 때, 그들은 한두 문장이라도 쓸 용기를 낼 것이다. 인간인 이상 누구나 무엇인가를 ── 그들의 영혼 속에 깃든 부드럽거나 폭력적이거나 익살스러운 어떤 것을 ── 드러내는 문장을 단 하나라도 쓸 수밖에 없고, 무언가 좋은 점이 들어 있을 것이기에, 나는 그 점을 지적하곤 했다. 용기가 더 크게 자랄 것이며 그들은 점점 더 많이 쓰게 될 것이다.

자신의 글이 격려받을 때 얼마나 크게 발전할 수 있는지를 보여 주기 위해, 나는 몇몇 학생들 이야기를 하고자 한다. 이 소수의 학생들에게 일어난 일이, 쉽게 유창하게 피상적으로 지껄이듯 쓰는 사람들을 제외하고, 모든 학생들에게 일어난다. 쉽게 쓰는 사람들은 그 달변의 껍데기를 뚫고 그 아래 있는 진실에 도달하기 전에, 글쓰기를 금방 포기하는 경향이 있다.

사라 맥셰인(내가 지어낸 가명)은 아일랜드인으로 미혼이며 서른 살쯤이었다. 그녀는 수수하고 소박한 옷차림에 창백한 얼굴과 튀어나온 광대뼈와 기다란 눈 때문에 마치 아름다운 중국인처럼 보인다. 하지만 그녀는 너무 수줍어해서 사람을 정면으로 바라보지도 못한다. 그런데도 이야기를 할 때면 자주 그 슬픈 얼굴의 무표정을 깨고서, 재미있고 부끄럽다는 듯이 활짝 웃거나 웃음을 간신히 억누른다. 그녀는 속기사로서 백화점 지하 사무실에서 하루 아홉 시간을 일한다.

그녀가 내게 보여 준 첫 글은 두께가 4센티미터는 될 듯한 두툼한 작은 공책이었다. 깔끔하게 타자기로 친 글자들이 빼곡히 들어차 있었다. 겉표지에는 "빙하 공원에서 보낸 나흘, 사라 맥셰인 지음, 1935년"이라고 적혀 있었다.

그 글은 이렇게 시작된다.

지나가는 화물열차에는 언제나 무언가 매혹적인 것이 있다. 옆구리에 흉물스럽고 앙상한 팔이 달린 거대한 검은 엔진, 때로는 방랑자들을 너그럽게 지붕 위에 얹은 화물칸의 행렬, 묵직한 기름 탱크, 꽁무니에 매달려 퐁퐁 연기를 내뿜는 승무원 칸. 젊은이든 노인이든 누구나 늘 흥미를 느끼며 조용히 그 모습을 지켜볼 것이다.

'옆구리에 흉물스럽고 앙상한 팔이 달린 거대한 검은 엔진'이라는 구절을 읽자마자, 나는 그녀에게 쓸 능력이 있다는 것을 단번에 알아챘던 듯하다. 그녀에게는 사물을 볼 줄 알며 묘사하는 능력이 있다. 그녀는 자신이 보고 느낀 것을 썼다. 그녀는 자신이 느낀 대로 쓴 다음에, "아냐, 다르게 써야 더 근사할 거야. '잔뜩 짐을 싣고서 대초원을 달리는 말 같은 엔진'은 어떨까? 아니, 그저 평범하게 '높다란 바퀴가 달린 엔진'이라고 할까?' 하는 식으로(더 많이 배운 사람들이 흔히 하듯) 곰곰이 되씹지 않았다.

자신이 느낀 것과 떠오른 것을[2] 그대로 ─ '옆구리에 흉물스럽고 앙상한 팔이 달린'이라고 썼다. 참 좋은 시작이었다. 나는 그녀에게 이 몇 마디가 참 생생한 표현이라고 말했다.

조금 더 읽다 보니 다음과 같은 구절이 나왔다.

---

[2] 그녀는 결코 떠올리려고 애쓰지 않았다. 생각은 그냥 조용히 다가왔다. 다른 사람의 경우에는 다른 생각이 조용히 떠오를 것이다.

에어컨이 들어오는 신식 기차는 그 자체로 호기심거리였다. 검댕도 연기도 숨 막힐 듯 푹푹 찌는 공기도 없었고, 대신 한결같고 시원하고 깨끗한 대기가 있었다. 실내는 은은한 녹색으로 칠해져 욕실이나 침실 같은 분위기였다. 옷가방을 얹는 신식 은빛 선반, 하얀 야간용 실내등, 편안한 응접실 의자처럼 부드러운 객실의자들이 있었다. 정말 특등 설계였다.

이 구절에서 나는 그녀가 단순하고 열린 눈을 갖고 있으며, 조용한 기쁨으로 모든 것을 관찰하고 자기가 본 대로 쓴다는 것을 알았다(나는 그녀에게 그대로 말해 주었다). 또 그녀는 조용한 열정을 갖고 있있다. 예쁜 색깔들, '은은한 초록빛'이나 '은빛'을 그녀는 좋아했다. 이런 순진한 진실함과 열정과 사물에 대한 사랑을 보고 나는 사라 맥세인의 내면에 풍부한 시와 창조력이 있다는 것, 그녀가 단순하고 착한 사람이라는 것(그녀의 이 천성은 그대로 글로 드러나 내내 빛을 발했다), 그리고 아일랜드 시인들처럼 그녀 역시 단순하고 짧고 시적인 단어를 선택한다는 것을 알아챘다. 그녀는 진정한 아일랜드 인으로서 부드러우면서도 아주 아름다운 목소리를 갖고 있었다. 이것은 그녀가 글을 잘 쓸 수 있다는 뜻이라는 걸 나는 대번에 알았다.

그 두툼한 공책에다 그녀는 자신이 관찰한 모든 것, 예컨대 몇 시에 기차가 서고 떠났으며 어떤 마을들을 지나갔는지를 적었다.

트윈 시티의 한 구역에서 다른 구역으로 칙칙폭폭 달리는 동안, 익숙한 것들이 우리 옆을 미끄러져 갔다. 굴뚝과 물탱크, 집과 나무들, 번쩍번쩍 빛나는 광고판, 커다란 제분공장, 그리고 미시시피 강——이 모두가 너무 빨리 지나가는 바람에 연이어 바뀌는 과거의 장면이 되어 버렸다.

웨이자타 외곽에 이르자[3] 왼편으로 미네톤카 호수가, 그 차가운 초록빛이, 흔들리는 하얀 운동모처럼 팔랑거리며 넓게 펼쳐졌다. 반짝이는 빛깔로 후광이 둘러쳐진 태양의 금빛 얼굴이 호수 거울에서 반사되고 있었다.

나는 "흔들리는 하얀 운동모처럼 팔랑거리며"라는 표현이 아주 많이 마음에 든다. 이처럼 딱 맞는 표현이 나온 것은 그녀가 느낀 대로 썼기 때문이다. 그러므로 나도 똑같이 느꼈다. "반짝이는 빛깔로 후광이 둘러쳐진 태양의 금빛 얼굴"이라는 표현도 마음에 들었다. 이것을 옮겨 쓰는 지금도 나는 이 표현이 좋다.

---

3) 이 표현에서 나는 사라 맥셰인에 관해 많은 걸 알았다. 지하실에서 일하는 그녀는 웨이자타를 보게 되어 기뻤던 것이다! 웨이자타는 그녀의 집에서 겨우 14마일 떨어진 작은 마을이었다. 그녀는 기쁨과 감사를 느꼈다. 바로 이 점이 그녀가 글을 잘 쓸 수 있다는 사실을 보여 준다. 열정! 이것이야말로 우리 안에 창조의 샘이 있다는 징표이다. '열정은 모든 사람 속에 있는 전부'라고 블레이크는 말했다. 나는 당신에게 이 말을 자주 해야 할 것 같다.

그녀는 자기네들이 머문 호텔을 묘사했다.

'어떻게 해야 내가 여기서 묵을 수 있을까' 문 안으로 들어서는 순간 이 생각이 스쳐갔다. …조잡한 나무 공예품들 탓에 방안은 차갑고 숲 속 같고 음산한 느낌이었다. … 마르타는 훨씬 쉽게 만족했다. 그녀는 등나무 의자에 휙 몸을 던지더니 구두를 잡아 당겨 벗어 버렸다.

이 훌륭한 문장 덕분에 나는 마르타가 어떤 사람인지 당장 알았다.

첫날 저녁식사로 우리는 설탕에 절인 과일, 닭고기 오크라(스프), 높다랗게 쌓아 올린 크래커 한 접시, 구운 쇠고기, 종 모양 찻잔에 동그란 알갱이가 들어 있는 음료수 약간, 으깬 감자, 버터에 볶은 콩, 크림을 곁들인 양파, 샐러리, 둥근 빵과 커피를 먹었고, 후식으로는 버터 스카치 아이스크림과 케이크가 나왔다.

그렇다. 그녀가 이처럼 모든 것을 단순하게 있는 그대로 썼을 뿐 결코 잘난 척하지 않았기 때문에 글을 쓸 수가 있었던 것이다.

빙하를 구경한 뒤, 우리는 산봉우리의 울퉁불퉁한 바위 위를 어슬렁거리는 염소들을 바라보며 시간을 보냈다. 염소들은 맨눈으로는 희미하게 보일 뿐이었다. 다만 이리저리 움직이는 하얀 점들이 있었다. 뚱뚱한 남자의 아내인 어떤 부인이 쌍안경을 갖고 있어서 우리가 들여다보도록 해주었다.

내가 쌍안경을 한참 들여다보고 나자 부인은 "염소들을 보았나요?" 하고 물었다.

"네." 나는 약간 공손하게 대답했다.

"하지만 염소들은 못 보았어요. 아무것도 안 보였거든요. 물방울이 달라붙은 렌즈의 뿌연 표면뿐이었어요. 쌍안경으로는 다른 건 전혀 안 보이던데요."

내가 이 부분을 소리 내어 읽었을 때, 우리 반 전체는 폭소를 터뜨렸다.

나는 사라 맥셰인에게 말했다. "이제 보니 당신도 아주 웃기네요. 사람들이 저렇게 웃어대는 거 보여요? 당신은 아주 근사하게 쓴 데다가 유머감각도 있어요!" 그녀는 기뻐하며 얼굴을 붉혔다.

8
퇴짜통지에 낙담하거나
기죽지 말아야 하는 이유

글쓰기 수업이 횟수를 더해 가면서, 사라 맥셰인은 자신의 여행기를 끝마쳤다. 나는 그녀가 점점 더 자유롭게, 더 개인적으로 되기를 권유했다. 그녀는 온화하고 겸손한 사람들의 특징을 갖고 있었다. 그들은 인간적 자아와 신성한 자아를 혼동한다.[1] 자신을 중요하지 않다고 여기면서 '나는'이라고 말하기를 꺼린다. '나'라는 말을 겸손하게 숨기고 억제하려고 그들은 예컨대 「로키 산속을 걸으며」 같은 긴 여행담을 쓰면서 산의 높이라든지 사실과 통계, 호텔의 시설, 연감에 실린 정보 같이 다른 사람들이 알고 있거나 관심을 갖기만 하면 언제라도 찾아낼 수 있는 것을 묘사한다.

---

1) 이 두 자아의 차이를 나 자신 잘 알고 있다. 이에 관해서는 뒤에서 이야기하겠다.

하지만 이런 것을 생생하고 흥미롭게 만들려면 글은 개인적이어야 한다. 그것은 반드시 '나'로부터, 즉 내가 알고 느낀 것으로부터 나와야 한다. 오로지 그런 글만 깊이와 재미를 지니기 때문이다. 오직 그런 글만 당신은 알고 있으나 타인은 모르는 진실이기 때문이다. 사라 맥셰인이 자신을 드러내는 일에 좀 더 자유로워지고, 이야기를 자신에게서 출발하고, 자신이 중요하다는 것을 알게 되기를 나는 진심으로 바랐다.

하지만 나는 고루한 여선생의 비판적인 태도로 그녀에게 "당신은 개인적인 이야기를 더 많이 상세하게 쓰도록 더욱 신경 써야만 해요" 하고 말하지는 않았다.

내가 그랬더라면, 그녀는 직설적이며 곰삭지 않고 기계적인 표현을 끌어내, 예컨대 "나는 그린넬 산에서 내려다보는 광경이 정말 좋았다!" 하는 식으로 문장을 썼을 것이다.

아니, 나는 전혀 비판하지 않았다. 대신 그녀에게 그 글이 얼마나 좋은지, 얼마나 재미있는지를 말해주었다. 또 그것을 증명하는 부분들을 알려주었을 뿐이다. "좀 더 이야기해 봐요. 당신이 생각한 모든 것을 이야기하세요. 당신은 이 부분에서, 마치 불독의 가죽처럼 꽉 끼는 옷이 잘 어울리는 트럭 운전사 이야기를 하고 있네요. 정말 근사한 묘사예요! ─그런데 그가 정말로 이렇게 말했나요? 그 여자를 '노랑 머리 사자'라고 불렀냐고요? …정말 훌륭한 표현이네요! … 그가 자기 아내에게 이런 식으로 느꼈으리라고 당신이 생각한 까닭은 뭐죠?"

얼마 후 그녀는 생생하고 명확하고 투명하게 자기 주변사람들의 삶에 대한 묘사를, 즉 자신의 내면적 삶을 채워 넣은 페이지를 쌓아올려 갔다.

내가 사라 맥셰인 이야기를 하는 이유는 명백하다. 그녀가 다른 사람들보다 특출하기 때문이 아니라, 오히려 문학적 교양의 흔적을 거의 갖고 있지 않았기 때문이다. 그녀는 브라우닝과 테니슨에 관해 정식으로 배운 적이 없으며, 그녀의 집안 또한 디킨스나 루이자 M. 올콧 같은 작가를 화제로 삼는 분위기가 아니었다. 그녀는 일기에 이렇게 썼다.

아널드 베네딕트 혹은 베네딕트 아널드! 그 사람 이름이 뭐였더라? 베네딕트 아널드는 반역자였던 것 같은데? 그럼 다른 사람이 내가 알고 싶어 하는 그 일기의 작가다. 아널드 베네딕트. 아니, 아널드 베넷인가?

그녀는 이어서 아널드 베넷이 90분 동안 천 단어를 쓰기 위해 어떻게 했는지를 일기에 썼다.

한 시간 반 동안 나는 몇 단어를 쓸 수 있는지 궁금하다. 지금은 9시 15분이다.(그녀가 지하실에서 아홉 시간 일하고 나면 이 시간이 된다.)

시간을 맞춰 놓고서, 그녀는 700단어를 써내려 간다.

그런데 종이가 바닥에 떨어지는 바람에 집어 올리느라고 잠깐 멈춰야 했고, 발이 아파서 구두를 잡아 빼야 했고 『데이비드 코퍼필드』275쪽을 찾아보려고 중단했고, 또 한두 번은 잠시 생각에 잠겼다. 이 시간을 뺀다면, 어쩌면 나도 90분에 천 단어를 쓰는 일에 성공할 수 있었을 텐데.

중요한 건 이제 그녀의 일기에서 단 하나의 단어도 공허하거나 기계적이지 않다는 점이다. 단어 하나하나가 모두 살아 있고 재미있다. 내게는 그녀의 일기가 아널드 베넷의 일기와 마찬가지로 재미있고, 오히려 훨씬 더 시적이고 감정이 풍부해 보인다.

내가 그녀 이야기를 하는 까닭은, 그녀의 글쓰기에 개선해야 할 점들이 다른 사람들보다 더 많기 때문이다(물론 그녀는 글쓰기 덕분에 디킨스 등 수많은 훌륭한 문학작품을 읽었지만, 그건 그들은 어떻게 쓰는지를 보려는 것에 지나지 않았다. 글쓰기든 그림 그리기든 비행술이든 무엇인가를 지적으로 이해하고 거기서 진정한 흥미를 느끼려면 직접 그것을 해보는 수밖에 없다).

내가 사라 맥셰인 이야기를 하는 까닭은 또 있다. 사라 맥셰인은 세상에서 가장 자기 주장이 약하고 천사처럼 겸손한 사람이지만, 글을 쓰고자 하는 열정적인 갈망을 품고 있다. 그녀는 혼자서 글을 썼다. 그녀는 도움과 충고를 찾아 헤맸고, 백 달러를 들여 통신강의를 듣기도 하면서 일기에 이렇게 썼다. "그것은 정확히 내가 원하던 강의가 아니었다. 그것은 신문 기사 쓰기 강의였고, 중요한 사건들을 글머리에 먼저 내놓도록 했다.[2] 또 그들은 늘 숙제를 내주었다. 나는 나 스스로 주제를 잡아서 쓰고 싶었다."

이 이야기를 하는 까닭은, 돈을 번다든지 문학적 명사가 되려는 희망을 전혀 품지 않은 채, 문학을 동경하는 그런 겸허한 사람들이 많다는 것을 꼭 말해 두고 싶기 때문이다.

이제 그녀의 두꺼운 노트에서 몇 페이지를 옮겨 보자.

1936년 12월 6일, 일요일.

오늘 아침, 8시 미사에 갔다. 보통은 7시 미사에 간다. 이 시간에는 코리건 신부님이 강론을 하는데 그의 설교가 나는 좋다. 그는 생활의 사소한 일에 관해 많이 이야기한다. 큰 몸집에 폐

---

2) 사람들이 신문기사가 간결하고 생생하다고 생각하는 것에 대해 나는 오랫동안 참 납득하기 어려웠다. 많은 사람들이 언론 분야의 강의를 수강한다. 또 우리는 어떤 작가를 두고서 경건한 존경의 마음으로, "아, 그는 신문사 경력을 쌓았지요" 하고 말한다. 하지만 여섯 가지쯤 되는 무미건조한 사실들을 기계적으로 긴 첫 문장에 억지로 집어넣고, 그런 다음 기사 내내 이미 쓴 내용을 네댓 번씩이나 반복하는 기사쓰기의 공식은 그 어떤 글보다도 더 지루하고 어렵고 요령부득이다. 내 경우에는 신문을 볼 때 대체로 표제 이상을 더 읽어 보려는 완결의 의지를 잃게 된다. 세상에서 일어나는 모든 일이 흥미로운 일인 터에 기사의 주제가 나빠서는 아니겠고, 분명 글쓰기 방식이 잘못되었기 때문일 것이다.

가 하나뿐이지만, 그의 목소리는 성당 구석구석 어디서든지 잘 들리는데 그다지 크게 말하지도 않는다. 그는 건강하지 않지만——고통이 없을 리 없지만, 결코 불평하지 않는다. 교구 신도들은 너나없이 그를 사랑한다. 그가 없다면, 성 마가는 어쩔 뻔했는가? 때때로 그는 일상의 흔한 잘못들에 관해 이야기하는데, 어찌된 일인지 때때로 그 이야기가 바로 지난주 내내 내가 죄책감을 느끼던 일인 적도 있었다. 그러면 그가 나를 보고 있었고, 내가 한 일들을 알고 있다고 상상하곤 했다. '내가 그런 짓을 한 줄 그가 어떻게 알았을까?' 이런 생각을 하며, 교회 의자에서 구멍이라도 찾아 그 속으로 들어가고 싶어지곤 했다.

집에 돌아오니 어머니가 소파에 누워 계셨다.

어머니는 말했다. "직접 아침밥을 차려 먹어야겠구나. 내가 아프니 말이다." 어머니는 점점 늙어가고 나는 자주 밥을 차리지 마시라고, 내 걱정은 마시라고 말하곤 한다. 나도 내 끼니 정도는 준비할 수 있다. 하지만 어머니는 막무가내다. 아침밥은 이미 거기, 식탁 위에서 나를 기다리고 있었다. 어머니는 두통이 또 도졌다. 자주 두통이 나서 그때마다 침대에, 어떤 때는 종일 누워 지내야 한다. 두통이 없을 때도 있지만 그때는 류머티즘이 말썽이다. 어머니는 통증 없이 지내는 시간이 오히려 드물다.

아침을 먹은 후 설거지를 하려는데, 아버지가 식당방 문을 열고 들어오신다. 난 아버지가 언제 들어오실지를 늘 정확히 맞출 수 있다. 지팡이가 바닥에 쿵쿵 부딪치는 소리가 나니까. 아버지는 이제 늙으셨다. 머리는 하얗고 얼굴은 순해 보인다. 노인은 뚱뚱해야 한다는 괴상한 생각이 아버지를 사로잡고 있다. 늘 몸을 재보며 허리둘레가 48인치가 안 되면 근심에 싸여 더욱 많이 드신다. 뭔가 잘못되었다고 생각하시는 것이다.

난 설거지를, 아버지는 행주질을 하셨다. 설거지가 나는 좋다. 종종 나는 만일 직장을 잃으면 어디선가 설거지를 하는 것도 괜찮겠다고 생각하곤 한다. 아버지도 설거지를 좋아하신다. 아버지는 무슨 이유에선지 집안일을 좋아하신다. 요리도 웬만한 여자만큼 잘할 줄 아신다. 케이크나 파이를 만드시는 걸 본 적은 없지만 아버지가 아침을 준비하거나 빵을 구우시는 것은 흔한 일이다. 얼마 안 있으면 아버지는 다른 바깥일을 그만두고 집안일을 하실 거라는 게 내 생각이다.

함께 설거지를 끝낸 뒤, 나는 바닥을 닦을 준비를 했다. 어머니는 어제 바닥 청소를 하지 않았다. 몸이 좋지 않으셨으니까. 벅벅 문질러야 할 것이다. 바닥을 잘 살펴보면 영락없이 더럽더군. 이건 늘 어머니가 하던 말투인데, 정말 맞는 말이다.

대걸레와 양동이를 가져오려던 참인데 식당방에서 발자국소리가 들려왔다. 어머니였다. 자리에서 일어나 돌아다니고 계신 것이다. 내가 바닥을 닦으려 한다는 걸 어머니가 알게 하고 싶지 않았다. 어머니가 안다면 못하게 말리실 것이다.

그래서 발끝을 들고 살금살금 양동이를 찾으러 지하실로 내려갔다. 우리집에서는 양동이가 귀한 물건이다. 겨우 두 개다. 하나를 찾아냈는데, 녹색 빛이 도는 물이 담겨 있었다. 아마도 남동생이 뭔가 실험을 했던 모양이다. 그는 늘 뭔가를 실험중이다. 그 녹색 물을 쏟아버릴까 하고 두 번이나 드나들었지만, 그러지 않아도 되었다. 다른 양동이를 찾아내지는 못했지만, 세탁기 근처의 바닥에 한때 영화를 누렸을 고물 냄비가 놓여 있었다….

어머니가 언젠가 무슨 가루 같은 것으로 바닥을 닦던 일이 어렴풋이 기억나서, 나도 그 금빛 가루를 그 냄비에 좀 넣고 뜨거운 물을 부었다. 그러고는 문지르기 시작했다. 내가 시작하자마자 어머니가 식당방에서 나오셨다.

"바닥 걱정은 하지 마라. 저녁 먹은 다음에 내가 닦을게." 어머니가 말했다. 어머니는 늘 이런 식이다. 내가 뭐든 집안일을 하는 걸 원하지 않으신다. 내가 종일 밖에서 일하니까 그걸로 충분하다고 생각하신다. 만약 내가 직장에 다니지 않고 그냥 집에 있을 수 있다면, 어머니는 손 하나 꼼짝하지 않아도 될 텐데. 어머닌 오직 당신이 좋아하는 일만을 할 수 있을 텐데 ─ 바느질하고, 책 읽고, 코바늘 뜨개질을 하고, 무언가를 짜고, 카드로 솔리태어 게임을 하고, 조각그림을 맞추고, 가로세로 낱말 맞추기 놀이만 하며 지내실 수 있을 것이다. 나는 가끔 누군가를 고용해서 일주일에 한 번씩 빨래와 청소를 맡기면 어떻겠느냐고 제안하곤 했다. 하지만 절대 안 되는 일. 어머니는 들은 체도 안 하셨다. 기분이 상해서, 당신이 맡은 일을 안 한다고 여기니까 그런 얘기가 나온 거라고 생각하시는 것이다.

아버지와 어머니가 안 계시면 내가 어떻게 살지 모르겠다. 그분들은 세상에서 가장 소중한 "보물"이다. 아침에 눈을 뜨고 방안이 따뜻할 때, 종종 이 말이 얼마나 많은 걸 뜻하는지 생각해 본다. 아버지가 5시 반에 여기저기 난로에 불을 지피고, 6시 반이면 그토록 따뜻하고 안락해진다.

아마도 당신은 그녀가 글을 아주 투명하고 단순하게, 한 단어의 군더더기도 없이 잘 쓴다는 것을 알게 되었을 것이다. 또 누구든지 이 글을 읽으면 그녀와 그녀의 가족에 대해 그들이 실제로 어떻게 느끼며 어떻게 살고 있는지를 아주 정확히 알 수 있겠다고 생각할 것이다. 비록 그녀가 가족들의 외모에 관해서는 아무 말도 안 했지만 이 글에서 그들을 눈앞에 보고 있는 것만 같아서, 만약 길거리에서 만난다면 알아볼 수 있을 것 같다고 느낄 것이다. 심지어 집에는 없었지만 양동이에 담긴 녹색 물로 실험을 하는 남동생에 대해서도 그런 느낌이 들 것이다. 그에 관해서 훤히 아는 것 같을 것이다.

지금 나는 이번 달에 나온 큼지막하고 화려한 잡지 몇 권을 뒤적이고 있다. 이 잡지들에 글을 쓴 작가들은 모두 교육을 잘 받았고 유명하며 원고료로 수백 달러나 받는다. 그 글들 중에서 사라 맥셰인의 글보다 더 좋거나 그만큼 좋은 글, 그렇게 조용하고 신뢰어린 관심을 불러일으키는 글을 찾을 수가 없다.

가장 비싼 원고료를 받는 작가 페이스 볼드윈(Faith Baldwin)의 글에서 뽑은 단락 하나를 여기 옮긴다.

브래들리 노인은 침대에 일어나 앉아 눈에서 안개라도 털어내려는 듯 머리를 흔들었다. 두 발을 내려뜨려 실내화 속에 쑤셔 넣고는, 그대로 앉아 귀를 기울였다. 이른 시간이었다. 그는 살그머니 들어가서 아이들에게 조용히 하라고 말하고, 다른 사람들보다 먼저 욕실에 들어가야겠다고 마음먹었다. 짧은 턱수염을 손으로 쓰다듬어 보았다. 당장 면도를 한 뒤에 아래층으로 내려가 위니를 도울 수도 있었다. 하지만 그 결심은 순간인 듯했다. 대개 그는 아이들이 학교에 가고 그 애들의 부모가 직장에 나가기를 기다렸다가 그 다음에야 면도를 했다.
아침 식사 전에 면도를 하는 것은 사치일 것이다. 전에 자기 집에서는 늘 그렇게 했다.──깨끗하고 매끈한 얼굴로 아래층에 내려가면 스스로 점잖고 완벽한 남자라는 느낌이 들곤 했다. 아침밥도 더 맛있었고.

이것은 사라 맥셰인의 글보다 좋지 않다. 당신이 보듯이, 이 작가는 더 많은 단어들을 사용하지만 전달하는 내용은 훨씬 적다. 다시 말해서 늙은 브래들리 씨에 관해 사라 맥셰인의 아버지만큼 잘 보거나 알 수가 없다. 더구나 이 작가가 '그 결심은 순간인 듯했다'고 말할 때, 언뜻 나는 이런 생각이 들었다. ──"아니, 그것은 순간이 아니었겠지. 이 말은 믿기지가 않는데, 그러니까 나는 지금 그저 소설을, 지어낸 이야기에 불과한 걸 읽고 있는 거로군. 이 문장을 집어넣는 바람에, 작가가 나를 지나치게 설득하려는 것이거나 그저 그럴듯하게 들리도록 썼을 뿐이라고 느끼게 되는걸."

당신 스스로도 한번 실험해 보라. 아무 신간 잡지나 집어 들고 거기 실린 소설의 한 토막을 떼어내어 읽어 보라. 아마도 그것은 사라 맥셰인의 글처럼 생생하고 기억에 남는 좋은 글이 아닐 것이다.

나는 『생쥐와 인간』을 펴본다. 이 책은 대중저일 뿐만 아니라, 평론가들이 말하듯이 '견고한 리얼리즘' 소설이고 '진지한' 예술작품이기 때문이다. 이 작품은 사라 맥셰인의 글과는 다른 종류이긴 하지만, 결코 더 좋거나 더 설득력 있거나 더 생생하지 않다. 거기에는 더 풍부한 어휘들이 있다. 하지만 사실을 말하자면 그 등장인물들에게 전혀 공감이 가지 않는다. 그러나 사라 맥셰인과 그녀의 가족에게는 정말 공감이 솟아난다.[3]

물론 나는 소설을 일기와 비교하는 것, 다시 말해 현실과 비교하는 것은 온당치 않음을 알고 있다. 소설을 잘 쓰는 것, 즉 현실처럼 쓰는 것은 일기 쓰기보다 훨씬 더 어렵다. 그래서 나

---

3) 어쩌면 이것은 편견일 수도 있다. 자기가 도움을 주고 싶은 사람들을 더 사랑하게 된다는 점에서는 나도 다른 사람들과 마찬가지일 것이기 때문이다.

는 사실과 진실, 즉 직접 생각하거나 체험한 것을 쓴 글들을 게재하는 잡지들에 최근에 실린 글들을 살펴보고자 한다.

『픽토리얼 리뷰』(*Pictorial Review*)에 실린 글 하나를 인용해보자.

오늘날 우리들 어머니들은, 또한 이제 막 여성성에 진입한 소녀들조차 우리가 어려운 세상과 대면해 있다는 이야기를 들을 필요도 없다. 우리들 모두는 자식들을 도우려면 우리 안에 있는 모든 이해력과 지혜를 동원해야 한다는 사실을 마음 깊이 깨닫고 있다.

현실의 변화를 인정하지 않는 것은 소용없는 짓이다. 이 세대와 우리 세대 사이에는 사고와 행위 면에서 과거 어느 때보다 한층 더 날카로운 균열이 존재하며, 그 차이는 피상적인 것들이 아니라 근본적인 것들에서 드러나고 있다.

사라 맥셰인의 글보다 좋지 않다. 짧고 시적인 단어들이 아니라 길고 복잡한 단어들을 쓰고 있다. 읽기가 힘들어서 집중해야 한다. 이 글을 읽으면서 특히 '여성성… 세대… 피상적인 것들과 근본적인 것들'이라는 딱딱한 개념을 애써 이해하고 나면 당신이 이미 알고 있는 내용을 그녀가 이야기하고 있을 뿐이라는 걸 깨닫는다. 그것은 새로울 게 없고 오히려 이미 많은 사람들이 말한 내용이며, 무엇보다도 진실이 아닌 것 같다.

그리고 "오늘날 우리들 어머니들은, 또한 이제 막 여성성에 진입한 소녀들조차 우리가 어려운 세상과 대면해 있다는 이야기를 들을 필요도 없다"는 첫 문장은 어떤가. 도대체 이 문장을 왜 맨 앞에 쓴 것일까? 이처럼 길고 애매한 문장으로 독자의 시간을 낭비하는 이유가 무엇일까? 사라 맥셰인은 이런 식으로 중언부언하지 않는다. 그녀라면 당신이 금방 핵심을 이해하도록 이렇게 썼을 것이다. "많은 어머니들이 문제에 부딪쳐 있다." ──이런 식으로 쓰는 것이 훨씬 더 읽기 쉽고 더 재미있고 더 좋다.[4]

사라 맥셰인의 글처럼 가정생활에 관해 쓴 글 하나를 더 살펴보자. 잡지 『맥콜스』(*McCall's*)에 실린 루즈벨트 여사의 글이 있다. 루즈벨트 여사는 「나의 집」이라는 글의 앞부분에서 이렇게 쓴다.

나의 집에 관해 생각할 때면, 당연히 먼저 지금도 여전히 백악관이 떠오른다! 후버 여사의 안내로 그 집을 처음 돌아보던 때가 지금도 기억에 생생하다. 좀 놀랍겠지만 나는 방의 숫자와 위치와 몇 명의 사람들을 들일 수 있는지를 마음속에 새겨두었고, 가구들은 교체되어야만 할 것이라고 생각했었는데, 물론 그

---

4) 오직 나만 이렇게 말하지는 않을 것이다. 칼라일, 입센, 헨리 제임스, 조지 버나드 쇼, 도스토옙스키 같은 작가들도 나와 똑같이 생각할 것이다.

상당수가 후버 대통령 부부의 사유물이긴 하지만, 그 가구들의 상세한 부분은 별로 인상에 남아 있지 않다.

취임식 날 우리가 그 집으로 들어가 2층으로 올라갔을 때 나는 이제 정말로 여기서 살게 되었구나 하는 실감이 들었고, 그때서야 사사로운 물건이라고는 하나도 없는 집이 일으키는 텅 빈 느낌 때문에 약간 섬뜩했던 일을 이제는 솔직히 말해야 한다.

역시 아니다. 사라 맥셰인이 루즈벨트 여사보다 더 글을 잘 쓴다.

내가 잡지 글들에서 잘못을 찾아내서, 사라 맥셰인의 글을 싣지 왜 그런 글을 출판했느냐고 책잡으려는 건 결코 아니다. 잡지에 그런 글이 실리는 데는 정말 많은 이유가 있다. 사라 맥셰인의 글이 루즈벨트 여사의 글보다 더 좋다는 것은 중요하지 않다. 아마 루즈벨트 여사는 누구보다 먼저 이런 판단에 기꺼이 공감할 것이다. 내가 약간은 냉소적이며 비열한 태도로 인용한 이런 잡지 필자들은 숙고 끝에 많은 것을 삭제해야 한다. 그래서 그들은 사라 맥셰인이 하듯이, 자신들의 명료하고 진실한 자아를 발견할 수 없고 그 자아로부터 우러나는 글을 쓸 수도 없다. 그들은 이렇게 생각하지 않을 수 없다. "이것이 편집자가 원하는 걸까? … 이것이 사려 깊은 것일까? … 이것이 잡지 글에 적합한 이야기로 들릴까?"

내가 이런 이야기를 하는 이유는 단 하나다. 교육을 받았든

받지 못했든 간에 수많은 사람들이 말할 가치가 있는 이야기를 생각하고 느낀다는 것, 그리고 그들도 위대한 사람이나 진짜 시인들과 마찬가지로 그 이야기를 아름답게 쓸 수 있다는 것, 바로 이것이 내가 당신에게 하고 싶은 이야기이다.

여러분이 바로 이 점을 깨닫기를 바란다. 내 모든 이야기의 진정한 의도는, 당신이 퇴짜통지서를 받더라도 결코 기죽거나 좌절하지 말고, 성공한 작가들을 보면서 너무 겁내거나 소극적이 되지 말고, 오히려 사라 맥셰인처럼 당신 자신의 방식으로 계속 쓰게 하려는 데 있다.

9
사람들은 인간적 자아와
신성한 자아를 혼동한다

시골에서 살면서 소읍과 전원생활을 소재로 잡지 글이나 대충 엮은 신문기사를 써서 성공한 여성이 우리 지역에 있었다.

글쓰기 강좌시간에 그녀의 재능과 성공을 약간 부러워하는 듯한 이야기가 오갔으며, 몇몇 학생들은 그녀의 글을 수첩에 경건하게 적어 두기도 했다.

이제 그녀의 글을 좀 인용해 보고자 한다. 이 발췌문 사이사이에 나는 좋지 않다고 생각하는 부분 뒤에 그 이유를 괄호로 묶어 삽입할 것이다.

휘어진 길 뒤로 탈곡기 소리가 사라지고 나면 얼마나 조용한지, 마치 텅 빈 것만 같다. 추수하던 그 노동자들이 욕설과 웃음과 싸움 소리와 함께 다시 돌아오기를 바랄 정도이다. 아이들은 또 얼마나 소박하고 얼마나 슬픈 얼굴들인가. 헛간 뒤편에는 반짝이는 누런 짚더미가 불쑥 솟아 있다. ──낯설고 놀라운 모습으로. (낯설 수는 있지만, 놀랍지는 않다.) 하지만 그것은 남편의 노고와 땀을 기리는 기념물이어서, 갑자기 당신을 깊이 사로잡는다. (아니, 전혀 그렇지 않다.) 삶이 강렬하게 소중해진다. (그저 짚가리를 바라본 것만으로는 이렇게 느낄 수가 없다.)

첨단유행에 따라 잘 차려입는 남자라면 밝은 색 코트를 걸치고 발목까지 오는 구두를 신고 있을 터이지만, (흥미를 유발하려고 억지로 끌어들인 표현) 이런 시골에서는 기다란 장화를 호사스럽게 신은 여러 남자들을 볼 수 있을 뿐이다. (빙충맞은 유머, 겉치레일 뿐 느낌이 없다.) 그 장화는 진흙과 외양간의 상징물로 장식되어 있다. 허수아비 효과를 두드러지게 하려면, (흥미를 유발하려고 억지로 꾸민 표현) 너덜너덜한 소매와 밑단의 올이 풀린 스웨터, 펄럭거리는 작업복, 기름과 크림과 먼지로 딱딱해진 운동모가 안성맞춤이다. (이것은 진실하며 마음으로 느껴지므로 좋은 표현이다.)

롱펠로의 영원한 휴식과는 달리, 시골 여인들의 휴식은 이 옥수수 수확의 계절에는 새벽과 동틀녘 사이에 온다. (문학적으로 만들려고 억지로 끌어들인 표현.) 저 성운 같은 (이 단어를 무슨 의미로 썼는지 알 수가 없다.) 십 분이나 십오 분 동안 그녀는 아주 짧은 자기 시간을 갖는다.

부엌은 따뜻하고, 아침밥이 끓고 있고, 아이들은 여태 자고 있고, 남편도 아직 헛간을 드나들지 않고 있으니, 갑자기 아무것도 할 일이 없는 것만 같다. 이것이 사실일까? (물론 사실이다! 이런 일이 아침마다 일어난다.) 이 순간이 하루 중 가장 달콤한 순간이다. 그녀가 동쪽으로 난 창문 앞에 앉아, 여명이 분홍빛 광택의 외피를 깨고 나오는 것을 지켜보는 이 순간. (나는 이 표현이 정말 마음에 든다.) 믿을 수 없게 아름다운 이 순간. (왠지 나는 이 말에 신뢰가 가질 않는다. 이것은 뜬금없는 감상일 뿐, 느낌이 아니라는 생각이다. 하지만 만일 그것이 느껴지고 진정으로 체험된 것이라면, 나는 믿을 것이다.)

당신도 보다시피, 이처럼 무슨 글이든 믿음이 안 가고 가짜로 꾸민 듯한 것은 좋지 않고 더욱이 지루하다. 적어도 나에게는 그렇다.

이번에는 내 수업에 참가한 한 여성이 마찬가지로 시골생활에 대해 쓴 글을 살펴보자. 그녀는 시골생활의 추억을 진실하고 태평한 마음으로 쓸 수 있을 만큼 스스로 자유로워졌을 때 이 글을 썼다.

바깥에서 바람이 물건들을 내리치는 동안 나는 포근하고 따뜻한 즐거움을 느꼈던 것이리라. 하지만 나는 바람이 좋았고, 그 소리를 듣고 있다 보면 어떤 평화가 찾아왔다.

옥수수 껍질 매트리스가 깔린 소파를 떠받친 다리의 나선형 장식을 손으로 쓰다듬으면서 희미한 곰팡내를 맡으니 흐뭇했다. 아주 편안한 느낌이 들었기 때문이다. 소파를 씌운 조각천의 바느질 솔기를 따라 손가락을 미끄러뜨려 보았다. 갈색과 회색과 군청색의 모직물을 조각조각 붙인 소파천은 못쓰게 된 양복으로 만든 것이어서, 난로 곁에서 보낸 고요한 겨울 저녁들의 흔적을 드러내고 있었다.

신문을 쌓아 두는 선반 위쪽의 좁은 칸에 놓여 있는 시계가 멈칫멈칫 째깍거렸다. 이따금 오리들이 꽥꽥 울었고, 오후의 화물 열차들은 여느 때처럼 심란한 리듬을 울리며 지나갔다.

천정 몰딩에 닿을 듯 벽 맨 위쪽에 걸려 있는 그림들로 나는 눈을 돌렸다. 동물들이 한 마리씩 안전하게 올라타고 있는 중인 … '노아의 방주'가 인쇄된 모사화, 번쩍거리는 양철 지붕들에 눈 덮인 풍경을 찍은 제너럴 머컨타일 회사의 그 해 달력, 호두나무 액자 속에서 밀랍 화관을 쓰고 계신 착해 보이는 할머니 사진.

그 사진을 보고 있으려니 불현듯 며칠 전 폴린이 한 이야기가 생각났다. 폴린은 자기 할아버지가 돌아가시면 어머니가 자신과 자매들 모두를 장례식에 데려가겠다고 약속했다고 말했던 것이다. 어쨌든 나의 할아버지 일은 아니다. 혹시 나 또한 그 모험에 낄 수 있을까? 나는 궁금했다. 아, 정말 그렇게만 되면 얼마나 좋을까. 할아버지가 죽기를 바라는 것은 아니었다. 할아버지는 지독히 심술궂기도 하지만 친절했고, 내게 분홍색 줄무늬가 박힌 박하사탕을 주곤 하셨고, 어린 시절에 살던 미주리 주의 생활을 우리에게 이야기해 주었다. 다만 장례식이 그토록 아름다웠다. 폴린과 내가 동네에서 그걸 본 것은 바로 얼마 전이었다. 어느 나른한 오후, 열린 창문으로 풍금 소리와 콧노래 소리가 들려왔다. 마당에는 말과 마차들이 가득 들어찼고 친척들이 온갖 곳에서 찾아왔다. 우리는 '도시들'에서 보내온 꽃향기를 들이마셨고, 수많은 다 큰 어른들이 울면서 들어오는 모습을 강렬한 호기심을 느끼며 바라보았다. "어머, 저 사람 좀 봐." 우리는 서로에게 속삭였고, 시간이 지남에 따라 가장 크게 우는 사람이 누구인지를 찾아내는 우울증 시합에라도 참가한 기분이 들었다.

그리하여 나는 때때로 죽음에 대한 관심을 갖고서 할아버지를 바라보는 내 자신을 느꼈다. 나의 생각이 약간 부끄럽긴 했다. 하지만 할아버지가 신경이나 쓰시겠는가? 그는 엄청 늙으셨다. 나는 아직 나이 개념이 모호한 때였지만, 할아버지가 거의 오십 살은 되었을 거라고 짐작했다.

어쨌든, 언젠가 알게 되겠지. 당장은 거기 그대로 누워서 아무 생각도 안 하는 것으로 충분했다. 방 한복판에 놓인 커다란 기름 먹인 덮개가 씌워진 식탁 위에 늦은 점심이 차려지기 전까지는 아직 낮잠을 잘 시간이 넉넉했다. 우유와 커피, 소시지와 치즈, 젤리와 과자들이 차려지곤 했다. 오늘은 버터를 잔뜩 펴 바른 신선한 빵이 나오는 날이다.

… 컴컴해지기 시작했으니 어쩌면 비가 좀 내릴 것이다. 하지만 나는 신경 쓰지 않았다. 비가 오면 우리는 머리에 보자기를 뒤집어쓰고 집에서 뛰어나와 별채 부엌까지 달려가며, 누군가 물구덩이에 빠지기라도 하면 좋아라고 비명을 질러대곤 했으니까.

바람소리가 더욱 커졌고, 나는 몸을 일으켜 팔꿈치에 기댄 채 밖을 내다보았다. 그래, 바람이 더 세게 불고 있구나. 수탉 한 마리가 깃털을 사방팔방 뻗친 우스꽝스러운 모습으로 닭장의 안락함을 향해 마당을 가로질러 종종걸음을 쳤다. 근처 나무에서 큰 가지가 부러지며 유리창에 쨍 부딪쳤다. 늘어진 낡은 빗줄은 초조하고 불규칙하게 움찔거렸다. 곡식 창고 뒤의 헛간에서는 건초다발이 풀포기를 흩날렸다.

거칠어지는 바람소리 속에서 낮은 신음 소리가 들렸다. 마당 저 아래쪽 한 줄로 선 버드나무들로부터 나오는 소리였다. 그것은 내가 가장 좋아하는 소리였다. 다시 드러누워서 눈을 감은 채 귀를 기울였고, 그러자 내 자신이 멀리 미끄러져가는, 저 멀리로 떠나는 감미로운 느낌이 들었다. 창문들이 덜컹거렸지만 나는 그것도 좋았다. 모든 것이 익숙했고, 확신컨대 안전했다. 바람이 흔들어 주는 요람을 타고 즐겁게 잠들기에 그토록 안성맞춤인 시간과 장소는 더 이상 없었고, 마음을 진정시키는 어둠의 끝에서 마침내 깨어나면 친숙한 얼굴들이 보이고 귀에 익은 다

정한 소리가 들릴 것임을 나는 알고 있었다.[1]

당신도 알겠지만 이 글은 정말 아름답다. 중간에 잘라 버릴
데라곤 없다. 나는 여기저기서 문장 하나씩을 생략하려고 애
써 보지만 그렇게 할 수가 없다. 문장들은 모두 훌륭하고 필요
하며 글 전체에 도움이 된다. 그러므로 이 글은 예술이고, 문학
이다. 혹은 당신이 부르고 싶은 대로 불러도 되는 그 무엇이다.

하지만 내가 "이걸 보세요. 이걸 좋아하세요. 이 글은 훌륭
하지만 다른 글은 나빠요." 하고 말하려는 게 아니다. 절대로
아니다. 자신에게 진정한 것을 자유롭게 창조적으로 쓰기만
한다면 누구나 훌륭한 글을 쓸 수 있는 힘을 갖고 있다는 사실
을 말하고 싶을 뿐이다.

만약 내가 당신에게 이런 지적을 해두지 않는다면, 그리고
만약 대부분의 선생들과 비평가들처럼 "그래서 이것은 너무
나 훌륭하네요! 이걸 배우세요!" 하고 말하면서 하늘 끝까지
칭찬한다면, 아마도 당신은 이 글과 비슷하게 쓰려고 할 것이
다. 그럼 그 글은 좋을 리가 없다. 아니, 당신은 자신으로부터
나오는 글을 써야 한다.[2]

---

1) 엘사 크라우치(Elsa Krauch)가 쓴 글이다.
2) 나는 뒤에서 어떻게 하면 이렇게 쓸 수 있는지를 알려주고 싶다. 적어도 당신에게 도
   움이 되도록.

시골에서의 추억을 이토록 잘 쓴 이 필자는 가족도 없이 혼자 살며 직장도 잃은 상태였다. 그녀는 창백하고 기이하리만치 자신감이 없고 확신에 찬 자기비하로 무척 폐쇄적이었다. 얼굴 표정은 건조하고 차갑고 거북살스러웠으며, 우유부단한 목소리는 거의 들리지 않을 만큼 작았다. 하지만 그녀는 예쁘게 생겼고, 멋진 작은 모자를 즐겨 썼으며, 아주 멋지게 활짝 웃을 때면 모든 것을 이해하는 듯이 보였다.

수업 첫날 저녁 그녀는 신문 칼럼니스트가 되고 싶다는 생각을 가끔 한다고 잘 들리지 않는 목소리로 수줍게 말했다. 그녀는 부끄러워하면서 나에게 짧은 한두 문장을 보여 주었다.

보통 그것은 우울하리만치 황량하다 ──내 창문에서 보이는 풍경 말이다 ──타고 남은 재, 주차된 차들, 휘어진 울타리, 지친 듯한 낮은 건물들. 그러던 어느 아침, 깊고 상쾌한 눈….

"당신은 정말 매우 잘 쓰는군요." 내가 말했다. 아첨이 아니다. 나는 이 말을 그녀에게 했고, 지금까지 다른 사람들에게도 해왔다. 하지만 언제나 진심이었고, 그것은 사실이었다.

그리고 2년 후 그녀는 훌륭하고 성공적인 책 한 권을 썼다. 이제 그녀는 글을 쓰고 번역을 하면서 생계를 유지한다. 그녀의 글은 항상 더욱 자유롭고 더욱 좋고 더욱 진실하고 더욱 풍부해질 것이다. 나는 그녀의 앞길에 근사하고 의미 깊은 삶이 놓여 있다고 확신한다.

성취라는 측면에서 보자면 그녀는 지금까지 내가 가르친 학생들 가운데 최고일 것이다. 그토록 짧은 시간에 그녀는 자신을 그렇게 높은 자신감으로까지 끌어올렸다. 이제 그녀는 진정한 자기 확신과 용기를 갖고 있으며, 앞으로 이 현실의 삶에서든 영원의 삶에서든 무슨 일이 있든지 간에 그녀 안의 지성과 빛과 재능의 편에 설 것이다.

이제 인간적 자아와 신성한 자아의 차이라고 생각하는 것을 설명할 때가 된 것 같다. 자기 확신과 용기라는 말로 내가 뜻하는 것은 자만심(인간적 자아)이 아니다. 자만심은 전혀 다르다. 그것은 과거의(혹은 가공의) 성취에 의존하는 정적인 상태이다. 이런 상태에 있을 때, 당신은 노 젓기를 멈추고서는 모든 이에게 (아주 장황하게) "나를 보세요. 내가 바로 그걸 해낸 사람이에요!" 하고 말한다. 하지만 자기 확신은 멈춤을 모른다. 그것은 늘 일하고 노력한다. 그것은 새롭고 더 좋은 것을 향해 언제나 겸손하며 감사하고 열려 있다.[3] 이 때문에 오만함은 어딘지 불쾌하고 누구나 그걸 수치스러워 한다. ——"왜 내가 그렇게 오만했을까? 이젠 다 끝났어. 왜 내가 그것에 대해 가만히 침묵하지 않았을까? 이제는 새롭고 더 나은 일을 해야 해."

하지만 당신은 내면의 힘과 이해력, 즉 신성한 자아에 관해

---

3) 물론 이 자기 확신은 자신보다 더 위대한 것 앞에서는 언제나 진정으로 겸허하다.

결코 후회하지 않는다. 그리고 이 자아는 늘 더 커져야 한다.

이렇게 하는 법을 배워야 한다. 만약 당신이 어떤 것을 썼는데, 편집자도 비평가도 다른 사람도 모두들 그것이 나쁘다고 말한다면, 그때는 깊이 생각해 보아야 하며 아마도 그들이 옳다고 여기게 될 것이다(물론 당신은 잠시라도 부끄러워하거나 낙담할 필요가 없고 다만 계속 글을 써야 한다).

하지만 만약 그들 모두가 당신에게 그 글이 나쁘다고 말하는데도 당신 자신만은 여전히 자기 글이 좋다고 영혼으로 생각한다면—만약 그 글을 여전히 믿고 그렇게 느끼며 당신에게 진실한 것이라고 생각한다면, 당신은 그것을 지켜야 한다. 그때는 완전히 귀머거리가 된 베토벤을 생각하는 것이 도움이 될 수도 있다. 사람들은 그가 들을 수 없기 때문에 불협화음이 마구 섞인 곡을 만들었다고 수군거렸다. 하지만 베토벤은 자신이 의도적으로 불협화음을 넣었다는 사실을 알고 있었다. 그는 온 세상에 맞서서 그것을 지켰다. 하지만 당신도 알다시피 이것은 결코 쉬운 일이 아니었다.

농장 추억을 쓴, 자신감이라곤 없던 여성이 글쓰기에서 그토록 빠르고 높이 올라간 것은 그녀에게 유리한 점, 즉 그토록 슬프고 고독한 생활 덕분이다.[4] 그녀에게는 생각할 수 있는 시

---

[4] 당신도 알다시피, 그녀의 시골 추억이 그토록 행복했던 까닭은 다정하고 따뜻한 사람들이 주변에 있었기 때문이다.

간이 충분했고 그녀의 상상력이 움직일 수 있었으며, 그것을 표현하고 싶고 쓰고 싶은 욕구가 있었다.

많은 사람들이, 아니 모든 사람들이 자신 속에 이와 똑같은 빛을 지니고 있으며 자신만의 창조력을 갖고 있다. 단지 그것을 보고 그것을 존중하고 그것을 밖으로 내놓으려고 한다면 말이다.

10
왜 집안일을 지나치게 하는 여성들은
글을 쓰려면 게을러져야 하나

이 제목이야말로 사람들이 글을 잘 쓸 수 있는 방법이며, 그리하여 자신이 얼마나 재능이 있는지를 알게 되고, 마침내 대담하고 자유롭게 성장하도록 도와주는 말이다.

나의 수업에 들어온 사람들에게 어린 시절의 추억을 이야기해 보라고, 그 추억을 가능한 한 편안하고 무모하게 빨리 마구잡이로 종이에 써보라고 나는 요청하곤 했다. 이런 방식은 효과가 있었다. 자신이 '글'을 쓰고 있다든지 선생을 기쁘게 하려고 노력해야 한다든지 하는 것을 의식하지 않기 때문이다. 그들은 기억나는 것을 그저 되는 대로 충동적으로 쓰려고 했다.

하필이면 어린 시절[1] 경험을 쓰라고 요청했던 데는 나름대

---

1) 그들이 어린 시절에 관해 쓰고 싶거나 재미있었다고 생각하는 경우에만 이렇게 한다. 어떤 사람들에게는 다른 학습방식이 더 적합하다.

로 이유가 있다. 어린아이는 자신의 진정한 자아를 통해 (창조적으로) 사물을 경험한다. 결코 이론적 자아를 통해 (의무적으로), 즉 자신은 꼭 그런 모습이어야만 한다고 설정한 자아를 통해 경험하는 것이 아니다. 그렇기에 유년의 추억은 그토록 생생하고 찬란하고 진실한 것이다. 앞장에서 살펴본 대로, 장례식의 즐거움을 누리기 위해 정이 없지 않은데도 할아버지가 죽기를 바라는 어린아이의 체험도 그런 것이다.

하지만 어른이[2] 최근의 경험이나 어제 일어난 일에 관해 글을 쓸 때는 다음과 같은 생각이 끊임없이 그를 억압한다. "맙소사, 내가 메이 아줌마에 관해 어떻게 이런 야비한 생각을 할 수가 있담!" 그리하여 그는 이렇게 쓰게 된다. "아주머니는 장난기 어린 눈을 반짝이는 사랑스러운 늙은 숙녀였다." 이런 글은 진정한 자아에서 나온 것이 아니고 따라서 신통치 않다.

네 아이의 어머니인 한 여성이 지치고 추레한 모습으로 내 수업에 참가한 적이 있다. 그녀는 글쓰기를 배우고 싶어 했다. 그전에 이미 그녀는 (내 추측으로는 11시간의 집안일이 끝난 한밤중에) 아주 길고 형편없고 야한 삼류 소설 한 편을 쓴 적이 있었다. 두툼하고 기다란 그 손으로 청색 괘선의 원고지에 쓴 것이었다. 어쨌든 나는 그 글이 나쁘다고 말할 생각은 전혀 없었

---

2) 만일 그녀가 자신의 진정한 자아를 발견하고 그 자아로부터 출발하여 쓰는 법을 아직 찾아내지 못했다면, 그것을 더 잘 알게 되기 전까지 이렇다.

다(많은 친구들과 부모와 선생과 편집자와 고용주들이 어떤 쾌감을 느끼거나 혹은 도움을 주어야 한다는 의무감을 느끼면서 흔히 그러는 것처럼, 그 자리에서 당장 일종의 살인을 저지르고 싶지는 않았다).[3] 나는 그 죽은 글 가운데서 훌륭하고 살아 있는 문장들 몇 개를 찾아냈다. 그리고 그 문장들에 관해 이야기했다. 그녀에게 나를 위해 어린 시절 추억을 좀 써주겠느냐고 부탁했다. 그저 마음 편하게 한번 써보라고.

그렇게 해서 그녀가 쓴 글이 여기 있다. 어떤 부분은 생략해야 했다.

캐롤린은 허둥지둥 두툼한 융 잠옷을 벗고서는, 덜덜 떨며 기다란 소매에 발목까지 덮이는 속옷을 입었다. 그것은 밤새 바닥에 놓여 있던 탓에 눅눅했다….
급히 빗질을 하고 곱은 손가락으로 긴 머리를 어설프게 땋아내리고, 아뿔사 또다시 사라진 머리끈을 찾으려고 두리번거렸다. 이빨이 딱딱 소리를 내기 시작했으므로 그녀는 아무거나 손에

---

3) 게다가 나 자신도 그녀의 글만큼이나 형편없는 글을 쓴 적이 있다. 내 글이 좀 더 많은 어휘를 담고 있을 뿐이다. 하지만 그녀는 나와 똑같은 약점을 갖고 있었다. 즉, 이야기를 뻔한 길로 이끌어 '선은 결국 승리할 것'이라는 점을 증명하고자 했다. 이런 식이 왜 비효과적인지는 나중에 말하기로 하자.
한 사람의 글은 늘 그의 인성을 드러내기 때문에, 또 내가 자라면서 점점 덜 설교를 하고, 사람들을 강박하는 대신 무언가를 주게 되었기 때문에, 나는 내 이야기 속에서 더 이상 설교를 하지 않으려 ─ 인물들을 강박하거나 다그치지 않으려 ─ 한다.

잡히는 것으로 머리를 동여매고 빨간 융 속치마를 재빨리 입고 몸을 따뜻하게 하려고 될 수 있는 한 치켜 올린 다음, 두터운 체크무늬 치마를 입고 맨발로 삐걱거리는 계단을 덜컹덜컹 내려가서 부엌의 난로 옆에 놓인 구두를 신었다.

캐롤린은 평소처럼 성 요셉 교회의 새벽 종소리를 들으려고 서둘러 바깥으로 나가려 했다. 아침을 준비하느라 바쁜 어머니가 캐롤린이 제대로 옷을 입었는지 힐끔 보다가 구두끈 하나가 없는 걸 알아챘다.

"캐롤리-인(어머니는 '캐롤린'이라고 부른 적이 없다), 구두끈은 어디로 갔니?"

"또 그 애 머리에 있어요, 엄마." 대답을 한 건 꼼꼼한 엘리자베스였다.

"당장 이층으로 다시 가, 이 아가씨야. 가서 리본을 매고 오렴."

"하지만 엄마, 거긴 너무 추워요."

"엄마 말대로 해야지. 세수도 꼭 하고."

캐롤린이 리본을 찾으려고 침대보를 뒤집어 보니, 추녀 밑의 틈새로 날아들어 온 작은 눈뭉치가 침대 위에 놓여 있었다. 그 눈뭉치를 손으로 털어내면서 그녀는 제발 자기가 리본을 풀어서 엘리자베스가 늘 그러는 것처럼 단정히 접어 침대머리 선반에 올려놓았기를 빌었다. 엘리자베스는 추위 속에서 물건을 찾아야 했던 적이 한 번도 없었다. … 마침내 리본이, 발길질을 당해 침대 발치에서 찌부러져 있는 걸 찾아냈다. 정말 흉한 모습이었다. … 그녀는 세면대 쪽으로 갔다. 물동이에 쭉 금이 가서, 간밤에는 아무 일 없이 따뜻했던 물이 스며나와 수직 고드름을 달고 있었다. 이렇게 꽁꽁 얼 정도로 날씨가 추웠구나, 캐롤린은 생각했다.

그녀는 다시 계단을, 이번에는 살금살금 내려갔다. 그녀는 계단 밑의 갈고리못에서 코트와 모자를 집어들고 조용히 문밖으로 나왔다. 아직은 시간 여유가 있을까? 그랬다, 헛간 문 옆에서 아버지가 기다리고 있었다. 바로 그때 그것이 얼어붙은 시골길을 5마일이나 통과하여 투명하게 다가왔다. '딩-뎅, 딩-뎅.' 머리를 숙이고서 귀 기울였다. 투명하고 커다랗게, 마치 비로 옆에 있는 것처럼 종이 울렸다. 아름답고 투명한 음색이었다.

"종소리가 이렇게 큰 걸 보니 오늘 아침은 영하 30도는 되겠다."

"사촌 오빠 제프가 강 근처에 다다르면, 그 썰매 종소리가 들릴까요, 아버지?"

"기온이 40도 밑으로 떨어지지 않는 한, 그렇게 먼 소리는 보통 들리지 않는단다. 애야, 들어보렴."

"그들이에요, 그들이에요." 캐롤린은 환호성을 지르며 박수를 쳤다.

"그들이 강가에 있어요, 아버지. 그들 소리가 들리죠?"

"오늘은 썰매가 많은 모양이다."

썰매 종소리들이 점점 더 선명히 다가왔다. 여러 마리 말의 멍에와 썰매 후미에 사촌 제프가 매달아 놓은 커다랗고 둥그런 종들이 내는 소리가 가장 크게 들렸다. 말 한 마리에 종이 네 개씩이었다. '댕그-러-엉, 댕그-러-엉' 하는 그 소리는 말의 몸에 휘감긴 은빛 종들보다 더 높고 부드러운 음색으로 울려나왔다. 목재가 늘어선 꽁꽁 언 강을 벗어나서 호수의 탁 트인 공터로 다가옴에 따라 그 종소리는 점점 더 크게 울렸다. 농부들이 자기들의 순결한 땅에서 베어내어 시장으로 운반하는 목재들을 끌고서 호수 공터로 들어섰다. 쌓고 또 쌓은 짐들, 무거운 썰매의 긴 행렬, 댕그렁거리는 종소리에 섞여 들려오는 말몰이꾼들의 고함소리, 이 모든 것이 지독히 추운 아침이라는 것을 사방에 알리고 있었다.

캐롤린의 아버지는 호수 중간쯤의 굽은 땅에서 살았다. 그의 두 아들도 짐을 싣고서 그 긴 행렬에 가담하여 시장으로 향하는 중이었다. "아버지, 오늘처럼 추운 날이면 썰매들이 더 아름답게 노래하는 것 같죠?"

그녀는 아버지가 자기 말을 이해할 거라는 확신이 들지 않았다. 지나가는 썰매들이 그녀 안에 뭔가를 일으켰다. 그녀는 그 모든 가락들을 병에 담아 간직하고 싶었다. 캐롤린은 교향악을 한 번도 들은 적이 없었지만, 교향악이란 건 아마 이렇듯 추운 날 썰매로부터 자신이 지금 듣고 있는 이런 소리일 것이다.

"그래, 애야, 나도 그들의 노래가 좋단다."

캐롤린은 아버지 가까이로 다가가서 자신의 조그만 열 살배기 손을, 그 큰 손을 감싼 장갑 속으로 밀어 넣었다. 누군가 이해해

준다는 것이 무척 기뻤다. 댕그-러-엉 땡땡 하는 종소리, 그리고 바이올린 음을 닮은 썰매의 노랫소리가, 썰매들이 굽은 길에서 나타나는 순간 쨍쨍한 공기를 가르며 드높이 터져 나오며 자신들의 영광을 알렸다.

"성 요셉 교회의 종소리보다 더 아름다워요." 캐롤린이 말했다. "하늘나라에서 울려 퍼지는 소리가 꼭 이럴 거예요."

"아마 그럴 거다."

"댕-댕" 교회 종들이 다시 썰매교향악을 이끌었다.

"가자, 얘야. 한 시간이나 여기 서 있었구나. 네가 꽁꽁 얼었겠구나. 빨리 가서 학교 갈 채비를 해야지. 따뜻이 껴입는 걸 잊지 말구. 종소리가 영하 40도라고 일러주니 말이다."

당신도 그녀가 잘 쓴다고 생각할 것이다. 또 아름다운 소리를 식별하는 훌륭한 귀를 지니고 있어서 하려고만 하면 작곡도 할 수 있겠다는 생각마저 들 것이다. 그 추운 겨울 새벽에 자신이 경험한 느낌을 명확히 전달하기 때문에, 우리도 그걸 함께 경험하고 어떤 기분인지를 정확히 느낀다.

그런데 어떤 사람들의 진정한 자아는 다른 이들을 즐겁게 할 수도 있다. 한번은 쾌활하고 통통한 한 여성이 나의 수업에 들어온 적이 있다. 그녀는 글을 쓰고 싶었을까? 글쎄, 그녀는 한 번도 시도한 적이 없다고, 걱정스러운 표정으로 부끄러워하며 모피 코트 속으로 목을 움츠리며 응답했다. 하지만 그녀

는 자기가 사람들을 재미있게 할 것 같은 기묘한 느낌이 든다
는 것이었다.

"좋은 일이에요! 뭔가를 써보세요. 뭐든 옛날 일 말예요."

그녀가 가져온 것이 다음 글이다.

베이커 여사는, 어느 겨울밤 컴컴한 길가에서 전차를 기다리다
가 더럭 겁이 났다. 보이는 사람이라고는 역시 전차를 기다리는
듯한 여자 한 명뿐이었다. 하지만 그 여자는 전차의 도착보다는
베이커 여사를 빤히 쳐다보는 데 더 관심이 있는 것 같았다.

아유, 저 여자는 집에나 가지, 도대체 왜 나를 빤히 쳐다보는 거
야? 베이커 여사는 조바심치며 생각했다. 지난해 노상강도를
당한 뒤로 나는 낯선 사람이 내 행동에 관심 있다는 듯이 구는
걸 도저히 참을 수가 없단 말이야. 내 뒤에서 빠른 발소리만 들
려도 정말 미치겠단 말이야!

베이커 여사는 코트 깃을 귀까지 바짝 치켜세웠다. 추운 밤이었
고 바람은 매섭게 불고 있었고, 급기야 눈송이마저 너풀너풀 날
리기 시작하더니 땅에 닿자 금방 녹아 버렸다. 그녀는 잠시 그
여자를 잊고서 눈송이들을 구경했다.

그러다가 퍼뜩 생각이 나서 뒤를 갑자기 돌아다보았는데, 하마
터면 그 낯선 여자를 쓰러뜨릴 뻔했다. 그 여자가 이제는 아예
베이커 여사 바로 뒤에 바짝 다가서 있었기 때문이다. 제발 차
가 좀 빨리 오든지, 이 여자가 딴 데로 가 버리면 오죽 좋을까

하고 베이커 여사는 생각했다. 손목시계를 보고 싶지만, 그러지 않는 게 좋겠지. 저 여자가 지금까지는 그럴 생각이 없다가도, 내가 손목시계를 차고 있는 걸 보면 그걸 원할 수도 있잖아. 11시쯤 되었을 걸. 겨우 이 시간에 왜 이 길은 이렇게 황량한지 도저히 모르겠군. 보통 때는 인도에 그토록 많은 사람들이 오가잖아. 내가 만일 다음 정류장까지 슬슬 걸어가면 어떨까. 친구인지 적인지 모를 이 여자가 감히 나를 따라오지는 않겠지. 베이커 여사는 '슬슬'은커녕, 퍼뜩퍼뜩 걸음을 옮겼다. 그녀가 반 정류장쯤 갔을 때, 텅 빈 건물 앞에서 그녀는 뒤쪽에서 바쁜 발자국소리를 들었다.

아이쿠, 저 여자가 내 가방을 낚아채면 그냥 가져가게 두어야지. 베이커 여사는 마음을 단단히 먹었다. 뭔가 작정을 한 것 같은 저 여자와 아무 얘기도 안 한 터에, 무턱대고 욕을 해대며 드잡이를 할 수도 없잖아. 제발 저 여자가 무슨 생각을 하고 있는지 알 수만 있다면 얼마나 좋을까. 이 불확실함이야말로 정말로 나를 괴롭힌다니까.

베이커 여사는 차표를 간신히 꺼낼 만큼만 삐죽이 가방을 열고, 장갑 낀 손으로 표를 꽉 쥐었다. 내가 원하는 거라곤 전차에 타는 일밖에 없어. 전차가 온다면 말이야. 그녀는 생각했다.

베이커 여사는 유리 진열장 쪽으로 걸어가서 거기 전시된 보석들에 관심을 기울여 보려고 애썼다. 당장 그 여자도 그녀를 따라했다.

그때 갑자기 베이커 여사는 전차가 오는 걸 곁눈질로 보았다. 전차는 겨우 한 블록 떨어져 있었다. 하늘로 곧장 올라가는 황금마차라도 되는 양 반가웠다. 그녀는 아주 용감해져서, 몸을 휙 돌려 그 낯선 여자를 정면으로 바라보았다. "당신, 내게 뭐 원하는 거라도 있어요?" 베이커 여사는 딱딱거렸다. "혹시 라이스 거리 행 전차를 기다리고 있으세요?" 그 낯선 여자가 되물었다. 베이커 여사의 내면의 목소리가 절대로 행선지를 말해서는 안 된다고, 그녀가 또 따라올지도 모른다고 경고를 보냈다. 하지만 베이커 여사는 도망치는 일에 지쳐서 버럭 소리를 질렀다. "그래요. 난 거기 살아요. 이제 전차가 왔네요!" 그녀가 차도로 돌진하려는 참이었다. 그때 그 낯선 여자의 가로막는 손길이 베이커 여사의 팔을 잡았다. "당신에게 말할 용기를 내려고 계속 애썼어요." 그녀가 말했다. "그러니까, 내게 승차권 두 장이 있거든요. 당신에게 한 장을 주고 싶었어요."

지금 읽으면서도 웃음이 다시 나는 걸 보면 이 글이 재미있는 게 확실한 것 같다. 만약 수업시간에 모든 사람들이 웃지 않았다면, 나는 베이커 여사의 글을 다시는 한 구절도 안 읽었을 것이다.

세상에는 익살맞은 사람이 많다. 아주 예쁜 신혼 여성도 그런 사람들 중 하나였다. 그녀는 맑고 투명하고 졸린 듯한 눈과 느릿한 말투와 곁눈질하는 듯한 표정을 갖고 있었다.[4]

그녀는 다음과 같이 이야기를 시작하곤 했다.

"이 지긋지긋한 고물청소기는," 나이든 엠마 주드킨스는 응접실 양탄자 위로 진공청소기를 밀면서 짜증스럽게 말했다. "남편의 키스보다도 더 흡입력이 없구먼."

또는 이런 시작도 있었다.

"나는 샤론의 장미이며, 골짜기의 백합이니라!"
엘리슨 목사는 목회자용 구두 위로 몸을 실으며 벌떡 일어서서, 자신의 좁다란 두 손을 자수로 장식된 테이블보 위에 얹었다. 그 테이블보는 복음주의 교회의 여성햇빛협회가 선물한 것이었다.

그녀는 『헌트클럽의 살인사건』이라는 소설을 썼다.
그 첫 쪽을 여기에 옮긴다.

백화점 찻집에서 점심식사를 판매하는 중이었다. 한 무리의 여성 고객들이 벨벳 천 로프 안쪽으로 빽빽이 줄을 서서 서로 몸

---

4) 재미있는 사람들은 흔히 말투가 느리고 게을러 보인다.

을 부딪쳤고, 상품 꾸러미를 살찐 엉덩이 이쪽저쪽으로 옮겨 실으며 확 벌린 발을 조금이라도 덜 힘들게 하려고 애쓰고 있었다. 풍만한 장딴지의 압력으로 뒤꿈치가 우그러진 구두를 신은 채로, 그들은 환상적인 구름 같은 거품크림을 바라보느라 이글거리는 시선을 허공에 던지고 있었다.

때는 정오, 노스웨스트 드렉 헌트클럽은 주 정기 회식을 그 찻집의 피라미드룸에서 열고 있었다. 여느 때라면 넓은 출입문 옆의 이집트 상형문자로 장식된 쌍둥이 기둥 사이로 메인룸에서 그 별실을 훤히 들여다볼 수 있었다. 하지만 화요일마다 별실 앞에는 높다란 가리개와 야자수 조화가 세워졌다.

오늘도 이 찻집의 여종업원들은 기다리고 있는 무산자들의 이글거리는 눈총을 받으며 그 클럽의 회원들을 안내하고 있었다. 감소된 수입을 보충하느라 세 딸이 사냥개를 맡아 키우는 휘지 여사(Mrs. Wheasy), 시 외곽의 작은 땅에서 영국 시골신사인 척 하며 살고 있는 하운즈의 영주 컨트리맨 씨(Mr. Countryman), 미주리 주 사립학교 시절의 유풍으로 매주 두 번씩 승마를 하는 습관이 그녀의 남부 억양에 어울리는 허바드 여사(Mrs. Hubbard), 순회극단 배우로 승격한 보이스카우트 지도자 로저 하이크(Roger Hike), 부업으로 슈나우저를 여러 마리 키우는 올리비아 오하라 양(Miss Olivia O'Hara), 헌신적인 아내를 선호하는 신중한 취향 덕분에 아직도 노총각인 아치볼드 피더 씨(Mr. Archibald Feather), 동부에 사는 전남편이 보내주는 이혼

수당으로 사냥개 세 마리를 키울 여유가 있는 다프네 르노 양 (Miss Daphne Reno), 허리둘레를 줄이려는 헛된 노력으로 승마를 하는 헨리 올웨이 박사(Dr. Henry Alway), '근사한 일'이라고 여기기 때문에 말을 타는 개인 비서 베라 클린킷 양(Miss Vera Clinkit), 마지막으로 이 클럽의 회장인 부머 대령(Col. Boomer).[5]

부머 대령이 축 늘어진 벨벳 로프를 돌아서 돌진하듯 입장했다. 출입구를 가린 야자수가 마치 호랑이라도 스쳐가는 풀잎처럼 그의 뒤쪽에서 너풀거렸다. 자기 앞에 놓인 수프 접시 위쪽으로 시선을 던져서 그는 추운 날씨에도 불구하고 전혀 기가 꺾이지 않은 저 야비하고 악명 높은 아치볼드를 바라보았다. 그가 천박스러운 적갈색 승마바지 주머니 속에 결혼반지를 집어넣는 것을 일찍이 대령은 보았고 그때부터 줄곧 이 인간을 혐오했다. 바로 그때 아치볼드가 의자에서 미끄러지더니 그의 팔꿈치가 식탁에서 흘러내렸다. 그의 몸이 갑자기 뒤틀리며 고꾸라졌고, 턱은 옷깃에 축 늘어졌다. 마치 접시에 담긴 세례 요한의 머리처럼 그의 머리만 보였고 두 눈은 감겨 있었다.

"무슨 일이요, 선생?"

대령은 테이블 한쪽 끝에서 고함을 질러댔다.

---

5) 얼마나 놀라운 이름들인가!

아마도 당신은 이 글을 읽고 이 젊은 작가가 어느 누구보다도 익살스럽다고 생각할 것이다. 어린 두 자녀와 남편이 있는 그녀는 그동안 무엇인가를 써볼 틈이 없었으며, 자신이 별다른 특별한 능력을 갖고 있다고 생각하지도 않는다. 내가 그녀에게 재능이 있다고 아무리 이야기해도, 그녀는 완전히 믿지를 못한다. 뛰어난 재능과 유머감각을 지닌 다른 많은 사람들처럼, 그녀 역시 너무 온순하고 겸손하며 그리하여 단순한 야심, 나아가 돈을 벌겠다는 희망 때문에 글을 쓰는 것이 아니다. 그녀는 자신이 작업을 하는 데는 다른 이유가 있다는 사실을 (내가 그랬듯이) 모르고 있다. 그리고 문장 하나하나가 즐겁고 유쾌한 이런 글을 쓰는 그녀 같은 사람은, 자신의 상상력과 창조력을 완전히 무시한 채 언제나 테이블보를 옮겨 깔거나 요리법을 실험하거나 아이들을 훈육하거나 남편을 보살피는 대신 글쓰기 같은 작업에 좀 더 많은 시간을 써야 한다는 것을 모르고 지낸다.

실제로 바로 이런 이유 때문에 대부분의 여성의 삶이 뭔가 불만스러운 것이다. 여성들은 늘 부차적이고 미천한(자신들의 재능과 능력을 온전히 필요로 하지는 않는) 여러 가지 일을 자신을 위해서가 아니라 타인들을 위해서 하고 있다. 바로 이 점을 들어 사회와 남편들은 그녀들을(그녀들이 너무나 비참하고 신경쇠약에 걸려 있을 때조차) 칭찬하지만, 남편들마저도 사실은 그 칭찬이 위로의 말에 불과하다는 것을 의식하고 있기 때문에 조금은 당황스럽고 무언가 내키지 않는 느낌을 받는다. 가여운 부인들은 바로 이것 —정말로 이기심 없는 자기희생— 때문에 여성이 위대한 것이며 또한 이것이 그녀들에게도 유익하다고 줄곧 설득당하고 있다!

하지만 마음속으로 여성들은 뭔가 잘못되었다는 걸 알고 있다. 만약 우리가 노예나 유모처럼 늘 타인들을 위해 무엇인가를 하는 반면 자신을 위해서는 아무것도 하지 않는다면 결국 우리는 타인들에게 아무런 도움이 될 수 없다는 것을 여성들은 느낌으로 알아챈다.

당신은 타인들을 육체적으로 더 안락하게 해줄 수 있다. 그러나 정신적으로는 어떤 방식으로도 전혀 영향을 미치지 못한다. 남편과 아이들과 친구들을 가르치고 격려하고 부추기고 위로하고 즐겁게 하고 자극하고 충고하려면, 당신 자신이 꽤 괜찮은 무엇인가가 되어야만 한다. 그런데 어떻게 하면 당신 자신이 그 무엇이 될 수 있을까? 그것은 오직 당신이 사랑하고 관심을 갖거나 중요하다고 여기는 어떤 것을 열심히, 그리고 적극적으로 할 때만 가능하다.

따라서 만약 당신의 아이들이 음악가가 되기를 바란다면 당신 자신부터 진지하게 모든 지성을 다 부어서 음악을 하라. 만약 아이들이 학자가 되기를 바란다면 당신 자신이 공부에 매진하라. 만약 아이들이 정직하기를 바란다면 당신 자신이 정직하라. 다른 경우에도 마찬가지이다.

그리고 바로 이런 이유 때문에, 글쓰기를 열망하지만 그럴 짬을 단 1분도 낼 수 없는, 지치고 화를 벌컥 내기도 하는 그런 어머니들에게 나는 늘 다음과 같이 말하곤 한다.

"만약 당신이 하루 한 시간씩 방으로 들어가면서 아이들에게 '엄마는 이제부터 5막 비극을 쓸 거란다!' 하고 말한다면, 그때 아이들 얼굴에 떠오르는 존경의 표정을 보고 깜짝 놀랄 것이다. 당신의 아이들은 어쩌면 극작가가 될지도 모른다."

이런 여성들은 열망하는 눈빛으로 나를 바라보며 내 말이 옳다는 표정을 짓는다. 하지만 아무리 그래 봤자 여성은 타인들의 재능을 북돋우고 키워주는 역할을 할 뿐 스스로는 재능이 없다는(스스로는 재능이 없음에도 불구하고 다른 사람의 재능을 효과적으로 육성하고 북돋울 수 있다는 식의 허황된) 믿음이 수세기 전부터 변함없이 지배하고 있는 시대에, 여성들이 실제로 이렇게 행동하기란 쉬운 일이 아니다. 나도 이것을 잘 안다. 하지만 만약 여성이 무엇인가 되는 방법을 일단 배우기만 한다면, 그리하여 아이들을 잘 가르치는 유일한 길은 훌륭하고 빛나는 모범이 되는 것뿐임을 깨닫는다면 한 세대가 지난 뒤에 우리 인류는 가장 뛰어나고 훌륭한 아이들을 갖게 될 것이다.

지면의 여유가 없기 때문에 나는 내 수업에서 만난 수많은 재능 가운데 단지 극소수의 사례들을 이 장에서 소개했을 뿐이다. 이 책에서는 그들이 쓴 단편소설이나 희곡이나 소설을 통째로 보여 줄 수가 없다. 하지만 최소한의 글쓰기 체험을 한 사람들이 쓴 이런 글들을 보면서, 이제 당신은 재능이란 것이 오직 월간지나 책에서만, 주장과 반론이 거듭되는 브로드웨이 연극작품에서만, 신문에 발표된 칼럼이나 문학비평에서만, 혹은 할리우드에서만 나타나는 것은 아니라는 사실을 충분히 깨달았을 것이다. 재능은 어디에나 있다.

11
미세한 진실

그렇다. 진정한 자아의 깊은 곳으로 내려가서 그곳으로부터 말할 때 당신의 글에는 어떤 변형, 성스러운 변모가 일어난다. 이제 나는 진정한 자아를 찾아내는 또 다른 길을 보여 주려고 한다. 그것을 나는 '미세한 진실'을 담은 글쓰기라고 부르겠다. 만약 이러한 방법이 필요하다고 생각한다면 당신도 시도해 봄 직하다.

내가 진행하는 수업의 참가자들 중에 B라는 여성이 있었다. 그녀는 여러 해 전부터 글을 쓰고 있었다. 이미 한 편의 (팔지 못한) 소설과 많은 단편들을 썼다. 그녀는 진실하게 작업했다. 코안경 너머로 드러나는 다소 엄격하고 합리적이며 사업가 같은 그녀의 표정을 보았을 때 나는 그건 그녀에게 별로 득이 될 게 없다고 느끼긴 했지만, 어쨌든 그녀는 재미있고 유능한 사람이었다. 그녀는 전에 글쓰기 강좌들을 들었고, 자신의 '재료'를 수십 번씩이나 고쳐 썼고, 잡지와 서적의 신경향을 연구하면서 메모를 해놓은 다음 그 경향에 맞추어 소설을 개작해 본 경험이 있었다.

2년 전에 나는 어떤 편지에서 그녀에 관해 썼다.

나의 수업이 시작되었습니다. 모든 연령대의 수줍은 사람들이 참가했답니다. 하지만 그들은 상당히 좋은 글들을 가져왔어요. 재능이 없는 듯한 단 한 사람은 이미 많은 소설과 온갖 종류의 글을 써본 B라는 부인이에요. 하지만 내가 그녀에게 너무 혹독할 수도 있지요.

그녀는 '엄격한 비판'을 원하며, 내가 그녀의 글을 혹독하게 대하지 않으면(난 혹독함을 믿지 않지만요) 절대로 만족할 수 없다고 말합니다. 어쨌든 그녀의 글은 외적인 묘사에 치우쳐 있지요. '그는 의자를 움켜 쥐었다'는 식으로요. 그래서 그녀의 단편소설 하나를 거론하면서 핵심을 좀 더 명확히 하라고 요청하면, 그녀는 단지 무엇을 그 글 속에 더 써넣어야 하는지만 알고 싶어 하더군요. 나는 그녀에게 바로 이것이 그녀의 문제라고 말합니다. 그녀는 단어들을 생각할 뿐이지 이야기를, 즉 실제로 일어난 현실을 생각하지 않아요. 단어를 아무리 더 훌륭하고 근사하게 쓰더라도 별 소용이 없지요. 작가는 사람들에 관해, 또 그들에게 일어난 일에 관해 좀 더 선명한 생각을 가져야 하니까요. 이런 지적으로 과연 그녀의 작품이 달라질지 정말 알고 싶습니다. 바로 이런 이유 때문에 모든(위대한 작품을 제외한) 소설이 그토록 거짓되고 괴상하고 가짜처럼 느껴진다는 걸 나는 요즘 통감합니다. "낸시 플림지는 밀짚모자를 심하게 흔들면서 요트클럽 선착장으로 내달았다!"는 식의 문장이 그런 부류이지요. 골즈워디(Galsworthy)를 비롯한 유명 작가들의 소설에서도 이런 기미가 느껴집니다. 내 생각에는 위대한 러시아 작가들을 제외하고는 모두가 그런 것 같아요.

나는 B부인과 나머지 학생들에게 소설을 쓴다고 생각하지 말고 그저 이야기를 한다고 생각하라고 합니다. 이야기를 할 때는 중요한 부분에서는 상세하게 파고들지만 필요하다면 피상적으로 빠르게 전개하기도 하는, 그런 본능적인 속도감각을 갖고 있잖아요. 골머리를 썩여가며 대화를 만들어 내는 일은 그만둬야 합니다. 어이쿠, 마치 내가 모든 걸 알고 있다는 말투군요. 맹세컨대 나도 아직 잘 모르고 겨우 알기 시작했으며 나의 글이 지금까지는 좋지 않은데도 말입니다. 하지만 나는 늘 더 많은 것을 배우고 있다고 생각합니다. 글을 쓸 때 우리는 용감하고 자유롭고 진실해야 합니다. 과시하기를 뜻하는 대담성으로부터 우리를 지켜주는 건 오직 진실함뿐입니다(너무 많은 미국인들이 이런 과시를 일삼고 있지요!).

B부인의 모든 글에는 그럴듯하게 둘러댄 진부함, 즉 애매하

고 둔감한 일종의 상투성이 스며들어 있었다. 그녀의 여주인 공은 모두 천박하고 사악하며 남자를 호리는 부류였다. 작은 원룸 아파트에서 살며 약간은 이국적인 천박함을 지닌 사람들이 즐겨 다루는 인물들이었다.

그런 것은 어쨌든 괜찮다. 당신이 천박한 사람들에 관하여 쓰고 싶다면, 부디 그렇게 하라. 하지만 그녀의 인물들은 설득력이 없었다. 그들은 어떤 전형에 속했다. 당신도 알다시피 '전형'은 설득력도 생동감도 가질 수 없다.

이를테면 당신이 북부의 농부를 소설 속에 등장시켜 그가 지금까지 존재했던 그 누구보다도 더 진짜배기 북부 농부로 보이게 하고 싶어 한다고 치자. 그래서 당신은 그를 샘 아저씨와 닮은 모습으로 묘사하고 말투도 북부 사투리를 쓰게 한다. 결과는? 단 한 사람의 독자도 단 한 순간도 그를 진짜라고 믿지 않는다.

하지만 다음과 같다면 어떻겠는가. 만약 당신이 예전에 북부 농부 한 명을 알고 지냈고, 그래서 성실하고 상세하게 그를 당신 책의 등장인물로 묘사한다면, 비록 그가 대머리에다 말끔하게 면도를 하고 깔끔한 정장을 입고 있다 하더라도 독자들은 그를 진짜라고 느낄 것이다.

그들은 이렇게 말할 것이다. "이 책은 전형적인 북부 농부를 아주 훌륭하게 보여 주는군!"

그렇다. 당신이 보편적인 것을 묘사하기를 바랄수록, 개별

적인 것을 더욱 자세하게 더욱 진실하게 묘사해야 한다.[1]

그러므로 나는 B부인에게 미세하게 그리고 진실하게 쓰라고 말했다. 나는 그녀가 알고 있는 누군가에 관해 먼저 말로 이야기해 보고 그런 다음 딱딱하게 쓰라고 조언했다. "이야기를 매끄럽고 감미롭게 들리게 하려고 애쓰지 말고 다만 정교하면서도 완전히 초연한 엄밀함과 진실함을 갖고 쓰세요. 그 사람을 잘 살펴보고 다만 당신이 본 것을, 설령 그것이 무슨 일람표처럼 들리더라도 그대로 쓰세요." 그리하여 그녀는 그렇게 했다. 한 늙은 하인 이야기를 들려준 다음, 그 노파의 윗입술 모양과 칙칙하고 누런 틀니의 색깔 등 모든 것을 자세히 썼던 것이다.

---

1) 이류 화가나 작가는 이 사실을 모르는 것 같다. 하지만 위대한 작가는 모두 그렇게 한다. 바로 이런 이유로 반 고흐는 대상을 대충 보고 난 뒤에 희미하게 남은 그 대충의 기억에 의존하여 그림을 그리는 사람들을 두고 한탄했던 것이다. 그들은 결코 자기들이 그린 것을 연구하지 않으며 보고 느낀 것을 온힘을 다해 섬세하고 진실하게 그리지 않는다고 그는 개탄했다. 블레이크는 이렇게 썼다.
"삶의 황금률과 마찬가지로 예술의 황금률은 다음과 같다. 즉, 경계선이 좀 더 분명하고 예리하고 강할수록 예술작품은 더욱 완벽해진다. 반면에 예리함과 날카로움이 덜하면 덜할수록 취약한 모방과 표절과 실패의 증거는 더욱 커진다. 모든 시대의 위대한 발명가들도 이를 알고 있었다. 프로토게네스(Protogenes)와 아펠레스(Apelles)는 바로 이 경계선 때문에 타인과 구별된다. 라파엘과 미켈란젤로와 알브레히트 뒤러가 유명한 이유도 오로지 이 경계선 덕분이다." 블레이크는 "유일하고 독특한 세부묘사가 숭고함의 토대이며", 아름다운 형태들에 관해서 "상세함이야말로 그것들의 전부"라고 썼다.

집안일을 돕는 문제로 처음 나를 만나러 왔을 때 그녀는 딱딱한 의자에 등을 반듯이 세우고 앉아서 그 검은 눈으로 나를 압도했다. 희미한 콧수염 아래 놓인 그녀의 기다란 윗입술은 가운데가 날카롭게 처져 있었다. 그녀는 쉽사리 웃지 않았으며 다만 때때로 누런 얼굴을 묘하게 찌푸렸다. 남루한 사계절용 모자는 부드러운 백발 위에 단단히 얹혀 있었다. 마르고 꼿꼿한 몸을 단단히 감싼 구식 블라우스와 펑펑한 치마는 그녀가 지난 세월 동안 고수해 온 불굴의 정신과 닮아 있었다. 검소하고 엄격한 여든 일곱 해 동안 그녀는 분명 쭉정이 한 개, 지방질 세포 하나도 몸속에 쌓지 않았으리라…

그녀의 뚫어지게 응시하는 시선 앞에서 나는 무력감을 떨구지 못했지만, 시간이 점점 지나가면서 그녀가 나를 조금은 좋아한다는 것을 알게 되었다. 그녀는 자기가 남자들을 좋아하고 여자들과는 사이좋게 지낼 수 없다고 자주 말하곤 했다.

"좋은 당밀이 있으면 내가 생강 과자를 좀 만들려고 하는데요." 하루는 그녀가 말했다. "남자들은 옛날식 생강 과자를 좋아하지요." 다행히 그녀가 반길 만한 재료가 있었다. 모든 것이 준비되자 그녀는 나를 돌아다보았다. "이제 부엌에 혼자 있어야겠어요. 오븐 불이나 좀 켜줘요. 나 혼자 만들어야겠어요." 그녀는 나를 내보내고 문을 꽉 닫았다. 양념과 당밀 냄새가 여러 시간 동안 온 집안에 진동했다. 나는 감히 부엌으로 내려갔다. 조리대 가득 빈자리라곤 하나도 없이 과자가 빼곡히 쌓여 있었다.

새러(Sarah)는 창가에서 바깥을 보고 있었다. 그 뒷모습으로 나의 등장이 성급했음을 알았다. 나는 일부러 쿵쿵 발소리를 내며 급히 퇴각했다.

내 남편이 그녀의 과자를 칭찬하자 그녀는 기뻐했다. 그에게 가장 맛있는 과자를 맛보게 하려는 열망으로, 그녀는 나 몰래 터무니없는 장소에 과자를 숨겨 놓았던 것이다.

그녀와 대화하기란 결코 쉬운 일이 아니었다. 나는 언제나 휴전의 깃발을 들고서 몇 번이나 진격과 퇴각을 거듭하는 기사가 된 기분이었다. 그녀는 나의 출입이 금지된 봉건시대의 탑이었지만, 그 작은 창문들로부터 날아온 수많은 화살들은 번번이 나를 찾아냈다.

그녀는 대부분의 삶을 버몬트 주 고산지대의 척박한 농장에서 보냈기에 일찍부터 고된 노동에 길들여졌다. 늙어감에 따라 그녀는 자부심과 가난과 나빠진 시력과 잘 들리지 않는 귀 때문에 마치 고립된 작은 섬처럼 폐쇄된 채로, 주변에서 소용돌이치는 삶에도 요지부동으로 우뚝 서 있었다. 온갖 형태의 동정을 무시하며 그녀는 끝까지 자기 발로 서서, 우리가 그녀에게 신세를 지고 있다고 어떻게든 느끼게 하려고 분투했다.

이 글은 참 훌륭하다. 내가 어떻게 감히 (마치 평론가처럼) 이 글이 좋다고 거드름을 피우며 말할 수 있느냐고? 우선 누구보다도 수업 참가자들이 이 글에 깜짝 놀랐고 즐거워했기 때문이다. 내가 이 글을 읽는 동안, 그들 모두는 엄청난 신뢰감과 흥미와 집중된 주의력을 갖고서 귀를 기울였다. 다음으로 모두가 이 늙은 하인의 빛나고 엄격한 정신을 마음으로 그려 보는 것 같았다. 이 모습은 내 마음속에 2년 후까지 남아 있었다. 이것이야말로 이 글이 훌륭하다는 징표이다.

당신도 보았다시피 B부인은 엄밀하고 사실적인 진실함을 가지고서 썼기 때문에 진정한 자아를 찾고 훌륭한 글을 쓸 수 있었다.

그리고 묘한 일이 한 가지 더 있다. 버몬트 출신의 작은 몸집의 노파를 묘사하는 단어들 뒤에서 자가의 개성[2]이 변화한 것이다.

만일 당신이 B부인을 모르는 채, 작은 아파트에 사는 사악한 여주인공들이 등장하는 이야기들을 읽는다면, 당신은 필자가 평범하고 재능 없으며 좀 천박하다고 느낄 것이다. 이 새로운 인물묘사를 보고는 당신은 그녀가 동일인이라고 도저히 상상할 수 없을 것이다. 작가가 커다란 애정과 상냥함과 선의를 갖고 있으며, 모든 것에 대해 뛰어나고 밝고 공감어린 시선을 지닌 사람이라는 사실을 이제 당신은 알게 되었을 것이다. 다시 말하자면 그녀의 첫 소설들은 글을 팔고 싶고 아는 척하고

---

2) 글쓰기 뒤에 있는 이 개성을 나는 '삼차원'(Third Dimension)이라고 부른다. 이것은 매우 중요하며, 뒤에서 자세히 이야기하고자 한다.

감동을 남기고 싶다는 무의식적 열망으로 인해 그토록 형편없고 진부했던 것이다. 그러나 일단 진실하고 가식 없이 글을 쓰기 시작하자, 그녀는 자신의 안에 있는 지혜와 재능과 느낌의 깊은 원천을 깨어나게 했다.

다시 (분명 백 번째로) 말하건대 이 원천은 당신들 모두에게 있으며 그것은 헤아릴 수 없는 깊이를 갖고 있다.[3]

미세한 진실을 쓰도록 노력하라는 내 조언을 들은 후에 갑자기 다른 글을 쓰게 된 여성이 또 하나 있다. 다리를 잘 못 쓰는 장애인인 그녀는 예순 살가량으로, 매우 아름답고 친절하고 부드러운 인품을 갖고 있었다. 그녀는 매우 열심히 작업했지만 진정으로 훌륭하고 생생한 글은 도저히 쓰지 못할 것 같았다.

결국 나는 이렇게 말했다.

"무언가를 있는 그대로 묘사하세요. 글이 딱딱하거나 볼품없거나 어떻게 될지에 신경 쓰지 마세요. 그냥 무언가를 살펴보고 당신이 본 것을 써내려 가세요. 윌리엄 블레이크의 말을 기억하세요. '발전은 쭉 뻗은 직진의 길을 그린다. 하지만 발전

---

3) 그 깊이는 밑바닥을 알 수 없는 것이다. 다만 당신은 자신의 진정한 내적 자아가 늘 변화하고, 그 자아로부터 새로운 것이 늘 창조되고 있다는 사실을 잊지 말아야 한다. 하지만 만약 당신이 훌륭하고 성공적인 한 편의 글을 쓴 뒤에 모든 글을 그것만큼 똑같이 좋게 만들려고 애를 쓴다면, 이 헤아릴 수 없는 깊이는 고갈되고 말 것이다.

이 없는 구불구불한 길은 천재들의 것이다.'"[4]

그리하여 이 학생은 내가 말한 대로 했다. 그녀는 우중충하고 무너져 가는 낡은 집을 묘사했다. 그것은 이제까지 쓴 글과는 아주 딴판이었다. 사실적이고 생생하고 우울한 분위기를 자아냈다. 그녀는 색깔에도 주목했다. 다른 글에서는 색깔 이야기를 한 적이 없는 그녀였다.

내가 그 글이 정말 좋다고 말하자 그녀는 이렇게 대꾸했다. "하지만 이건 너무 우울해요! 저는 울적한 기분으로 글을 쓰고 싶지 않아요."

나는 그제야, 아마도 그녀가 신체적 장애로 인해 일부러 명랑해지려고 애쓰며 지낸 생애가 그녀에게 진정한 자아로부터 나오는 글쓰기를 가로막고 있음을 깨달았다. "나는 명랑하고 낙천적이어야만 해. 나는 늘 사물의 밝은 면을 보아야만 해." 그녀는 언제나 스스로에게 이렇게 말했으리라.

그러나 글을 쓸 때는 절대로 그래서는 안 된다! 만일 진정한 명랑함이라면 그건 좋다. 하지만 만약 그것이 일부러 만든 명랑함이며 그래서 늘 그래야 한다고 생각하는 식으로 사물을

---

4) 진실, 즉 삶 자체는 언제나 놀랍고 낯설고 예상과는 다르다. 하지만 삶에 관한 진실을 이야기하면, 모든 사람은 바로 그것이 삶 자체이며 가식적이지 않다는 걸 단박에 알아챈다. 반면에 시시한 소설이나 영화 등에서는 모든 일이 매끄럽게 진행되고 그럴듯하게 보인다. 악당은 나쁘고 남자 주인공은 근사하고 여주인공은 매혹적이라는 식이다. 하지만 그 결과 아무도 그 이야기를 한마디도 믿지 않는다.

묘사한다면, 아마도 그 글은 인상적이 될 수 없을 것이다. 아무도 당신 이야기에 흥미나 신뢰를 갖지 않을 것이다.

어떤 사람들은 '제휴와 조정' 같은 어려운 단어를 사용하여 아주 근엄하게 글을 쓰지만, 실은 그들의 진정한 자아는 재담과 경구로 넘치는 유쾌하고 세속적인 장난꾸러기 같을 수도 있다. 이 경우, 만약 그들이 장난꾸러기 기질에 근거해서 글을 쓴다면 글이 훨씬 더 좋아질 것이다.

반면 소란스럽고 저속한 유머의 은폐물 뒤로 자신을 숨기는 사람들도 있는데, 그들의 진정한 자아는 실은 몹시 다정하고 민감하고 고독하고 낭만적일 수도 있다.

내 수업시간에 참가한 한 청년은 늘 똑같은 에피소드를 가져왔다. 그 글들은 언제나 구스라는 약간 뻔뻔스러운 남자와 그의 아내 애드나가 점심값 등의 시시한 일을 놓고 난리법석을 떨며 싸우는 이야기였다. 트림 소리라든가 이쑤시개 따위가 잔뜩 나오는 글이었다. 그것은 별로 우습지도 않았고 어쩌면 그의 은폐물일 거라는 의심이 들었다. 나는 그에게 자신으로부터 나오는 것을 써보라고 주문했다. "당신 자신을 숨기려고 애쓰지 마세요. 당신이 진정으로 관심을 갖고 있는 것이 무엇인지 알고 싶네요." 그는 그렇게 해보겠다고 대답했다.

그런 뒤 그는 한 젊은 남자를 다룬 에피소드를 써왔다. 그 젊은이는 불안하고 어딘가 좀 비참한 꿈을 꾸고서 한밤중에 깨어나지만, 아내가 옆 침대에 있다는 생각에 안심하며 위안을 느낀다. 하지만 곧 그는 서서히 깨닫는다 ─아니, 그녀는 거기에 없다. 그녀는 며칠 전에 죽었던 것이다. 그 글은 아름답고 섬세하고 다정하고 슬펐다. 꿈에 대한 묘사도, 그리고 의식과 벌이는 싸움도 완벽했다. 그의 어휘는 도무지 그의 것 같지 않았다. 그토록 독특하고 전문적이며 절묘하게 선택된 단어들이 사용되었던 것이다.

그런데 우리를 이루고 있는 수많은 자아 가운데서 어떻게 진정한 자아를 골라낼 수 있을까? 그것은 정말 어려운 일이다. 이 문제로 나는 지금까지도 몹시 당혹스럽다. 나 스스로가 너무나 다른 수많은 사람들인 듯하기 때문이다. 나는 어떤 때는 남자, 또 다른 때는 여자 같기도 하고, 때로는 살인자, 투정꾼, 어머니, 억지웃음을 짓는 숙녀, 늙어빠진 폐인, 잔소리꾼, 사기꾼, 용맹한 사람, 교활한 인간이라고 느낀다. 만약 당신이 진정한 자아를 찾아내기 위해 불안하고 신경질적으로 인상을 쓰면서 "나는 지금 과연 최대한 진실하게 쓰고 있는 걸까? 정말 모르겠군" 하며 긴장하고 머리를 짜내야 한다면, 지금까지 내가 주장한 것은 모두 헛수고가 되고 말 것이다.

그래선 안 된다. 진정한 자아를 발견하는 유일한 길은 경솔하고 자유롭게 되는 것이다. 만약 당신이 한동안 살인자처럼 느낀다면, 그런 사람처럼 글을 써라. 실제로 분노하고 있을 때야말로 글을 쓰기 가장 좋은 때다. 만약 당신이 어떤 의무적이고 말뿐인 시시한 이야기가 아니라 분노하고 있는 것에 관해 쓴다면, 그 글은 훌륭할 것이다. 블레이크는 말했다. "격렬한 열정은 생생하고 훌륭하고 완벽한 분위기를 만들어 낸다"고.

내가 글쓰기를 좋은 일이라고 여기는 또 하나의 이유가 바로 이것이다. 이런 사람들은 자신 속에 있는 나쁜 열정을, 무사 안일주의로 무시하거나 외면하지 않는다. 그들은 이런 열정을 자세히 살피기 시작하고 이해하려 노력하며, 덕분에 생각하게 되었다는 이유로 자신이 그런 열정을 지니고 있다는 것에 기쁨마저 느낀다. 실제로 다른 사람들이 당신을 나쁘다고 여기는 근거인 어떤 열정 ―반항, 완고, 방탕―에 대해서, 당신은 그것들이 좋은 것이며 또한 간직하고 싶은 것이라고 결론 내릴 수도 있다.

최근에 나는 체호프의 글을 전부 읽었다. 그는 정말 훌륭하다. 그의 편지와 삶, 그리고 그에 대한 사람들의 기억은 더 훌륭하다. 하지만 만일 그가 자기 안의 잔혹성, 폭식, 비굴, 냉담에 관해 아무것도 몰랐다면, 그런 것들에 관해 쓸 수 없었을 것이라는 사실이 내게는 위로가 된다. 위대한 사람들은 천박한 사람들이 느끼는 모든 것을 훨씬 더 명확하게 느끼고 인식했던 것이다. 그러나 그들은 어떤 초월의 경지에 이른 듯하며, 천박한 인간들과 같이 느끼고 이해하지만 그들 위에 군림하려고 하지 않는다.

글을 써가면서 점차 당신은 더욱 자유로워지는 법, 그리고 생각을 말하는 법을 배우게 될 것이다. 또한 동시에 당신은 자신에게 거짓말하지 않는 법, 즉 가식과 허세를 부리지 않는 법을 배울 것이다. 하지만 오직 글쓰기를 통해서만, 그리고 오랫동안 끈기 있고 진지하게 행한 작업을 통해서만 당신은 진정한 자아를 발견하게 될 것이다.[5]

그런데 왜 진정한 자아를 발견해야 하는 걸까. 그 자아야말로 당신의 불멸의 정신이며, 영혼의 삶이기 때문이다. 또한 우리가 진정한 자아를 해방시키고 존중하고 훼손시키지 않을 수 있다면, 또한 그 자아가 활동하도록 할 수 있다면, 그것이야말로 더 행복해지고 더 위대해지는 길이기 때문이다. 하지만 진정한 자아란 결코 고정된 것이 아님을 늘 기억해야 한다.

"만족스러워. 오늘 나는 마침내 진정한 내 모습을 발견했어. 빛나는 타입이야!"라고 말해서는 안 된다. 왜냐하면 진정한 자아는 마치 음악처럼 늘 움직이는 삶의 흐름이며, 변화하고 움직이고 실패하고 괴로워하고 배우고 빛나는 것이기 때문이다.

---

5) 다른 형태의 예술로도, 혹은 창조력을 사용하기만 한다면 무슨 활동으로든 진정한 자아를 발견할 수 있다. '창조력'이라는 말로 내가 의미하는 내용은 지식인들이 예술이라고 부르는 것 이상임을 기억하라. 열심히 작업을 하여 상을 타려는 투사, 즉 자신의 상상력과 노력을 사용하여 스스로를 더욱 훌륭한 투사로 만들려는 사람은 창조력을 갖고 있다. 만약 한 여성이 의상 잡지들을 뒤적이다가 내면에서 기쁨의 에너지가 분출하는 것을 느끼고 "이렇게 생긴 코트를 입고 이마에는 곱슬머리 한 가닥을 늘어뜨려 봐야겠군!" 하면서 그 옷을 입고 그런 머리모양을 한 자신의 모습이 얼마나 아름다울지를 상상해 보고 실제로 그렇게 해보는 동안 행복한 에너지가 샘솟는 것을 느낀다면, 그녀 역시 창조력을 갖고 있다. 그리고 새로운 케이크를 만들려고 시도하는 요리사도 창조력을 갖고 있다.

그렇기에 당신은 글쓰기와 삶 모두에서 자유롭고 경솔하게 새로운 실수를 계속해야 하며, 그 실수들에 초조해하지 않으면서 그저 계속 나아가고 더욱 많이 써야 한다. 적극적인 악(惡)이 수동적인 선(善)보다 훨씬 더 좋은 것이다. 수동적인 선이란 단지 순응과 약함과 소심함일 뿐이다.

그러므로 일관되려고 노력하지 말라. 오늘 당신에게 진실인 것이 내일은 전혀 진실이 아니기 때문이다. 당신은 더 나은 진실을 알게 될 터이니까.

12
예술은 감염이다

나는 톨스토이, 체호프, 도스토옙스키 같은 러시아 작가들을 제일 좋아한다. 그들이 멋지고 세련된 표현이나 아름다운 단어보다는 진실을 훨씬 중요하게 생각했기 때문인 것 같다. 나 개인적으로는, 내용보다 포장이 더 근사하고 의미심장한 글은 좋아 보이지 않는다. 러시아 작가들은 번역도 훌륭하게 하는데, 아마 그 작가들이 스스로 느끼고 보고 생각한 것을 중요하게 여겼기 때문일 것이다. 그들에게는 문학보다는 삶이 더 중요했다.

글을 잘 쓰려면, 그리하여 우리가 이야기하거나 관심을 갖고 있거나 감동받은 것을 사람들에게 믿도록 하려면 그 유일한 방법은 가식과 점잔을 벗어버리는 것이다. 내게 이것을 깨닫게 한 사람들이 바로 러시아 작가들이다. 이것은 당신이 추측하는 것보다 훨씬 더 어려운 일이다. 그 이유는 우리의 가식이란 무척 애매한 것인 데다가 종종 깊은 무의식에서 나오기 때문이다. 이와 관련해 나는 체호프의 말을 당신에게 들려주고 싶다.

『지루한 이야기』라는 훌륭한 작품의 주인공 남자는 대학교수로, 늙고 병들고 미망에서 깨어난 위대한 인간이다. 체호프는 그의 입을 빌려 이렇게 말한다.

프랑스 책들 역시 나를 만족시키지 못하긴 하지만, 러시아 책들처럼 지루하진 않다. 프랑스 작품에서 예술적 창조의 핵심요소, 예컨대 개인적 자유의 감정을 찾아내기란 드문 일이 아니다. 이런 요소가 러시아 작가들에게는 결여되어 있다. 내가 요즘 읽은 책들 가운데, 첫 페이지부터 작가가 온갖 상황들에 휘말리고 자신의 양심과 맺은 계약에 얽매이지 않은 책은 한 권도 생각나지 않는다. 한 작가는 벌거벗은 나체를 화제로 삼기를 꺼려하고, 다른 작가는 정신분석에 몰두하고, 또 다른 작가는 '인간에 대한 따뜻한 태도'를 품고 있으며, 또 다른 작가는 자신이 특정한 목적 아래 글을 쓴다는 혐의를 받지 않으려고 일부러 온갖 자연묘사를 일필휘지로 휘갈긴다. 한 작가는 자신의 작품에서 중산층의 속성을 드러낸다면, 다른 작가는 귀족임에 틀림없고, 또다른 작가들도 그 출신배경을 명백히 알 수 있다. 이렇듯 작가들은 의도성, 용의주도, 자의식을 드러낸다. 하지만 그들에게는 자기가 원하는 대로 쓰려는 독립성과 인간다움이 부재하며, 그리하여 창조성도 전무하다.

그렇다. 글을 쓸 때 당신은 꼭 자유롭게 느껴야만 한다. 모든 의무조항들을 벗어던져야 한다.[1] 모든 족쇄, 부담, 책임감과 의무를 끊어 버려야 한다. 6막의 무운시든 상징적 비극이든 매우 짧은 통속적 단편이든 그게 무엇이든 당신이 원하는 것을 써야 한다. 그래야만 정직하고 기쁘게 쓸 것이고 애써 타인들에게 실제의 자기보다 더 똑똑해 보이려고 애쓰지 않을 것이다. 그런 게 다 무슨 소용인가? 실제의 자기보다 더 똑똑할 수는 없지 않은가. 만일 당신이 그렇게 한다면 누구나 유리를 들

---

1) 내가 여기서 말하는 대상은 여러분의 첫 원고이다. 하지만 그 글을 작품이 아니라고 생각하지는 말기 바란다. 여러분의 소설은 톨스토이의 『전쟁과 평화』처럼 11년이 걸릴 수도 있다. 초고를 계속 고치고, 여러분의 상상 속에서 등장인물들을 좀 더 명확히 인식하고, 초고를 다듬고, 진실하게 만들고, 단어들을 더욱 함축적으로 사용하고, 가짜나 영향 받은 부분들을 솎아내다 보면 시간이 한없이 필요할 것이다.

그리고 훌륭한 소설이나 희곡은 빙산과 닮아 있다는 점을 기억하라. 그것의 일부는 보이지만, 대부분은 보이지 않는다. 어떤 이가 입센에게 왜 『인형의 집』 주인공 이름을 노라로 붙였느냐고 묻자, 그는 이렇게 대답했다. "그러니까 엘레노라가 그녀의 진짜 이름이지요. 하지만 사람들은 그녀가 어렸을 때 노라라고 불렀거든요."

여기서 알 수 있듯이, 입센은 그녀의 삶을 어린 시절부터 전부 알고 있었다. 하지만 희곡에서는 그녀의 삶의 단 몇 시간만이 그려질 뿐이다.

그렇지만 처음 무엇인가를 창조할 때는 우리가 자유롭게 느껴야 한다는 걸 나는 안다. 작품을 다듬는 경험은 사람마다 다를 수밖에 없다. 이것은 누구나 직접 해봄으로써, 스스로 배워야 한다.

여다보듯 훤히 볼 수 있고 겉만 슬쩍 보고도 단번에 당신이 거짓말을 하고 있으며 잘난 체 한다는 걸 알 것이다(하지만 이걸 기억하라. 당신의 글이 실제의 당신보다 더 총명하고 더 위대할 수 없기만 한 게 아니라, 반대로 자신의 빛나는 개성과 재능을 무미건조하고 소심한 글이라는 구름 뒤에 숨길 수도 있다).

당신이 써내려가는 동안 '해야 한다'는 의무조항들이 당신을 가로막지 못하게 하라. 예컨대 '좀 더 익살스러워야 한다', '좀 더 급진적이어야 한다', '좀 더 헤밍웨이를 닮아야 한다', '좀 더 신랄하게 풍자적이어야 한다'는 식의 수많은 '해야 한다'를 경계하라. 글은 그것을 말짱히 드러낸다. 그것은 글을 망친다. 그런 글은 생생하지 않고 죽어 있다.

수업 시간이라면, 나는 몇몇 글들을 상세히 살피면서 이렇게 말할 것이다.

"이 문장은 정말 훌륭하네요. 당신의 진의가 잘 드러나 있군요. 하지만 이 문장은 죽어 있습니다. 이건 선생을 의식하고 쓴 문장이에요. 저의가 엉큼하군요. 선생을 깜짝 놀라게 만들고 싶어 하다니요! 언제나 당신이 생각하는 것을 쓰세요."

달리 말하자면, 광고문 작가처럼 글을 쓰지 말라는 것이다. 나는 종종 이 나라에서 얼마나 엄청난 돈이 광고에 소모되는지 생각해 본다. 광고회사들은 몹시 총명하고 재기발랄한 젊은이들을 고용하여 자기네들을 위해 글을 쓰게 한다. 그 문장은 하나도 반복할 가치가 없다. 이유가 무엇이냐고? 그것은 진심을 담고 있지 않기 때문이다. 그 글의 목적은, 작가가 느낀 무언가를 말하려는 것이 아니라(당신이 단순하게 느끼면 느낄수록, 더욱 훌륭하고 효과적으로 쓸 수 있다) 오로지 사람들을 자극하고 전혀 무관심했던 것들을 근사하게 여기도록 설복하려는 것이다.

버니언[2]이라는 땜장이가 감옥에서 자기 나름대로 단어들을 모으고 정렬해서 무엇인가를 쓴다. 또 존 키츠는 다른 단어들과 다른 배열방식으로 무언가를 쓴다. 두 작품 다 위대한 문학이다. 왜냐하면 한 위대한 인간이 무언가를 생각하고 그런 뒤 자기 생각을 최대한 정확하고 정직하게 말했기 때문이다.

글쓰기에 관해 톨스토이가 한 말에서 나는 무척 도움을 받았다. 아마도 그것은 당신에게도 도움이 될 것이다. 첫째로, 귀여운 일곱 살짜리 아이가 보고 이해할 수 있는 방식으로 쓸 수 없는 이야기란 이 세상에 하나도 없다는 것이다. 나는 자주 이 말을 생각해 보는데, 그건 늘 지침과 도움이 된다.[3] 방금 나는

---

2) 감옥에 갇힌 사람들은 글을 써야 한다. 그것은 그들을 위해서나 우리를 위해서나 좋은 일이다. 몇몇 위대한 문학을 쓴 사람들은 수인이었으며 월터 롤리 경(Sir Walter Raleigh), 버니언, 도스토옙스키가 그런 사람들이다. 수인들은 괴로워하고 생각하며 홀로 있기 때문에 할 이야기가 많다. 위대한 문학을 찾는 수요가 바깥세상보다 감옥에서 훨씬 더 많다는 사실에서 수인들이 얼마나 큰 창조적 열망과 힘을 갖고 있는지가 잘 드러난다. 한 도서관 사서가 이 사실을 말해주었다.

3) 물론 만약 당신의 창조적 충동이 즉 당신의 진정한 자아가 당신에게 세련되고 복잡한 글을 쓰라고 요구한다면 당신은 그렇게 해야 한다.

톨스토이 책 한 권을 끄집어내서, 그가 정말 자신이 옹호한 방식대로 썼다는 걸 확인한다.

다음으로 「예술이란 무엇인가?」라는 유명한 수필에서(이 글은 당시 모든 사람들을 격분시켰다) 그는 이렇게 말했다. "예술은 감염이다." 예술가가 어떤 감정을 느끼고 그것을 표현한다. 그러면 그 감정은 다른 사람들을 감염시켜 그들도 그런 감정을 갖게 된다는 것이다. 그러므로 감염은 즉각적이어야 하며 그렇지 않다면 그것은 예술이 아니다. 만약 당신이 어떤 그림 앞에서 혹은 책 한 권을 두고 전전긍긍하고 당황스러워 한다면, 또 그것을 좋아하려고 무진장 애를 써야 한다면, 그리고 그 작품에 관한 수많은 박식한 비평들을 읽고 나서야 마침내 "그래, 이제 나는 그걸 정말로 이해하기 시작했고 얼마나 근사한 작품인지 알게 되었어! 그건 진짜 예술이야!"라고 말한다면, 그것은 예술이 아니다.[4] 톨스토이는 다음과 같이 말했다.

예술이 하는 일은, 다른 논의 형태들로는 납득하기 어렵고 접근할 수 없는 것들을 이해하고 느끼도록 하는 것이다. …
뛰어난 최고의 예술은 늘 그랬다. 『일리아스』도 『오디세이』도 헤브라이의 예언서도, 복음서의 비유도, 베다의 찬가도 모두 지

---

[4] 물론 다른 사람들이 그런 작품을 보고 즉각 감염된다면 그것은 그들에게는 예술일 것이다.

극히 높은 감정을 전달하면서도, 교양이 있든 없든 오늘날 우리 모두에게 잘 이해되고 있으며, 현대의 노동자들보다 훨씬 더 교양이 낮은 옛날 사람들에게도 잘 이해되었던 것이다.

가장 선량하고 고상한 감정을 이해하지 못하도록 가로막는 장애물은 (복음서도 말하고 있듯이) 발전이나 학식의 부족이 아니다.[5] 훌륭하고 고상한 예술작품이 이해받지 못할 수도 있지만 소박하고 타락하지 않은 농업 노동자들에게는 그렇지 않다.[6] (이 사람들은 모든 최고의 예술작품을 이해할 수 있다.) … 이를테면 가장 세련된 인간이라고 자부하는 사람들이 이웃사랑이나 자기희생이나 순결을 노래한 시들을 모르겠다고 하는 경우를 나는 많이 보았다.

이렇듯 뛰어나고 위대하고 보편적인 예술을 이해할 수 없다고 하는 것은 오직 일부 타락한 사람들의 경우에만 있는 일이고,

---

5) 그래서 블레이크는 말했다.

"아이들과 가난한 사람들과 배우지 못한 사람들에게는 모든 것이 명백하다고 예수님은 생각한다. 이것이 바로 복음이다."

"성서 전체는 처음부터 끝까지 도덕적 미덕이 아니라 상상과 통찰로 가득차 있다. 반면 플라톤과 그리스인들과 모든 전사들의 근본사상은 도덕적 미덕이었다. 도덕적 미덕은 끊임없이 죄를 비난하는 한편, 영속적인 전쟁과 타인에 대한 지배를 옹호한다." 나는 블레이크의 이 말을 다음과 같이 해석한다. 도덕은 마치 자기가 인간에게 무엇이 좋은지를 가장 잘 알고 있다고 생각한다. 하지만 예수는 그의 사랑과 상상력을 통해 개인이 각자 자유롭게 나름대로 성장하도록 놓아두어야 한다는 것을 잘 알고 있었다.

6) "뻔히 보이는 진리를 알지 못하는 사람은 진리의 주목을 받을 가치가 없다." (윌리엄 블레이크)

평범한 대중에게는 그럴 리가 없다.

위대한 예술은, 톨스토이에 따르면, 자기 시대의 삶에 대해 가장 숭고한 인식을 지닌 위대한 인간이 자기가 느끼는 바를 말할 때 탄생한다(스스로는 의식하지 못했을지도 모르지만 톨스토이도 그들 가운데 한 사람이었다). 그러면 그 감염은 보편적이다. 즉 누구나 그것을 즉각 이해한다.[7]

그러나 톨스토이가 지적한 대로, 한쪽에는 진정한 예술이 있고 다른 쪽에는 수많은 모조품, 즉 가짜예술이 존재한다. 그 까닭은 부유층 사람들이 지루하고 게으르고 여흥이 필요한 탓에 예술가들에게 자기네들을 위한 예술을 만들어 재미있게 해 달라고 돈을 지불하기 때문이다. 그렇지만 예술은 진실로 느껴져야만 하고 의지적으로 만들어지는 게 아니기에, 또한 예술가의 내면적 자아 속에서 자연스럽게 솟아나오는 것이기에, 작위적이고 머리를 짜낸 수많은 가짜예술이 존재하게 되는 것이다. 가짜예술의 가장 흔한 유형은 오직 배타적인 소수, 즉 교양이 과다한 몇몇 인간들만이 이해할 수 있도록 일부러 난해하고 애매하며 추상적인 체 꾸며대는 그런 종류이다.

그 결과 예술을 설명하는 비평가들이 등장하게 된다. 하지

---

7) 블레이크가 예수를 예술가라고 불렀을 때 블레이크 역시 이런 뜻이었을 것이다.

만 톨스토이의 말을 빌리자면 비평가들은 예술을 이해할 수 없는데, 왜냐하면 "그들이 박식한, 다시 말해 타락한 동시에 지나친 자만심으로 무장한 사람들"이기 때문이다. 그 모든 박학다식, 심사숙고, 평가, 추론, 비교가 이 비판가들을 망친다. 또한 이 때문에 그들은 애매하고 무감각해져서, 시인이나 아이들이나 평범한 사람들이 지닌 즉각적으로 느끼는 능력을 상실한다.

이런 이유로, "비평가들은 늘 예술의 전염성에 다른 사람들보다 덜 감염되는 사람들이었다." 톨스토이에 따르면 이를 잘 입증하는 사실은, 예술은 감염이기 때문에 어떤 예술가의 작품이란 말로 해석되거나 설명될 수 없는 것임에도 불구하고 비평가들은 예술을 설명하고 해석하려고 애쓴다는 점이다.

그는 이어서 다른 종류의 가짜예술에 대해서도 이야기한다. 그것이 등장하는 사정은 다음과 같다. 만약 당신이 어떤 책에 의해 감염된다고 가정해 보자. 그래서 당신이 이렇게 말한다. "이건 참으로 감동적인 대목이군. 나도 내 책에서 이것에 관해 써야겠어." 하지만 그것은 아무짝에도 쓸모가 없다. 간접적 감염으로는 사람들을 감동시킬 수 없다.

톨스토이는 이렇게 썼다.

약 40년 전에 어리석지만 퍽 교양을 갖춘 (지금은 이미 작고한) 숙녀가 자작 소설을 들어 달라고 부탁을 해왔다. 그 소설은 여주인공이 시적인 하얀 드레스를 입고 시적으로 머리카락을 휘날리며 시적인 숲 속의 시내 가까이에서 시를 읽고 있는 것으로 시작된다. 그 배경은 러시아였는데, 돌연 뒤쪽 관목 숲에서 남주인공이 빌헬름 텔 풍의(이 표현 그대로 쓰여 있었다) 깃털 모자를 쓰고서 시적인 하얀 개 두 마리를 데리고 등장한다… 그러나 이 신사가 하얀 드레스의 처녀와 대화를 시작하자마자 분명히 드러나는 사실이 있다. 즉 이 여성 작가는 아무런 할 이야기가 없었으며, 오직 다른 작품의 시적인 추억들에 젖어 있었다. 그러나 예술적 감동, 즉 감염은 오로지 작가 자신이 어떤 감정을 자신에게 진실한 방식으로 경험하여 전달할 때에만 얻어지는 것이지, 이전에 자신에게 전달된 타인의 감정을 다시 전달해서는 얻어지지 않는다.

내가 톨스토이의 책에서 처음 읽었을 때 이 구절은 빛나는 발견 같았다. 하지만 글쓰기 수업이 없었다면 아마 그토록 감동하지 않았을 것이다. 나는 학생들의 글을 통해, 어떤 문장이든 진실한 자아로부터 나오고 진정으로 느껴진 것이면 어떤 단어들로 구성되었든 또 문법에 어긋나거나 엉망으로 배열되어 있다 하더라도, 어째서 훌륭하고 생생한지, 즉 어째서 그 문장이 사람들을 감염시키는지를 알게 되었다. 하지만 어떤 문장이 작가에게 직접 느껴진 것이 아닌 때에는 그것은 죽어 있었다. 따라서 감염도 없었다.

이 경험은 나에게 유익했다. 왜냐하면 이로부터 나는 나 자신이 느끼지 않은 것을 쓰거나 수많은 가짜느낌을 공들여 써봤자 아무도 영향 받거나 감동하지 않으며, 따라서 무의미하다는 것을 알게 되었기 때문이다. 그러나 내가 수업시간에 사람들에게 늘 말하듯이, 당신은 느낌을 반드시 격렬하고 끔찍한 어떤 것, 예컨대 '거칠고 메마른 흐느낌' 같은 것들로 여겨서는 안 된다. 지루함도 하나의 느낌이고, 권태도 하나의 느낌이고, 나른함도 역시 분노만큼이나 버젓한 하나의 느낌이다.

따라서 이제부터는 예를 들어 권태로워하는 어떤 사람 이야기를 쓰고 싶다면, 당신이 지루했을 때 자신의 느낌이 어땠는지를 그저 차분하게 묘사하라.[8] 이것이 당신이 해야 하는 전부이다. 당신에게 그렇지 않았다면 권태를 '고통스럽고 괴로운' 것이라고 묘사하지 말라. 그런 묘사는 의심을 낳을 뿐이다.

독자를 감염시키고, 독자를 설득하고, 독자가 좋은 묘사라고 생각하게 하려면, 당신은 오직 이렇게 하면 된다. 그래야만 진실해 보일 것이므로.

---

8) 권태로움이 어떤 느낌이었는지에 대한 당신의 지각이 예민하면 할수록, 당신의 글은 더욱더 좋아질 것이다. 하지만 계획적이거나 머리를 짜내는 식보다는 자신의 충동에 따라 자유롭게 쓸 때, 훨씬 더 훌륭하고 더 치밀하고 더 진정한 글이 된다는 것을 명심하라.

13
삼차원

소설을 쓰고 있다면 당신은 등장인물을 옹호하지 말아야 한다. 그 까닭은 바로 삼차원 때문이다. 당신은 절대 (그토록 많은 단어들로) "이 여주인공이 얼마나 매력적이고 얼마나 사랑스러운지를 보라. 남주인공은 또 얼마나 멋있고 용감한가!" 하는 식으로 이야기해서는 안 된다.

　이런 방식이 효과적이라면 그렇게 해도 상관없을 것이다. 하지만 당신이 여주인공을 멋있다고 말하려고 노력할수록 오히려 독자들은 그녀를 더욱 미심쩍게 바라볼 것이라는 점이 골칫거리다. 독자들은 당신이 무언가 거짓말을 하고 있으며 당신이 상상력을 통해 그녀를 현실적이며 살아 있는 사람으로 명확히 보지 못하고 도리어 자신들에게 그녀의 가짜모습을 믿게 하려고 애쓴다는 점을 알아챈다. 즉 당신이 그녀의 선전가에 불과하다는 것을 인식한다. 그리고 당신이 그녀의 사랑스러운 특징들을 묘사하면 할수록 독자들은 작가가 자기숭배적인 허풍쟁이라는 불쾌한 느낌을 받을 뿐이다.

도스토옙스키는 『악령』에서 이 소설의 등장인물인 한 유명 작가에 관해 다음과 같이 묘사한다.

그는 영국의 어느 해안에서 난파된 기선의 모습을 묘사했다. 그는 자신이 기선의 난파를 목격한 일에 관해서, 그리고 물에 빠진 사람들이 구조되는 광경과 시체들이 해안가로 인양되는 장면을 볼 때 자신이 어떤 느낌이었는지를 서술했다. 이 길고 장황한 글의 목적은 오로지 자기과시였다. 누군가 행간을 읽는다면 이렇게 해석했을 것이다. '당신들은 내게 정신을 집중하라. 그 순간에 내가 어떠했는지를 보라. 바다와 폭풍우와 바위들과 난파된 배의 파편들이 도대체 당신들에게 무슨 의미가 있단 말인가? 나는 나의 강력한 펜으로 그것들을 모조리 당신들에게 묘사해 주었다. 도대체 왜 죽은 팔 안에 죽은 아기를 껴안고 있는 익사한 여자를 쳐다보는가? 그보다는 나를 보라. 내가 그 장면을 얼마나 견디기 어려워서 시선을 돌렸는지를 보라. 자, 내가 그 장면을 등 뒤로 하고 서 있었다. 자, 나는 너무나 끔찍스러웠고 차마 그 장면을 볼 수 없었다. 나는 눈을 감아 버렸다. 어떤가, 재미있지 않은가?'

나는 소설을 쓸 때, 특히 그 소설이 진지하며 비타협적인 순수예술이 되기를 바랄 때, 이런 난처한 문제에 종종 부딪친다.[1] 소설 속의 모든 (악당을 제외한) 인물이 내가 된 듯하고, 그리하여 마치 다음과 같이 읽힐 수도 있다.

"난 당신을 사랑해."
브렌다 유랜드가 브렌다 유랜드에게 말했다.
"나도 당신을 사랑해요."
브렌다는 그 아름답고 강인해 보이는 얼굴에 진지한 빛을 띠며 수줍게 대답했다.

잡지에는 이런 소설들이 부지기수로 실린다. 그 작가가 꼭 턱없이 우쭐대는 멍청이가 아닐 뿐더러 오히려 아주 훌륭한 사람인 경우도 종종 있다. 그런데도 이런 일이 일어나는 까닭은, 내 생각으로는 그 작가들이 진실하게 객관적으로 쓰지 않고 오히려 무언가를 위장하려 하고, 자기 소설의 등장인물들이 아주 근사하다는 것을 독자들에게 부정직하고 은근한 태도로 증명하려고 애쓰기 때문이다. 그리하여 그것은 선전문, 즉

---

[1] 그러므로 글을 쓸 때 당신은 지나치게 정직하거나 진지하려고 노력해서는 안 된다. 그런 노력도 일종의 거짓이기 때문이다. 당신이 정말로 정직하다면, 그 글에는 노력한 흔적조차 나타나지 않을 것이다. 당신은 그저 고요하게 정직해야만 하며, 그리하여 다만 그 정직함이 글에 있는 전부여야만 한다.

광고하는 글이지 진실이 아니게 된다.

그래서는 안 된다. 등장인물은 당신의 상상 속에서 완전히 새로 태어나야 한다. 그런 다음 그들이 어떤 모습이며 어떻게 행동하는지를 객관적으로 정확히 서술해야 한다. 만약 그들이 매혹적이고 사랑스럽다면 그것은 저절로 드러날 것이다. 그리고 독자들이 믿게 될 것이다. 하지만 늘 정직하게 쓰려고 노력하라. 만약 당신이 파시즘은 끔찍하다고 말하고 싶다면, 그것을 입증하기 위해 소설을 쓰지는 말아야 한다. 왜냐하면 독자들은 "이 책에는 현실의 인간들이 없고, 다만 온갖 대화들을 억지로 끼워 넣어서 파시즘이 끔찍하다는 것을 증명하려고 할 뿐이구나" 하고 느낄 터이므로.

이런 경우에는 소설보다는 오히려 직접적이고 정직한 의견 제시를 통해서 왜 파시즘이 끔찍한지를 말하는 편이 더 효과적일 것이다. 체호프의 말을 빌리자면, 소설에서 당신은 문제를(빈곤이든 도덕이든 다른 문제든) 제기할 뿐 그것에 답변해서는 안 되기 때문이다. 당신이 해답을 내놓자마자 독자들은 당신이 거짓말을 하고 있으며 등장인물을 통해 억지로 무언가를 증명하려 한다고 생각할 것이다.

그러나 위대한 러시아 작가들은 자기 소설에서 선전가가 아니냐고, 세상에 그렇게 뛰어나게 효과적인 선전가는 다시 없지 않았냐고 반문할 수도 있다. 내 대답은 이렇다. 그들은 이런저런 사회적 이론을 제시할 목적으로 등장인물을 끼워 넣지는 않았다. 아니, 오히려 그 작가들은 정직함과 진지함과 특출하고 명확한 관점을 갖고서 어떤 인물들과 그들에게 일어난 일을 관찰했고, 그런 다음 그것을 이야기했던 것이다. 『부활』이든 『카라마조프의 형제들』이든 체호프의 단편이든, 그 소설들이 위대하고 잊히지 않는 이유는 독자들이 시종일관 다음과 같이 느끼기 때문이다.

"이 사람들은 실제로 존재한다. 나는 그들을 결코 잊지 못할 것이다. 이 책의 작가, 이 위대하고 지혜롭고 연민 깊은 인간, 자신에게나 다른 누구에게나 거짓말을 할 줄 모르는 이 사람은 인생을 이런 식으로 보는구나. 그는 박식한 비관론자처럼 교훈적이며 침울한 태도로, 혹은 풍자객처럼 야비하게 비꼬는 태도로 세상은 달라져야 한다고 말하지 않는다. 그러나 그 문장 하나하나에서 우리는 정말 그래야만 한다고 느끼게 된다."

진실로 위대한 한 권의 책이 묘사하고 있는 것이 공포든 악이든 비참함이든지 간에, 그 한 문장 한 문장에서 나는 놀라운 감사와 희망의 감정을 느낀다는 걸 깨닫는다(실제로 나는 체호프나 톨스토이의 책을 읽을 때마다 문자 그대로 감사의 감정으로 목이 멘다). 왜냐하면 나 스스로 이렇게 되뇌기 때문이다. "적어도 세상에는 이 작가처럼 위대한 인간이, 즉 뭐든지 아는 체하기에는 너무나 위대하며 풍자가가 되기에는 너무나 다정한 인간이 살았구나. 그러므로 나도 이 세상에 사는 게 기쁘고, 신과 그의 피조물을 믿는다."

평범한 작가가 빈곤을 묘사하면서, 이를테면 도스토옙스키보다 훨씬 더 추악하고 더 역겹게 빈곤의 상세한 모습을 그려 낼 수도 있다. 우리는 그것을 소름끼치는 흥미와 막연한 혐오감을 느끼면서 읽겠지만, 그밖에는 다른 아무런 감동도 일어나지 않는다.

거기에는 빈곤에 대한 그 어떤 통찰력도 사랑도 없고, 따라서 당신은 그것에 대해 아무런 관심도, 그러한 상황이 존재한다는 것에 대해 아무런 번민도, 이제부터 우리 모두가 어떻게 달라져야 하는지에 관한 아무런 계시도 느끼지 못한다.

당신은 마음속으로 이렇게 깨닫는다. "이 작가가 관심을 갖는 것은 빈곤이라기보다는 '냉혹한 리얼리즘' 글쓰기로군. 그는 골백번도 더 '매춘부'에 관해 언급하지만 그건 자기가 얼마나 거리낌 없이 쓰며 완곡하게 말할 의도는 없다는 걸 보여 주기 위해서이다."

그가 빈곤에 대해 진실한 느낌이나 제안을 갖고 있지 않기 때문에, 독자인 당신도 아무런 느낌을 받지 못한다. 감염이 일어나지 않는 것이다.

체호프는 자기 동생에게 다음과 같은 편지를 썼다.

너는 단 하나의 결함을 갖고 있을 뿐이야. … 너무나 교육을 못 받았다는 것…. 내 견해로는, 교육을 많이 받은 사람이란 다음 조건들을 꼭 충족시켜야 한다.

1. 사람의 인격을 존중하고 따라서 언제나 관대하고 친절하고 예의바르고 유연해야 한다. 작은 망치 소리라든지 잃어버린 숫돌 따위로 난리법석을 떨지 않는다. 다른 사람들과 함께 살 때 그런 물건 편을 들지 않으며, 당장 자리를 박차고 떠나면서 "정말 당신과는 함께 못 살겠소!" 하고 말하지 않는다. 소음에, 추위에, 바짝 구워진 고기에, 비웃음에, 그리고 자기 집에 다른 사람들이 함께 있는 것에 너그러워야만 해.

2. 육안으로 보지 못하는 것에 대해 자신의 영혼으로 슬퍼하기 때문에 걸인이나 고양이에게 동정심을 갖는다. … 부모가 자신의 형제들을 공부시키려고 돈을 버는 일을 돕기 위해, 또한 자기 어머니의 옷을 사기 위해, 며칠 밤을 뜬눈으로 지새운다.

3. 타인의 재산을 존중하고 따라서 자신의 빚을 갚는다.

4. 마음이 순수하고 마치 불을 무서워하듯 거짓말을 두려워한다. 그들은 아무리 사소하더라도 결코 거짓말을 하지 않는다. 거짓말이란 듣는 이에게는 굴욕스러운 것이며 말하는 이에게는 자기 눈앞에서 스스로 품위를 떨어뜨리는 일이다. 과시하지 않고 공적인 자리에서도 집에 있을 때와 똑같이 행동한다. 자기보다 비천한 사람들을 기만하지 않으며, 요청받지 않는 한, 속마음을 다 드러내는 대화를 하지 않는다. 그리고 타인의 귀를 존중하기 때문에 종종 침묵한다.

5. 타인의 동정심을 일으킬 목적으로 자신을 비하하지 않는다. 다른 사람들의 한숨이나 귀여움을 얻으려는 의도로 타인의 심

금을 울리려고 하지 않는다. "사람들은 나를 이해하지 못해!" 하고 말하지 않는다. 이런 말들은 모두 값싼 효과를 낼 뿐이기 때문이다. 그것은 저속하고 진부하며 거짓된 것이다.

6. 허세를 부리지 않는다. 유명인사와 친분이 있다든지, 술 취한 아무개 씨와 악수를 했다든지 살롱에서 자주 만나는 친구와 불화가 있었다든지, 술집에서 인기가 있다는 식의 거짓 다이아몬드에 관심을 갖지 않는다.… 실제로는 한 푼어치도 안 되는 일을 하면서 마치 엄청난 수입을 올리는 것처럼 보이려고 서류가방을 들고 다니며 거들먹거리지 않으며, 다른 사람들에게는 출입이 허가되지 않은 그런 장소들에 드나들 수 있다고 으스대지 않는다.

이 글에서 당신은 체호프에 관해 (그가 자신을 소재로 쓴 것이 아닌데도) 완전히 알게 된다. 당신은 그의 전기를 읽을 필요조차 없다. 실제로 당신은, "육안으로 보지 못하는 것에 대해 자신의 영혼으로 슬퍼하기 때문에 걸인이나 고양이에게 동정심을 갖는다"는 단 한 문장만 읽고서도 체호프가 어떤 사람인지를 알게 된다.

글 뒤에 있는 인격은 이토록 중요하다. 이것이 바로 내가 삼차원이라고 부르는 것이다. 종이 위에는 다만 깔끔하게 쓴 단어와 문장들이 있을 뿐이다. 글이 완전히 객관적이고 '나'라는 단어를 한 번도 사용하지 않을 수도 있다. 하지만 그 단어와 문장들 뒤에는 이렇게 깊고 중요하고 감동적인 그 무엇이 있다. 그것은 작가의 인격이다. 그 인격이 어떤 모습이든지 간에 그것은 글을 통해 훤히 드러나며, 글을 고상하고 위대하게, 감동적이거나 냉랭하게, 인색하거나 거만하게, 혹은 어떤 모습이든 작가의 모습을 닮게 만든다.

종이 위의 단어들은 셰익스피어의 글처럼 풍부할 수 있고 혹은 박식하거나 재치 있을 수 있다. 하지만 만약 작가의 인격이 까다롭고 냉정하다면 (혹은 어떻든 간에) 그것은 저절로 스며 나올 것이다. 또한 종이 위의 단어들과 문장들이 문법에 어긋나고 평범하고 무식한 상투어들일 수도 있다. 하지만 만약 작가의 인격인 삼차원이 훌륭한 점을 갖고 있다면, 그 글의 서툴고 무딘 단어들을 통해서 당신은 그 점을 훤히 들여다볼 수 있을 것이다.

내 수업에 들어온 사람들 중에 어린 가정부 소녀가 있었다. 그녀는 병색이 돌고 창백하고 안경을 쓰고 뻐드렁니였다. 그녀는 자기가 수업에 좀 더 자주 나오지 못하고 더 많은 글을 제출하지 못해서 죄송하다고 소심한 태도로 사과하면서, 하지만 자신이 저녁에 외출하는 것을 여주인이 몹시 못마땅해 한다고 덧붙였다.

그녀는 조그만 종잇조각 위에 연필로 쓴 글을 내게 우편으로 두 번 부쳐왔다. 그 중 하나를 여기 싣는다.

빨리! 빨리!

—미스 리 프리슬리 지음

저녁을 준비하느라 부엌을 이리저리 뛰어다니고, 그런 다음 식사 시중을 들고, 손이 많이 가는 아이들과 해야 하는 사소한 일들을 챙긴다. 그런 다음 접시들이 높다랗게 쌓이고 부엌을 치우고 아이들을 꿈나라로 데려가고 도대체 몇 시일까 추측해 본다. 힘든 하루 일이 끝났으니 9시는 이미 한 시간 전에 지나가 버렸음에 틀림없다. 빨리! 빨리! 그렇게 급하게 빨리 하면 정말이지 더 이상 빨리 할 수가 없다. 나는 이 단어를 너무나 많이 들어서 다시 듣기가 지겹다.

나는 진심으로 언젠가 시내로 산책가고 싶고 원하는 속도로 여기저기를 정말로 어슬렁거리고 싶고 "천천히 천천히"라는 말이 내 귓가에서 울리는 걸 듣고 싶다──쓸 돈이 한 푼도 없어서 단지 윈도쇼핑을 하더라도.

누구나 알 수 있듯이 그녀는 자신의 영혼에 떠오른 몇몇 문장을 서둘러 썼고, 나는 그녀가 느낀 그대로 느낀다. 내가 감염된 것이다. 톨스토이의 기준으로 평가하자면 이 글은 예술이다. 나도 그렇게 생각한다. 이 글은 매우 아름답고 잡지에 실리는 많은 시들보다 훨씬 더 훌륭하다고 생각하는데, 그 까닭은 다음과 같다.

이 소녀가 느낀 것을 나도 느낀다. 그녀의 삶 전체가 어떤 것인지를 나는 알게 된다. 좌파들의 신랄한 논문이나 혹은 사회학자들의 진지한 연구를 읽었을 때보다 훨씬 더 하인들의 상황에 관해 상상력을 통해 감동받는다. 우리의 제도 아래서 이 인내심 많고 친절한 사람들이 주급 4, 5달러 때문에 타인을 위해서 그들의 하루 중 열여섯 시간을 바친다는 사실에, 또한 모두가 그걸 당연시한다는 사실에 나는 더할 수 없이 격분한다. 나는 감동을 받을 뿐만 아니라 영원히 달라진다. 앞으로 나는 절대로 한 사람의 하인도 착취하지 않을 것이기 때문이다.

그리고 나는 문장부호조차 제대로 찍지 않은 이 짧은 작품이 한 편의 시이며 예술이라고 확신한다. 도스토옙스키라도 나와 마찬가지로 생각했을 것이다. 정말 그런지 확인하고 싶다면 당신은 단지 그의 위대한 소설 『가난한 사람들』을 읽어보기만 하면 된다.

바로 이런 이유 때문에 더 좋은 작가가 되는 유일한 길은 더 좋은 인간이 되는 것이라고 나는 생각한다. '더 좋은'이라는 말로 내가 의미하는 바는 '더 착한 체하는'이 아니다. 왜냐하면 위대한 사람들은 이른바 착한 사람들에게는 정말 나쁘다고 여겨지는 그런 일들을 종종 하기 때문이다. 그리하여 온갖 소란과 위험과 불편으로부터 부드러운 태도로든 거친 태도로든 자신을 보호하면서 늘 책상에 앉아 더 훌륭한 문학적 스타일로 작품을 쓰고자 하는 작가들의 삶에는 무언가 모순이 있다는 생각에 이르게 된다.

톨스토이, 입센, 블레이크, 괴테, 토마스 만, 그리고 유명하든 유명하지 않은 간에 모든 위대한 인간들은 우선 인간으로서 위대하며 그렇기에 그들은 중요하지 않은 이야기는 단 한마디도 할 수 없는 것이다. 그들의 글과 예술은 단지 부산물, 즉 자신의 위대한 인격을 본떠서 주조한 것에 지나지 않는다. 그리고 바로 이 때문에, 위대하든 시시하든 우리는 자신을 닮은 작품을 만들지만 그것이 어떤 모습인지를 잊은 채로 다만 그것이 개선되기를 늘 기대하면서 언제나 창조에 전념해야 한다고 나는 생각한다. 왜냐하면 오직 자신의 창조물이 통속적이며 비열하다는 것을 봄으로써만 우리는 자기 영혼의 모습을 알 수 있고, 그런 다음 상상력을 빌려 그것을 어떻게 더 개선할 것인지를 알 수 있기 때문이다.

최근에 나는 톨스토이의 『부활』과 다른 러시아 작가들의 작품을 다시 읽었다! 다시 보니, 신비로울 만큼 훌륭하게 사용된 모든 단어들은 자전적이며 진실한 것이며, 그들이 분명 잘 알고 지냈을 혐오스러운 인간들을 묘사할 때조차 다른 작가들이 실존인물에 관해 묘사할 때면 나타나게 마련인 그런 비열하거나 비난받을 만한 요소가 전혀 들어 있지 않다. 왜 그럴까? 그것은 톨스토이와 체호프와 도스토옙스키와 고리키가 일체의 사물에 대해 몹시 진지하고 몹시 열정적이고 몹시 진실했으며, 그리하여 스스로에게 과시하거나 조롱하거나 과장하는 것을 허용하지 않았기 때문이 아닐까? 만약 당신이 나쁜 사람들을 묘사할 때 비열하거나 비웃거나 우월감을 느끼지 않는다면 (다시 말해 당신이 위대한 인간이라면), 그 당사자들조차 당신에게 고마움을 느낄 것이다. 만약 체호프가 나를 묘사한다면, 그 모습이 아무리 혐오스럽더라도 나는 결코 분개하지 않을 것이다. 오히려 나는 더 나은 인간이 되려고 노력할 것이다. 하지만 만약 싱클레어 루이스나 D. H. 로렌스나 H. L. 멩켄이 그랬다면, 나는 명예훼손으로 백만 달러 소송을 제기했을 것이다.

예컨대 T. E. 로렌스가 쓴 『지혜의 일곱 기둥』은 천재의 작품이며, 그의 글이 지닌 아름다움은 오랫동안 영어권에서 다시는 볼 수 없었다. 나는 이것이 삼차원 때문이라고, 즉 그 작품 뒤에 있는 로렌스의 위대한 인격 때문이라고 생각한다. 그는 문장들을 열심히 다듬고 산문 문체를 연마하면서 책상물림으로 앉아 지내는 문학적인 삶을 살지 않았다. 그 대신 용기와 고통과 인내와 명예에 대해 초자연적인 자기기준을 설정하고서 그에 따르는 위대한 삶을 살았다. 그래서 그의 책은 단지 문학적이기만 한, 다른 사람들의 책보다 훨씬 더 훌륭한 작품이 된 것이다.

내게는 로렌스가 마치 엘리자베스 여왕 시대의 영국인처럼 보이며, 그의 작품도 그 시대의 가치를 지닌 것같이 보인다. 이와 관련하여 나는 다음과 같은 지론을 갖고 있다. 엘리자베스 여왕 시대, 즉 영국의 르네상스기에 사람들은 가장 중요한 것은 한 인간의 사상이나 작품이 아니라 인격이라고 생각했다. 인간은 이른바 '완전한 인간'이어야 했다. 다시 말하자면 행동하는 인간은 영혼을 갖고 친절한 마음과 섬세하고 아름다운 감수성을 지니고 잘생기고 시와 음악을 쓰고 그림을 그려야 했다. 또한 철학자나 학자는 무미건조하고 책상에 앉아 지내는 현학자여서는 안 되고, 육체적으로도 건강한 모습에 군인처럼 강하고 용감해야 했다. 당시 사람들은 심지어 여성들도 학식이 깊고 아름다워야 하며, 어느 한쪽에만 치우쳐서는 안 된다고 생각했다.[2]

그러나 요즘 우리는 남성에 대해 이렇게 말하는 경향이 있다. "아, 그의 인격에는 신경 쓸 필요 없지요. 중요한 것은 그의 사상이지요."

그러나 내 생각으로는 ──소크라테스와 미켈란젤로와 많은 다른 사람들도 나와 똑같이 생각했다 ── 빈약하고 정직하지 않은 인격체가 가진 사상이란 아무런 쓸모가 없다. 그들은 어딘가 타락한 구석이 있다. 그리고 설령 그가 훌륭한 사상을 갖고 있더라도 그 자신이 훌륭하지 않으면 감염은 일어나지 않는다는 것이 가장 중요하다. 아무도 그의 사상에 의해서 진정으로 영향 받거나 감동하거나 달라지지 않는다.

---

2) 하지만 나는 여성도 완전하려면 육체적으로 튼튼하고 민첩해야 한다고 생각한다.

14
무턱대고, 저돌적으로, 충동적으로, 정직하게
일기를 쓰라

피할 수 없는 진실 하나. 당신이 무엇을 쓰든 그 모든 글은[1] 당신의 인격을 드러내고, 당신이 지금 어떻든 그 모습은 당신의 글을 통해 드러날 것이다.

그림 그리기도 마찬가지이다. 레오나르도 다빈치는 이미 오래전에 이런 이야기를 했다. 한 인간의 (줄기차게 창조적인) 영혼이 그의 육체를 만들어 내며, 마찬가지로 그가 그리는 초상화는 모델만 닮는 것이 아니라 화가 자신의 모습을 닮는다고. 당신도 한번 값싼 파스텔을 사서 누군가를 그려 보라. 그러면

---

[1] 물론 선생들에게서 조언받은 방식이 아니라 자유롭고 진정하게 글을 쓰는 법을 터득한 다음에 쓴 글에 적용되는 말이다.

다빈치의 이 말이 진실임이 드러날 것이다.

나의 글쓰기 강좌에 한 젊은 여성이 참가한 적이 있다. 그녀는 숱이 많은 검은 머리, 하얀 피부, 또렷한 녹색 눈, 환한 미소, 깊은 목소리를 갖고 있었다. 진심어린 저음으로 돌연 터져 나오는 웃음은 위태로운 느낌이 들 정도였다. 맵시 있는 옷차림에 코사크 사람처럼 씩씩한 모습이었다.

그녀의 공들여 쓴 첫 번째 작품을 보자.

그녀는 차의 앞좌석 그 남자 옆에 앉아 있었다.

"학교에 가지 않아도 되는 여름방학 때마다 우리 아버지는 어린 우리들을 차에 태워 호수 옆 오두막으로 데려갔지요." 그녀가 먼저 그에게 말을 걸었다.

"당신은 어떻게 해서 샌드 레이크에 머물게 되었나요?" 그녀가 물었다.

"뉴딜 정책이 시작되자 보존사업에 신청을 했죠. 미국 산림청에서 몇 년 근무한 덕분에 막사 감독이 된 겁니다." 그가 설명했다.

"어머, 참 근사하네요." 그녀는 찬사를 보냈다.

"막사생활을 좀 더 이야기해 주세요." 그녀가 졸라 댔다. "일상적인 일들 말고요."

"가끔 민간단체가 후원하는 위문행사가 열리기도 해요." 그가 덧붙였다. "곧 축제와 댄스파티가 열릴 거예요."

"혹시 참가할 생각 있으세요?" 그가 물었다. 감격한 듯 그녀는 눈을 반짝이며 대답했다. "어머, 고마워요. 정말 가보고 싶어요." 캠프는 기뻤다. 건전하고 솔직한 태도를 지닌 이 처녀가 그는 마음에 들었다.

그들은 카르도조 가족이 사는 도시 근처에 도착했다. 남자는 에디의 집 쪽으로 차를 돌렸다. 집 앞에 차를 세우고, 그는 사람들의 도움을 받아 함께 짐을 내렸다.

사람들은 들떠서 이 구조원에게 거듭 고맙다고 했다. 답례로 그는 활짝 웃었다. 그의 희디흰 이빨이 검게 탄 얼굴과 강한 대조를 이루며 드러났다.[2]

그가 차를 출발시키자, 에디는 손을 흔들어 작별인사를 했다. 그녀는 호감이 가는 이 남자와 자신이 행복한 날들을 함께 보내리라는 예감이 들었다.

물론 이 글이 그녀가 쓸 수 있는 전부가 아니라는 것을, 나는 처음 그녀를 만났을 때부터 알고 있었다. 쾌활하고 잘생기고 크게 웃고 야한 농담도 곧잘 하는 그녀를 닮을 것이기에, 그녀의 글은 훌륭하리라. 생기 넘치는 환한 얼굴과 밝은 색깔의 옷

---

2) 나는 이 문장이 훌륭하다고 그녀에게 말했다. 그녀가 이 문장을 쓸 때 진짜로 그의 얼굴을 보았으리라는 느낌이 들기 때문이다. 그녀 자신이 건강한 피부빛과 고르고 튼튼한 치아를 갖고 있었기에 다른 사람들에게서도 관찰하곤 했을 것이고, 생생한 문장으로 표현할 수 있었다.

차림을 보면서, 나는 그녀가 사물의 밝은 측면을 보는 능력을 갖고 있음을 알아챘다. 그 능력은 그녀의 글에서 빛을 발할 것이고 농담과 그녀 특유의 문체를 빚어낼 것이다. 실제로 내가 이 글의 처음 한두 문장을 큰소리로 읽기 시작하자, 그녀는 끔찍스러워하며 두려움을 억눌렀고 그 낮은 웃음소리마저 잦아들었다. 물론 그녀는 진지하게 이 글을 썼을 터이고, 훌륭한 문학작품으로 만들려고 최대한 노력했으리라.

요즘 그녀는 좋은 글을 쓰기 시작했다. 내 생각이 적중한 것이다. 그녀의 글은 다채롭고 떠들썩하며 아주 훌륭했다. 그녀는 이제 자신의 진정한 자아를 더 많이 종이에 옮길 수 있게 된 것이다.

만약 당신이 진실을 쓰고 싶다면, 즉 진정한 느낌을 쓰기 원한다면, 또한 그것을 서슴없이 이야기하고 싶다면, 해야 할 일이 있다. 신중함과 의도성, 일반론과 일부러 꾸며낸 야수성[3]의 외피를 찢어 버린 뒤에, 스무 편 이상의 단편을 써라. 그리고 매일 당신의 삶을 일기로 써라. 단 진실하게, 부주의하게, 되는 대로, 충동적으로, 정직하게 써야 한다. 왜 그래야 하는지 지금은 이해할 수 없더라도 그렇게 하라. 그러면 당신은 그 의미를

---

[3] 일부러 남성적으로 보이게 하려는 것은 일부러 여성적인 우아함을 꾸며대는 것과 별반 다르지 않다. 흔히 우리는 위선자란 비둘기처럼 착한 체하는 사람이라고 생각한다. 하지만 위선자는 독수리나 사자인 체하기도 한다.

알게 될 것이다.

이렇게 하면서 꽤 시간이 지나가면 당신은 진정한 자아에 기초해서 편지와 일기와 심지어는 소설을 쓰는 법을 틀림없이 배우게 될 것이다. "거짓말은 대화에서보다 글에서 더 거슬리는 법"이라고 체호프는 말했다. 이 말이 의미하는 바를 대충 설명해 보겠다.

내 수업에서 한 소녀가 자신이 숭배하는 젊은 남자를 이렇게 묘사했다. "그의 근육이 양쪽 어깨에서 물결쳤다."

나는 그녀를 바라보며 말했다.

"정말로 근육이 물결쳤다고 생각하는 거예요? 다른 소설들에서는 근육이 물결친다는 표현이 자주 나오긴 하지만, 당신이 그걸 정말로 보았나요? 이 청년을 당신 상상 속에서 그려 볼 수 있나요? 그가 어떤 모습인지를 말해 줄 수 있어요?"

그녀는 아주 진지하게 말했다.

"그럼요, 할 수 있고말고요. 그 근육은 정말로 물결쳤다니까요. 그 근육은 너무 우람해서 외투솔기를 뚫고나올 것만 같았어요."

"그렇죠. 바로 그렇게 쓰세요. 그 표현은 아주 생생하고 훌륭해요."

당신이 소설에다 "그는 수치심으로 고개를 숙였다"고 쓴다면, 그것은 거짓말이 되기 십상이다. 혹은 "그는 손가락 관절이 창백해지도록 의자를 꽉 잡았다"고 써도 마찬가지다. 어떤 인물을 묘사하면서 이런 표현을 쓰려면 스스로에게 '그가 진짜로 그렇게 했던가? 내가 누군가 그렇게 하는 걸 본 적이 있던가?' 하고 반문해 보아야 한다. 그걸 진짜로 본 적이 있고 그게 사실이고 당신 내면의 광경 속에서 그가 그렇게 하는 걸 본다면, 그렇게 써라. 그러면 그것은 훌륭한 표현이 될 것이다.

당신이 어떤 이야기를 다 쓰고, 그것을 여러 번 되돌아보고, 책상에 앉아 고쳐 쓰면서 좀 더 인상적이게 만들려고 노력할 때, 더 근사하고 매혹적인 단어들을 생각해 내려고 애쓰지 말라. 다만 등장인물을 더 잘 보려고 노력하라. 그 모습은 아직 충분히 깊이 상상되지 않았을 것이다. 그들을 잘 살펴보라——오로지 그들이 무슨 일을 했는지, 어떤 모습이었는지, 어떻게 느꼈는지를 살펴보라. 그런 다음 그것을 써라. 마침내 명확히 볼 수 있게 되면, 글쓰기는 쉬워질 것이다.

하지만 중요한 건 현실을 발견하는 일이다. 당신은 결코 작문시간에 높은 점수를 받는 가짜문학가가 되어서는 안 된다.

당신이 예리한 시각과 내면을 보는 통찰력을 지니고 있지 않다면 오랜 훈련이 필요하다. 그 훈련법에 관해 도스토옙스키는 "절대로, 절대로 자신에게 거짓말하지 말라. 남들에게 거짓말하지 말아야 하며, 자신에게는 특히 더 그래야 한다." 그리고 "당신이 정말로 관심이 가고 사랑하는 것은 무엇인가? 당신은 누구인가?"를 물어야 한다고 했다. 자신을 죽이는 최악의 거짓말은 자신이 좋은 사람이 아니고, 재능도 없고, 중요한 이야깃거리도 없다는 말이다.

형편없고 감상적인 글을 쓰는 것을 두려워 말라. 그런 글은 자신의 많은 것을 보여 주기 때문이다. 얼마 안 가 당신의 시각, 취향, 진실한 느낌, 진정한 관심사가 선명히 드러날 것이다. 만약 형편없는 글을 썼다면, 그것을 개선하는 방법은 세 번 이상 고쳐 쓰는 것이다. 그런 다음 원래 글과 비교해 보라. 당신은 이해력에서, 정직성에서 성장할 것이다. 그러면 그 글을 위해서 무엇을 해야 할지를 알게 될 것이다. 또한 자신을 위해서도 마찬가지다.

바로 이 때문에 나는 일기를 쓰는 게 좋다고 말했다. "점심을 먹었다"는 식의 일기를 쓰라는 게 아니다. 매일 혹은 가능한 한 자주 일기를 쓰되, 되도록 가장 빨리, 부주의하게, 다시 읽지 말고서, 그 전날에 우연히 생각났거나 보았거나 느낀 것을 무엇이든 쓰라.

여섯 달 후에 그것을 보라. 서랍 한가득 종이가 쌓여 있을 것이다. 당신이 가장 태평하고 자유롭게 쓴 것들이야말로 생동감과 찬란함, 아름다움을 담고 있음을 발견하게 될 것이다.

아주 부주의해져라. 그때그때 생각난 것들을 최대한 빨리 종이에 써라. 이렇게 함으로써 당신은 의무적이거나 지루한 것을 쓰지 않게 될 것이다. 그렇게 한다면 정치연설을 하거나 경제논문을 쓸 때처럼 지나치게 장황한 설명을 하지 않게 된다. 비록 서툴고 급하고 무례할망정 핵심으로 곧장 들어가게 된다. 저 지나치게 많은 설명들! 그것이 바로 모든 지루함의 비밀이다. 그것 때문에 작가인 당신은 수많은 단어들을 동원해서 더디고 힘들게 써내려가겠지만 독자는 단번에 그 의미를 이해하고는 참지 못하는 것이다. ──"그래, 그래요. 제발 빨리 좀 진행하라고요! 알았다고요, 무슨 말인지 이해했어요! 제발 다음으로 넘어가 줘요."

흥미로움의 비밀은 단순하다. 독자(혹은 청중)의 마음이 받아들일 수 있을 만큼 아주 빨리 진행시키는 것이다. 작가와 독자는 똑같은 속도로 가야 한다. 그러므로 자신의 글을 스스로에게 큰소리로 읽어주면 도움이 될 것이다. 자신의 목소리가 질질 끄는 느낌이 들거든, 그 부분을 삭제하라.

이는 정치가의 연설을 들을 때와 비슷하다.

"그래요, 그래!" 그의 목소리가 쾅쾅 울리고 있는 동안 당신은 성급하게 되뇐다. "'민주주의' 나도 안다니까요, 알아요. 당신이 앞으로 15분간 이야기하려는 핵심이 무언지 알겠다고요. '민주주의는 좋은 것이다!' 이거잖아요."

그리하여 당신은 유창하게 부풀려 말하는 그 포효하는 목소리에 귀를 기울이지 않는다. 주제에 대한 연설가 자신의 관심이 작위적이기 때문이다. 당신은 이제 다른 일을 생각하면서 하품을 하고 제발 그가 좀 끝내기를 바란다.

반면 당신이 연설이나 글에 흥미를 느끼면 매순간 따라가기가 생겨난다. 다음 문장, 즉 다음에 나올 빠르고 참신한 생각을 감사하는 마음으로 열심히 기다리게 된다.

　여러 해 전에 어떤 잡지의 고정 필자로 일할 때, 나는 일단 기사를 시작하면 아주 힘들게(얼마나 지루했던가! 또 주의력을 집중하느라고 얼마나 애썼던가!) 열에서 열두 쪽 가량을 쓰곤 했다. 번번이 나는 매우 공들이고 교정과 윤문을 끝없이 해가면서 쓰고 있는 이야기가 사실은 누구나 알고 있는 것임을 깨닫곤 했다. 한숨을 쉬며 부담감을 떨구기라도 하듯이, 나는 화를 내며 자신에게 묻곤 했다.

　"도대체 넌 무슨 이야기를 하고 싶은 거지?"

　"그 여자는 너무 뚱뚱해."

　나의 진정한 자아가[4] 대번에 순식간에 대답했다.

　"그럼 그렇게 쓰려무나."

　나는 스스로에게 말했다. 실제로 그렇게 했고, 그것은 옳은

---

4) 진정한 자아란 바로 양심(혹은 성령)이다. 당신의 이성은 이때 당신을 상대로 싸움을 걸며 이렇게 주장한다. "하지만 만약 내가 이런 표현을 조금만 고치면 더 좋아지고 결국 도움이 될 수도 있잖아. 사람들은 그것이 더 자연스럽다고 생각할걸. 아마도 나는 이런 것들을 내 인생에서 정말 더욱 필요로 할걸." 이성은 그밖에도 이런저런 주장을 편다. 하지만 당신은 자신의 양심에게 결국 솔직한 질문을 던진다. "어떻게 하면 좋을까? 양심은 한방 먹이듯이 답한다. "집에 가서 잠이나 자!"
하지만 내가 양심이란 말로 의미하는 것은 도덕이라든지 관습이라든지, 혹은 "누군가 너를 보고 있다고 속삭이는 작은 목소리"가 아니다. 이런 종류의 양심은 당신에게 낙담한 채 의무를 수행하는 시민이 되어 아내와 함께 잘 살라고 타이르는 반면, 당신의 진정한 양심은 만일 오직 거기에만 진실과 용기와 더 나은 삶이 있다면 다른 사람과 사랑의 도피를 하라고 조언할 수도 있다.

방법이었다.

일기를 쓸 때도 마찬가지다. 만약 빠르게 마치 생각을 종이 위에 뱉어내듯 쓴다면[5] 당신이 정말 관심을 갖는 것들만을 이야기하게 될 것이다. 당신은 봉우리에서 봉우리로 건너뛸 것이다. 장황한 설명이나 소심하게 꾸며낸 문구들의 구렁텅이에 빠지지 않으면서 이야기를 진행하게 될 것이다.

또 하나 알아둘 점이 있다. 당신이 의무적으로, 몹시 지루해하면서 한 단어, 한 구절, 한 페이지를 쓰고 있다고 깨닫는 경우에는 언제든지 그것을 버려야 한다. 뭔가 잘못된 것이다. 그것은 억지로 끌어들인 표현이다. 당신의 진정한 자아가 말하는 것이 아니다. 만약 당신의 글이 당신에게 지루하다면 다른 사람들에게도 지루할 것이다. 독자들은 그 글을 간신히 읽어나가다가 비명을 지르고 욕설마저 내뱉으면서 주의력을 흐트러뜨릴 것이다.

나는 여러 해 동안 태평스럽게 무턱대고 허둥지둥 아무렇게나 일기를 써왔다. 때로는 중단하기도 했고 때로는 아주 상세하게 마치 기록 담당 천사라도 된 듯 정말로 세부적으로 정밀하게 쓰기도 했다. (나 자신에 관해 몰랐던) 끔찍한 사항들이 드

---

5) 이것이야말로 당신이 진정한 자아를 찾아내도록 돕는 장치이다. 그것을 찾아내고 스스로 얼마나 재능이 많은지를 알게 되면 그때부터는 당신이 원하는 만큼 천천히 글을 써도 된다.

러났고 아마도 놀라운 점도 들어 있었으리라. 일기는 내게 큰 도움이 되었다. 일기가 내게 해준 일은 무엇이었을까?

일기쓰기를 통해 나는 글쓰기란 종이에 대고 말하기 혹은 생각하기라는 것을 알게 되었다. 충동적이고 즉각적으로 쓸수록 그 글은 생각에 근접했다. 글쓰기는 그래야 한다.

일기를 쓴 덕분에 이제 나는 글쓰기를 좋아한다. 그전 여러 해 동안 일기쓰기는 내게 가장 지루하고 두렵고 힘든 일이었다. ——의심으로 방해받고 자아를 과장하는 일이었던 것이다.

일기를 쓰면서 나는 자신의 진정한 모습을 점점 더 많이 알게 되었다. 나 자신 속에 있는 버려야 할 점들과 존중하고 사랑해야 할 점들을 알게 된 것이다.

내 일기의 일부를 여기에 소개한다. 5분이나 3분, 아니 30초 동안 쓴 것들이야말로 정말 재미있으며 훌륭하다는 사실을 당신에게 보여 주고 싶기 때문이다. 내가 생각과 동시에 빠르게 타이프를 칠 수 있다는 것이 도움이 된다. 덕분에 생각을 무심결에 쏟아낼 수가 있다.

나의 일기 중에서 상대적으로 더 흥미롭고 밝은 것을 골랐다. 그 속에는 쓰레기에 불과한 것들도 들어 있다. 소화불량이라든가 길고 지루한 영혼의 싸움 같은 것들 말이다(현재의 나에게도 지루하다). 그리고 이보다 훨씬 더 지루한 자기도취도 여기저기 깔려 있다. 하지만 일기에 국한하자면, 그것은 좋은 일이다. 일기를 써온 덕분에 이제는 그런 자기도취를 신경 쓰지 않아도 된다.

1936년 2월 6일 수요일

대학. 미스 N. 아름답고 가난하고 더럽고 지적이지만 바보 같은 그 소녀.

미스터 G와 나는 도저히 참지 못하고 그녀의 장광설을 중단시킨다. 하긴 중서부에 있을 때 아이들은 나 역시 "어딘가 모르게 군인 같고 배출펌프 같은 부류"라고 말하곤 했다. 그녀는 이야기를 할 때 반 인치나 되는 원통 모양의 타원형 손톱이 달린 그 긴 손가락을 들어서 기름때가 졸졸 흐르는 군청색 레이온 원피스의 목 부분 속으로 넣었다 뺐다 하거나, 팔소매를 들어 올려 속치마와 거드랑이를 드러내거나 한다. 일어설 때는 스커트를 홱 낚아채며 어깨까지 출렁이는 그 긴 머리채를 흔들어대고, 게다가 금속장식이 달린 올이 거친 모자는 마치 동화에서 튀어나온 마법사의 모자 같거나 냄비의 검댕을 긁는 기다란 솔처럼 보이기도 한다. 하지만 그 아름다운 얼굴, 빅토리아 시대 풍의 아름다움, 예쁜 치아와 밝은 회색 눈이라니. 납작한 가슴, 기다란 목, 불룩해지다가 허리에서 축 처지고 마치 병이나 종유석처럼 땅에 가까워질수록 더욱더 부풀어 오르는 몸매. 그 뚱뚱한 다리로 발가락이 다 드러나는 쿠바 식의 양가죽 하이힐을 신고 복도를 휘젓고 다닌다. 물개나 종마처럼 펄쩍펄쩍 뛰면서 걷는다. 그녀의 발이 쾅쾅거리며 다가왔다가 이제 막 모퉁이를 돌아

사라진다.

1935년 3월 15일

어제 저녁식사 전에 산책을 했다(날마다 그래야 한다. 속이 텅 비고 배고플 때—느긋하고 편안하게 콧구멍 속으로 바람을 느끼며—산책하기. 그것은 언제나 일종의 체험이다. 진짜로 3월의 바람을 들을 수 있고 아주 투명하고 희미하게 비치는 존재를 느낄 수 있다). 조지, 짐, 조 비치와 흥미로운 논쟁을 했는데 모두 종교문제에서 나와 반대 입장이다. 모두 아주 기꺼이 무신론자이며 유물론자이다. … 물론 친절하고 관대한 사람들이지만 종교가 없다. 그들의 열정은 일종의 부정적인 것, 즉 마이너스 부호이다(말하자면 더 선한 것에 대한 사랑이 아니라 악한 것에 대한 분노이다). 불공정한 임금, 부패한 정치가, 우리나라가 국제법정에 가입하지 않는 것 등등에 대해 분개하는 것이다. 그들의 플러스 부호(그들이 사랑하고 칭송하고 원하는 것)는 그렇다면 단지 쾌락주의일 뿐이다. 그들에게 좋은 생활이란 오로지 안락, 애정, 행복한 친구들, 장난꾸러기 아이들, 아내와 나누는 포근하고 따뜻한 사랑의 행위이다. 하지만 종교적인 사람들에게(나도 그 중 하나이길 바란다) 그 플러스 부호는 은총, 불꽃, 세찬 바람, 우주의 거친 음악, 특히 블레이크, 스크랴빈, 존 폭스, 바흐, 셸리, 토머스 모어, 밀턴, 니체, 톨스토이, 그리고 수많은 사람들을 의미한다.

…만약 종교가 없다면 우리는 의무의 동물에 불과하여 이 일이 끝나면 저 일을 해야 하고, 참을성을 갖고 그 일을 잘 수행해야 하며, 아이들을 잘 돌보아야 하고, 모든 사람들에게 친절하고 공정해야 하고, 법률소송 등에서 승소해야 한다. 하지만 그 이상의 것은 아무것도 할 수 없다. 영혼이란 (플라톤 등에 따르면) 자아가 시작되는 어떤 것이며… 불변의 최초 동인이다. 종교(교리가 아닌 진정한 종교)를 가진 사람들은 찬란히 빛났고, 천배는 더 선하고 의무적이었다. 그리하여 우리는 논쟁을 계속한다.… 이 모든 것이 내가 심리학자 융을 읽은 데서 비롯된 것인가를 놓고.

1935년 1월 20일

7시에 일어나 7시 30분에 희미하고 부드러운 하얀 눈 속을 뚫고 마리의 결혼식에 갔다. 아름다운 아침 햇살, 어슴푸레한 빛, 세상은 담비 털처럼 곱게 부드러운 흰색이다. 작은 교회탑… 눈 속을 걸어가니 뿌연 제단은 부드러운 빛으로 밝혀지고 촛불이 여기저기 흩뿌려져 있다.… 안경을 쓰고 하얀 공단 제의를 입은 사제, 어린 소년들, 그들 중 세 아이는 천진한 검은 머리를 빳빳이 풀 먹인 흰 레이스와 진홍색 옷 밖으로 내밀고 있다. 무릎을 꿇고, 종이 울리고, 무릎을 꿇고, 예복을 입고 연신 무릎을 구부렸다 폈다 하는 와중에 검정색 구두를 레이스 밖으로 살짝 차서 밀어내며… 마리와 신랑은 다른 두 사람과 함께 줄곧 무릎을 꿇고 있다. 길고 긴 미사가 30분 이상 계속되고… 마침내 사제는 황금빛 뚜껑을 열어 성배를 꺼낸다.… 그러자 수많은 신도들이 다가오고 뚱뚱하고 초췌하고 볼품없는 노동자들이, 그리고 트럭 운전사들이 때가 겹겹이 낀 나달나달한 외투를 걸친 채 제단 앞으로 나와 무릎을 꿇고서 한 사람씩 마치 새끼 새처럼 입을 벌려 성체를 받아먹는다. 종자인 듯한 어린 소년 하나가 사제 뒤를 따르며 성체가 건네질 때마다 그 밑에 금빛 거울을 받친다. 그렇게 부스러기 하나 떨어뜨리지 않으려는 것이다.… 그런 다음 사람들은 조용하고 서툰 태도로 자리로 되돌아오려고 통로를 지나가고, 못이 박힌 커다란 손들이, 그리고 깊이 주름진 무표정한 얼굴들과 뚱뚱한 몸들이 (하나씩 계속) 돌아오고, 붉고 두툼한 손들이 조용히 한데로 모아져 기도하는 모습을 이룬다. "이 예식이 마음에 드셨어요?" 로이 존스에게 내가 묻는다. "나는 늘 흐느껴 운답니다." 그가 대답했다.

이 일기의 묘사는 좋다. 지금 읽으면서 나는 깜짝 놀라고 스스로 우쭐해진다. 당신도 이런 일기를 계속 쓰다 보면 자신에게 만족하고 ──또한 놀라게 될 것이다. 누구나 사물을 재기에 넘쳐서 관찰하고 느끼지만, 종이에 쓰기 전까지는 아주 희미하게 사라져 버린다.

일기에서 나는 자주 글쓰기에 관한 이야기를 한다.

1935년 11월 5일

출판 대행인이 그가 맡아둔 내 소설 하나를 돌려 보내왔다. 나는 그 글을 지난 겨울에 썼다. 자세히 살펴봤다. 아주 형편없었다. 그 자만심, 그 폭언, 자신이 쓰고 있는 대상에 대한 그 연구 부족… 나 자신이 쓴 자기중심적이고 권태로운 그 글을 다시 읽어 보니 정말 형편없다. 언제 시간을 내서 더 좋게 고쳐야겠다. 하지만 우리는 그러한 개작의 특권을 영원히 부여받아서는 안 된다. 그런데 그 글은 꽤 재미있고 몰두하게 하는 점도 있다.

1934년 7월 12일

바로 허영심이 나를 시시한 작가가 되게 하고, 타인들이 혹시 내가 하는 일을 볼까봐 부끄러워하게 하는 것이리라. 또 과시욕이 내가 글을 쓸 때 통찰력과 관찰력을 가로막고 있는 것이리라. 음악을 들을 때도 이와 마찬가지이다. 자만심에 찬 자기중심주의를 억제해야만 진짜로 열중해서 듣고 이해하게 된다. 사람들과 대화할 때도 이러한 태도를 가져야만 그들의 말에 훨씬 더 잘 귀를 기울이고 그 내용을 더 잘 이해하고 그 이상의 것을 알게 될 것이다. 하지만 실험만 거듭하고 이론만 쌓여 간다. 어쩌면 또 헛소리를 하고 있는 것일 수도 있다.

1936년 12월 18일

'빈약한 재능'을 가진 것에 대해 내가 M에게 한 이야기가 전혀 쓸모없지는 않았다. 오히려 뭔가를 깨닫게 되었다. 자신에게 지나친 기대를 걸고 있다는 것은, 작품을 두려워할 뿐 즐기지 않으며, 작품이 형편없는 경우에 지나치게 슬퍼한다는 뜻이다. 또한 나를 자주 고통스럽게 하는 이 모든 복잡한 완벽주의를 의미하고, 그로 인해 결국 너무 공들인 작품은 뒤죽박죽이 되고 만다.

공들여 작업하는 것을 내가 믿지 않는 것은 아니다. 하지만 사람들에게 놀림감이 될까봐 두려워한 탓에 우리가 지나치게 숙고하거나 너무 공들여 작업한다면, 그것은 잘못이다. 이런 이야기를 나는 M에게 했다. 내가 스스로에게 하는 (그러나 그녀는 이해하지 못한) 이야기는 이런 것이다. "너는 별로 능력이 없을지도 모른다. 하지만 네가 가진 것이 무엇이든 간에, 아무리 시시하고 단순한 것이더라도, 그걸 모조리 밖으로 내보내야 해. 설령 유치한 단어들밖에는 생각해 낼 수 없을지라도 작업을 해야 해. 그 모든 불완전함에도 불구하고 너는 최선을 다해야 하고 정말 많이많이 작업함으로써 그걸 통해 배워야 해."

프란체스카가 학생들을 가르치는 방법도 이와 비슷하다. 그녀는 학생들에게 「즐거운 농부」 같은 소품을 여러 달씩 연습해서 완벽하게 습득하도록 시키지 않는다. 대신 베토벤과 바흐 같은 모든 대작을 형편없이, 하지만 열정을 갖고 연주하게끔 한다. 그 까닭은 우리의 내면에는 언제나 자기가 할 수 있는 최대한으로 완벽을 추구하는 불가피한 열정이 있기 때문이다. 그러므로 세부적인 것에 까탈을 부리는 태도는, 만약 그것이 하찮은 일에 신경 쓰는 두려움에 불과하다면 정말 무의미한 일이다. 만일 진실에 접근하려는 노력이라면 그것은 좋은 일이다. 하지만 오로지 묵묵히 작품을 만들고 자유롭게 느껴야만 언젠가 우리 안에 있는 저 완벽한 작품이 밖으로 나오게 될 것이다.

그렇다. 이렇듯 일기를 쓰면서 나는 분명 여러 가지를 배운다고 확신한다. 하지만 오늘의 상세한 것들을 드러내면서 쓰지 않는다면 그 배움의 과정은 별로 진전이 없을 것이다. 그러므로 당신이 글쓰기를 원한다면 당신은 그렇게 일기를 써야 할 것이다.

15
당신이 모르는 당신 안의 것
― 마르지 않는 생각의 샘

일기를 써야 하는 이유가 또 있다. 당신 안의 생각이 절대로 마르지 않는 샘이라는 사실을 일기쓰기를 통해 알아야 하기 때문이다. "의사소통의 부재도, 재능의 부재도 천재를 고갈시킬 수는 없다."고 라바터(Johann Kaspar Lavater)는 말했다. 모든 인간은 살아 있는 한, 늘 변화하고 늘 움직이는 생각의 강이 마르지 않는다. 우리는 자칫 자신을 팔다리가 달린 위장과, 신경 다발이 든 두뇌에 불과하다고 생각하기 쉽다. 또 그 두뇌는 실컷 잠을 잔 후에, 혹은 뜨거운 커피를 마셨을 때 빈약한 몇 가지 생각을 내보내는 것만 같다.

그러나 행복하게, 자신을 신뢰하면서 글을 쓰려면 당신은 자신 안에 있는 이 무한히 깊은 상상과 지식의 샘을 찾아내야 한다.

플라톤의 『대화』, 「메노」 편에서 소크라테스는 메노라는 젊은 트라키아 귀족과 대화를 하면서 인간이 무엇이든 배울 수 있는지 아닌지를 토론한다. 사람이 가르침을 받을 때, 새로운 것을 배우는 걸까, 아니면 이미 알고 있는 것을, 즉 그의 영혼이 이전의 존재 단계에서 이미 배운 것들을 단지 기억해 낼 뿐인가?

소크라테스는 메노의 하인 소년을 부른다. 그는 아무런 교육도 받지 못한 어린아이다.

"잘 보게, 메노여." 소크리테스가 말한다. "내가 이 아이에게 무슨 질문을 하는지를 말일세. 그리고 이 아이가 나에게서 배우는지, 아니면 다만 기억해 내는지를 눈여겨보게… 애야, 이렇게 생긴 형태가 사각형이라는 걸 알고 있느냐?"(소크라테스는 그에게 사각형을 그려 보여 준다.)

소년: 그럼요.

소크라테스: 그러면 이 사각형이 이렇게 똑같은 네 개의 선을 갖고 있는 것도 아느냐?

소년: 물론이죠.

소크라테스: 그런데 이 사각형 한복판에다 내가 그려 넣은 이 선들은 모두 길이가 똑같으냐?

소년: 물론이죠.

소크라테스는 그 소년에게 계속 질문을 던지며, 칠판 위에 여러 가지 도형들을 그린다. "잘 보고 있는가, 메노여. 나는 이 아이에게 아무것도 가르치지 않고 다만 질문만을 던지고 있는 걸세." 소크라테스가 말한다. 그는 질문을 계속한다.

"이렇게 나누면 이 도형에는 공간이 몇 개가 있지?"

소년: 넷입니다.

소크라테스: 그럼 이렇게 분할한 것에는 몇 개가 있느냐?

소년: 둘이요.

소크라테스: 이 공간은 길이가 얼마나 되지?

소년: 8피트입니다.

소크라테스: 그러면 너는 이 도형을 그릴 때 어느 선에서부터 시작하겠느냐?

소년: 여기서부터 그리죠.

그러자 소크라테스가 이렇게 말한다.

"그런데 바로 그 선을, 배운 사람들은 대각선이라고 부른단다. 명칭은 그렇다고 치고, 그럼 메노의 노예야, 너는 이 공간의 두 배 크기가 대각선의 곱이라고 생각하느냐?"

소년: 물론입니다, 소크라테스 선생님.

소크라테스가 메노를 돌아보며 말한다. "자, 이걸 보고 자네는 뭐라고 말하겠는가? 나는 이 아이에게 아무것도 알려주지 않았네! 그저 질문을 했을 뿐이지. 이 아이는 이미 알고 있었던 거야. 그것은 그 아이의 안에 있었지. 모든 지식 말일세."

이 이야기와 마찬가지로 우리 모두의 안에는 엄청 많은 것이 들어 있다. 다만 그 사실을 우리가 모를 뿐이다. 아무도 그것을 우리에게서 끄집어내지 않는다. 하지만 만일 우리가 매우 지적이고 상상력이 풍부하고 공감 능력이 큰 어떤 사람을 알고 있다면, 그는 우리를 사랑하고 너그러운 사람이기에, 우리 이야기를 들어주고 칭찬하고 이해하고 함께 웃음으로써 우리를 격려하고 우리 속에 있는 것을 믿게 한다. (잘 웃는 사람이 그 웃음을 통해 우리를 어떻게 창조하는지 ─점점 더 재미난 일을 생각하게 한다는 걸 우리는 잘 알고 있다).

글을 쓰고자 한다면 당신은 당신 안에 있는 이 풍부함을 인식하고 믿어야만 한다. 또 그것이 거기 있는 까닭은 당신이 풍요롭게 자신을 믿으며 글을 쓰도록 하려는 것임을 알아야만 한다. 일단 그것이 있음을 알고 그것을 신뢰한다면, 당신은 아무 문제가 없을 것이다. 하지만 비유컨대 당신이 은행에 백만 달러를 넣어두고도 그 사실을 모른다면, 그 돈은 당신에게 아무런 득이 되지 못한다.

나는 가끔 작가가 아닌 사람들과 공동 작업을 하곤 했다.[1] 그들은 나를 돕기 위해 자료라든가 대통령이나 장군 같은 사

---

1) 덧붙이자면, 작가가 아닌 이 사람들은 교육수준이 높을수록 더욱 형편없는 글을 썼다. 반면에 단순하고 무학인 사람들은 늘 어떤 직관, 정감, 진실하고 꾸밈없는 생각을 글로 담아낼 수 있었다.

람을 만난 추억 같은 것을 글로 썼다. 하지만 그것은 대개 아주 황량하고 빈약했다. 이런 식이었다. "위대한 정치가의 아내 K 여사는 멋진 여주인이어서, 그 해에 워싱턴에 있던 흥미로운 인사들을 전부 초대하여 아낌없이 접대했다." 이런 경우 이 협력자는 다시 글을 써야 했다.

"그녀는 어떻게 보였지요? 어떤 사람인 것 같았나요?" 나는 묻곤 했다.

내 협력자의 얼굴이 단박에 밝아지면서 지적이고 흥분되고 재기발랄한 관심의 빛을 띤다. 그녀는 수다스럽고 열정적으로 이야기를 쏟아낸다.

"격정적이고 매혹적이었어요. 마치 1분만 지루해도 폭발할 것만 같았지요. 둥글게 휘어진 까만 눈썹에다가 고혈압 때문에 안색은 불그레했어요. 체중을 지탱하느라고 고무창이 달린 단화를 신고 있었고요. 관대했고 속물근성은 눈곱만큼도 없었죠. 하지만 그녀는 어리석은 짓에는 참지를 못했지요. 마치 보일러처럼 벌컥 화를 냈어요. 그러면 그녀의 남편은 주춤거리며 물러나서 전깃불을 모두 끄곤 했지요. '바로 그거예요, 에디.' 그녀는 고개를 돌려 소리쳤어요. '전부 다 끄라고요. 맞아요, 당신이 잔돈 몇 푼이라도 아낀 거라고요.' 그는 아내를 무서워했고 그래서 집에 붙어 있으려 하지 않았어요."

보다시피, 이것을 쓰기만 했다면 내 조력자가 얼마나 훌륭하게 글을 썼겠는가.

글을 쓸 때 빛나는 상상력이 당신에게서 종이로 옮겨가지 못하는 이유가 또 있다. 당신이 써야 할 기사가 있다고 가정해 보자. 당신은 "미네소타 주의 목재 산업"——혹은 무엇이든 당신 기사의 소재——이라는 문구로 글을 시작하면서 곧장 깔끔하고 문법에 맞는 문장들을 순서대로 끝까지 써내려가야겠다고 생각한다.

아마 당장에 막힐 것이다. 그리고 그 기사가 당신이 감당하기에는 너무 겁나는 과제처럼 보일 것이다. 애매모호하고 혼란만 가중시키는 이 거대한 자료더미를 어떻게 단 몇 줄의 문장들로 압축한단 말인가. 기사 전체를 쓸 걱정 때문에 정말 지루해지며 앞으로 감당해야 할 수고와 혼란에 짓눌린다. 이런 식으로 고뇌와 권태 속에서 느릿느릿 써내려간다. 불가피하게 당신은 생각 속의 모든 것, 그 빛나고 열정적이고 진실한 것, 그토록 다양하고 풍부한 것을 모조리 놓치고 폐기한다. 그 대신 무미건조한 문장 하나를 고통스럽게 쓴다.

이런 식으로 작업해서는 안 된다. 대신 당신도 한번 다음과 같이 해보라.

내가 뉴욕의 여동생 집에 갔을 때, 열네 살 난 조카는 파티며 학교공부로 심한 압박감에 시달리고 있었다. 특히 그 애를 괴롭힌 것은 작문 주제였다. 그것은 소로(Henry David Thoreau)에 관한 것이었다. 로버트 루이스 스티븐슨이 소로는 "세상과 맞서는 접촉을…" 피했기 때문에 "도피자였다"고 썼다는 것이다. 어린 학생들은 스티븐슨에게 동의하는지 아닌지를 주제로 글을 써야만 했다. 내 조카 칼로타는 소로의 열렬한 숭배자였다. 스티븐슨의 이 평가에 대해 그 아이는 몹시 화가 나 있었다. 일종의 열정과 격렬한 감정이 아이의 속에 있었으므로, 훌륭하고 빛나는 과제물을 쓸 수 있겠다고 나는 생각했다. 나는 말을 건넸다.

"나랑 같이 이층으로 가자. 이십 분 안에 우리는 그 과제를 쓸 수 있을 걸. 아마 좋은 점수를 받을 거야."

나는 누런 메모용지에 빠른 타자로 글을 완성했다. 다음은 그 애가 하는 모든 말을, 신음소리부터 "아이쿠 혼났네" 하는 말까지 모두 받아친 것이다.

스티븐슨은 이렇게 썼다. "과감하고 자유롭게 활동하지 않는 삶, 그리하여 세상과 맞서는 접촉을 두려워하는 그런 삶에는 남자답지 못한… 어떤 점, 즉 거의 비겁한 점이 있는 것 같기 때문이다. 한마디로 소로는 도피자였다."

―자, 그는 어떤 사람이었니? 왜 너는 그를 좋아하지?

칼로타: 글쎄요, 그가 어떤 사람이냐고요? 내가 그를 좋아하는 이유는 그가 독창적이었고, 자기가 원하는 것을 했고, 모든 사람들의 만류에도 그걸 할 수 있는 진취성을 지녔고, 관습에 질질 끌려 다니지 않아서예요. 모두들 마치 울타리를 뛰어넘어가

는 양떼들처럼 난리법석을 치는 이런 일을 나는 도무지 쓸데없고 바보 같다고 생각하거든요.

—왜?

칼로타: 글쎄요. 다른 사람들 생각이 모두 같다고 해서 그것이 맞는 건 아니잖아요.

—무슨 뜻이지?

칼로타: 내 말은, 그런 양들은 겁쟁이고, 괴짜 양들만 진짜로 멋있고 칭찬받을 만하다는 거죠. 역사를 보세요.

—역사에 뭐가 있는데? 무슨 얘기야?

칼로타: 그러니까, 앤드루 잭슨이 그랜트보다 더 위대했다는 거죠. 그랜트는 늘 남들을 기쁘게 하려고 노력한 반면 잭슨은 자기의 견해를 따랐으니까요.

—소로는 어디서 살았지?

칼로타: 월든이요. 우린 그 책을 요새 배우고 있거든요. 그는 숲속에 들어가서 조그만 집을 짓고 사실상 아무것도 없이 아주 작은 수입으로 생활을 유지했어요. 간신히 살아나갔죠. 그리고 어머나, 어이쿠 이런, 생각 좀……그러니까 그는 매우 실천적이었네요.

—무슨 뜻이지?

칼로타: 그는 자기 집을 손수 지었고 자기 음식을 직접 구했고 정말 소박하게 먹었고 아주 조금만 노동했어요. 먹고살 돈을 벌 수 있을 만큼만 일했어요. 그리고 자기가 정말 좋아하는 걸 했

죠. 일 년에 여섯 달을 띄엄띄엄 자기가 하고 싶은 일에 썼어요.

—그 일이 뭐였는데?

칼로타: 조사였어요. 여유 시간에 산책을 하거나 자연을 연구했어요.

—그런데 '연구'라니? 그건 일처럼 들리는데.

칼로타: 아, 단지 즐거움을 위해서 한 거예요. 절대로 인류에게 이익이 되게 하려고 한 게 아니고요. 다른 사람들이 뭐라고 생각하든 무엇을 원하든 조금도 신경 쓰지 않았어요. 사실 그는 사람들을 놀라게 하길 좋아했죠. 콩코드 지방에 살 때 그는 다른 사람들이 모두 교회에 가있는 동안 그 주변을 산책하곤 했죠. 남들에게 자기가 아무 일도 하지 않고 남들이 뭐라고 생각하든 신경 쓰지 않는다는 걸 보여 주려고요.

—네 생각에 그는 사람들을 좋아한 것 같니?

칼로타: 글쎄요, 동물들을 더 좋아한 것 같아요. 사람들을 미워했다고 생각하는 건 아니지만요. 그는 단지 아주 독립적이었을 뿐이에요. 그는 다른 사람들을 돕는 일이 꼭 필요하다고는 생각하지 않았어요. 자기가 없어도 잘 돌아갈 만큼 충분한 것들이 세상에 있다고 생각했죠.

—그가 어떤 모습이었을 거라고 너는 상상하지?

칼로타: 아주 잘생긴 남자였을 거예요.

—결혼은 했니?

칼로타: 결혼 같은 것은 절대 안 했죠. 아무런 의무도 없고⋯ 원

하는 것도 전혀….

—노예제도 같은 것에 그가 관심을 가졌니? 조금이라도 신경을 썼을까?

칼로타: 그럼요. 관심이 있었죠. 그걸 나쁘다고 생각했어요. 하지만 그는 그것을 바꾸기 위해서 전력을 다하지는 않았어요.

—그는 동물들에게 친절했니?

칼로타: 그럼요. 무척 잘해줬죠. 엄청나게요. 만일에 개나 돼지가 길을 잃었다면 그놈들이 굶어죽지 않도록 며칠이 걸려서든 주인을 찾아주려고 했을걸요.

—그가 아이들을 자기 집에 머물게 한 적이 있을까?

칼로타: 글쎄요, 내 생각에는 그랬을 것 같아요. 만약 그럴 애가 있었다면 말예요. 사실 그의 생각과 철학은 누구나 스스로를 보살펴야 한다는 거였죠. 그게 바로 핵심이었어요.

—그는 어떻게 생활했지?

칼로타: 자기 집을 짓기 전까지는 야외에서 살다가 나중에야 집안에서 잠을 잤죠. 그 집은 쾌적하고 편안했어요. 화려한 물건 같은 건 없었고 좋은 침대 하나뿐이었죠.

—뉴잉글랜드 개척자들처럼 말이니?

칼로타: 맞아요, 내 생각도 그래요.

—며칠 전에 네 아빠가 시골에 가려고 할 때 내가 들으니까 네가 엄마에게 소로에 관해서 뭐라고 말하던데. 무슨 일이었어? 네가 뭐라고 말했지?

칼로타: 아빠가 주말에 시골에 가고 싶어 해서 나도 같이 가야 한다고 생각했어요. 그럼 아빠가 더 좋아할 것 같아서요. 하지만 나는 시내에 있으면서 영화를 보러 가고 싶었죠. 그건 내가 결정할 문제라고 엄마가 말하기에 이렇게 대답했죠. "이럴 때 소로라면 어떻게 할지 난 알아요. 그는 영화관에 갔을 거예요."

—하지만 소로는 시골을 엄청 좋아했던 것 같은데?

칼로타: 나도 알고 있어요. 하지만 그는 자기에게 옳은 일을 했을 거예요. 그가 정말로 원하는 일 말예요. 아시겠어요? 친척이나 주변사람들이 아니라 자신을 기쁘게 하려고요. 나는 소로라면 영화관에 갔을 거라고 생각했고, 그래서 그렇게 했죠.

—이제 스티븐슨이 그에 관해 한 말로 되돌아가자. 그의 '남자다운'이라는 단어는 무슨 뜻이지?

칼로타: 네, 그러니까요. '남자다운'이 무슨 뜻이죠? 또 '비겁한' 은요? 겁쟁이 같다는 뜻이잖아요. 결국 스티븐슨이 소로를 겁쟁이라고 부른 것이지요. 하지만 소로는 그렇게 불러서는 안 되는 사람이에요. 그는 자기가 최선이라고 생각하는 일을 할 수 있는 강함을 갖고 있었으니까요. 사실 비겁함이라는 잣대는 다른 모든 사람들한테나 어울리지요. 왜냐하면 세상에서는, 한번 둘러보세요, 모두가 다른 사람들이 원하는 일을 하면서 살고 있잖아요, 언제나요.

—이기적이지 않다는 것에 관해서는 어떻게 생각하지?

칼로타: 글쎄요, 그게 무슨 소용이 있겠어요? 만약 이모가 늘 다

른 사람들이 원하는 일을 하려고 한다면 말예요. 만약 그래서 이모가 심술궂어지고 싫증이 난다면 말예요. 이기적이지 않다는 것은 전혀 다른 명제예요.

—그게 뭐지?

칼로타: 글쎄요.

—그런데 우리는 소로에 국한시키는 게 좋겠다. 독립성이라는 문제, 그리고 다른 사람들이 탐탁지 않아 하는 일을 하는 것에 대해서….

칼로타: 그런데 난 한 번도 모두가 반대하는 일을 해본 적이 없어요. 어쩌면 그런 적이 있는데 지금 기억을 못할 뿐일 수도 있고요. 그렇지만 나는 꼭 그렇게 해보고 싶어요! 우리가 아는 가장 비겁한 사람은—주변을 둘러보면 알 거예요—언제나 모두를 기쁘게 하려고 애쓰면서, 만일에 단 한사람이라도 자신의 사소한 행동을 못마땅해 한다면 마음이 불편해지는 그런 사람이지요.

—네 말에 동감이야. 어디 한번 볼까. 스티븐슨은 "과감하고 자유롭게 활동하지 않는 삶"이라고 썼구나.

칼로타: 그런데 내 생각에는 그게 바로 소로가 한 일인데요. 소로는 정말 자유롭고 과감했어요. 늘 정말 아무런 근심 없이 자신의 욕구에 따랐어요. 그러니까 이 사람은 "과감하고 자유롭게 활동하지 않는 삶"이라고 말할 때, 그 말이 무슨 뜻인지도 모르나 봐요.

—"세상과 맞서는 접촉을 두려워하는"이라는 이 말은 어떠니?

칼로타: 중요한 건, 월든에서 보낸 생활은 단지 일종의 실험이었고 그 소로도 세상일을 많이 했다는 거예요.

—그가 어디서 일했는데?

칼로타: 자기 부모를 위해서 일했죠. 그의 부모는 연필 공장을 경영했거든요. 공장이 어려워질 때마다 그는 일을 하러 가서 그 사업을 개선시켰고 가족이 스스로 경영할 수 있을 만큼 좋아질 때까지 관리를 맡았어요. 그러니까 그는 다른 사람들처럼 소위 성공적인 삶에도 아주 적합했지요. 그는 실천적이고 똑똑했어요. 월든 생활은 결코 도망이 아니었어요. 그건 일종의 결심, 자기가 가장 좋아하는 것을 하는 것이 옳다는 결심이었고, 그래서 그는 그렇게 한 거예요.

—그는 고독을 두려워하지 않은 것 같아. 네 생각은 어때?

칼로타: 어머나, 정말 근사한 생각이네요! 그 이야기도 꼭 써넣어야겠어요. 사람들이 대부분 무엇보다 두려워하는 것이 고독이니까요. 내가 아는 여자애들을 봐도 그렇고, 모든 사람들이 다정한 무리가 있는 곳이라면 어디든지 우르르 몰려다녀요. 어쨌든 그것, 꽤 오래 혼자 지내는 것은 사람들이 대부분 제일 두려워하는 일이에요…… 그러니까 그는 확실히 도피자가 아니었네요. 도리어 자기가 옳다고 느끼는 것을 결연하게 할 수 있는 용감한 사람이었어요. 누구의 노예도 아니었죠… 이제 다 얘기한 것 같아요… 잠깐만요, 소로가 한 일을 잊은 게 하나 있네

요. 그는 숲에서 글을 썼어요.

—뭘 썼지?

칼로타: 글쎄요, 아무튼 책을 여러 권 썼어요. 그다지 중요한 책은 아니었지만, 여하튼 그는 쓰면서 지냈어요. 그가 아무 일도 안 한 것은 아니지요… 그는 건강에 해로운 음식을 먹었지만, 신경 쓰지 않았어요.

—무슨 음식?

칼로타: 아마 빵만 많이 먹고 다른 건 거의 안 먹었지요. 고기라든가 비싼 야채를 먹고 싶은 욕구를 느끼지 않는다고 썼으니까요… 아이쿠, 혼났네. 이젠 됐어요. 누가 봐도 이세 충분해요.

칼로타는 자신의 말을 내가 그대로 타자로 친 다섯 장의 글을 가지고 갔다. 그러고는 그것을 약간 삭제하고 덧붙이고 다시 정리했다. 군데군데 애매하고 부정확한 단어들 대신 더 좋고 더 분명한 단어들로 바꿔 썼다. 생각이 희미하고 어색하게 표현된 부분은 다시 쓰면서 훨씬 더 쉽게 드러났고 쉽게 고쳐 쓸 수 있었다. 하지만 대부분의 원래 문장은 아주 좋았다. 무심결에 내뱉은 말이 곧장 핵심을 찔렀고, 더 이상 좋게 고칠 수 없었다.

이렇게 다시 쓰는 데 한 시간이 걸렸다. 그리고 그것은 머리를 쥐어짜는 고역이 아니라 즐겁게 몰두하는 작업이었다. 그녀가 소로에 관해 쓴 글은 생생하고 재미있었다. 그 까닭은 비

록 내가 질문을 통해 그 애 밖으로 나오도록 돕긴 했지만, 다름
아니라 그 애 자신의 생각을 썼기 때문이다. 그 과제물은 'A'를
받았다.

당신도 기사를 쓸 때 이런 시도를 한번 해보라. 글 전체에 대
한 걱정은 그만두라. 그저 다음 이야기, 순간순간 떠오르는 생
각을 써라. 두려워하지 말라. 당신의 생각 속에는 짐작보다 훨
씬 더 큰 일관성과 순서가 이미 들어 있다.

할 얘기가 하나 더 있다. 글쓴이가 위대한지 재능이 있는지
를 누가 알까? 아무도 모른다. 우리 자신조차 우리가 어떤 사
람인지, 또 우리의 삶이 어떤 모습인지를 알지 못한다.

내가 아는 한 여성은 날마다 자기 집의 조용한 방안에 앉아
얼어붙은 호수를 내다보며 생각한 것과 매일 일어난 일 ─ 어
린 딸이 한 말, 남편이 들려준 이야기, 그들의 생활에서 일어난
사소한 사건들 ─ 을 곰곰 생각하며 써내려갔다.

그녀는 그것을 노란 종이에 타자해 처박아두었다. 일 년 동
안 서랍 안에는 한 무더기의 글이 쌓였지만, 다시 읽지도 않았
다. 묘한 일은, 그녀가 글을 쓰며 호수를 바라보는 동안 자신을
조용하고 평범하고 편안하고 약간 단조롭게 살아가는 행복한
중년여자라고 생각했다는 점이다.

하지만 일 년 뒤에 자신이 쓴 것을 보았을 때 그 글은 그녀로
부터 차갑게 분리되어 있어서 마치 남이 쓴 글 같았다. 그녀는
깜짝 놀랐다. 우선 그 글이 너무 좋았던 탓에 자기 것이라고는

도저히 믿을 수가 없었다!

"정말이지, 그건 너무 좋아요. 놀랍고 훌륭해요!" 그녀는 내게 보낸 편지에 이렇게 썼다. "그걸 소설 한 권으로 개작해서 '일 년 동안'이라는 제목을 붙일 수도 있겠지만, 실은 아마 나의 전 생애이겠죠. 거기엔 내 모든 존재가 압축되어 있었어요. 새롭게 알게 된 사실은 내가 조용하고 즐겁고 평범하게 살기는커녕 아주 격렬하고 특별하고 멋진 삶을 살고 있다는 것이에요.… 그리고 제 어린 딸의 모습은 마치 고야의 그림처럼 돋보였지요."

글로 나타난 그녀의 모습은 그녀가 자신이 스스로를 생각하는 모습보다 훨씬 더 진실에 가깝다. 비록 그녀 자신은 의식하지 못했지만 나는 그녀가 열정적이고 근사한 인간임을 알고 있었다.

반 고흐는 이렇게 썼다.

"누가 과연 인물화에서 풍경화의 클로드 모네가 될 것인가… 만약 회화에서 기 드 모파상 같은 이가 나타나 이곳의 아름다운 사람들과 사물을 마음 편히 그리게 된다면 나는 진심으로 기뻐할 것이다.… 하지만 출현할 이 화가가 나 같은 ─의치를 끼고 작은 카페에서 그림을 그리며 사는─ 사람이리라고는 도저히 상상할 수가 없다."

체호프도 자신이 위대한 작가라는 걸 몰랐다. 아니, 이렇게 말해야 할 것이다. 반 고흐도, 체호프도, 다른 모든 위대한 사람들도 자신이 훌륭하다는 것을 마음속으로는 알고 있었다고. 그들은 자신의 중요성에 대해, 그리고 자신 속에 있는 생명과 불꽃과 신에 대해 열정적인 확신을 갖고 있었다. 하지만 그들은 다른 사람들이 자신 안의 이것을 반드시 보게 되리라고, 즉 인정을 받게 되리라고 확신하지는 못했던 것이다.

하지만 핵심은 이렇다. 세상 모든 사람이 자기 안의 중요성과 불꽃에 대해, 자기 안의 신에 대해 위대한 사람들과 마찬가지로 확신하고 있다는 점이다. 다만 슬프게도 그들은 그 불꽃을 믿지 않으며 글로 쓰지도 않기 때문에 그것을 꺼버린다. 혹은 그들은 자신이 지닌 불꽃을 세상과 스스로에게 입증하려고 노력하긴 하지만 그 방식이 내면적이며 위대하지 않고 오히려 외면적이며 이기적이다. 즉 그들은 돈이나 권력이나 명성을 좇는 저급한 방식으로 그것을 입증하고자 한다.

그러므로 누구나 작업을 해야만 한다. 왜냐하면 첫째로, 당신에게 창조적 재능이 없다는 것은 있을 수 없는 일이기 때문이다. 둘째로, 그 창조적 재능을 살아 있게 하고 성장하게 하는 유일한 방법은 그것을 사용하는 것이기 때문이다. 셋째로, 그것이 위대한 재능이 아니라는 것을 당신이 확실히 알 수가 없기 때문이다.

그러므로 블레이크가 자신의 천재성에 대해 가졌던 태도는 올바른 것이다. 우리도 모두 그가 느꼈던 것처럼 느껴야 한다. 그는 자기 안의 불꽃에 관해 알고 있었고 그것을 믿었다. "자신의 천재성을 부정하지 않는 사람이야말로 자신을 알고 있다." 그는 그것을 방해하거나 좌절시키지 않았고 다른 사람들이 그렇게 하도록 허용하지도 않았다. 그는 분별력이라는 것을 전부 내던졌다. "분별력은 무능의 유혹에 빠져 버린 돈 많고 못생긴 늙은 하녀에 불과하다"고 그는 썼다. 또한 그는 절제, 조심, 평가, 숙고, 비교에 대해서 말했다. ——"나는 이성적으로 판단하거나 비교하지 않을 것"이며 "나의 사업은 창조하는 것이다!"

그는 자만을 혐오했고 겸손으로 위장된 비겁을 멸시했다.[2]

여우여, 두더지여, 바퀴벌레여, 박쥐여.
달콤한 자제와 겸손으로 살찌는 자들이여.

블레이크는 자신의 환상과 상상이 보여 주는 것을 열정적으로 기쁘게 쓰고 묘사하고 그렸다. 그는 그 작품들의 대부분을 태우거나 아무렇게나 던져두었는데, 그 까닭은 세속적인 명성

---

[2] 겸손이란 행동하고 실수하기를 두려워하는 것에 불과하다. 그것은 자신의 비전에 따르기를 거부하는 것이다. 그것은 완전히 무해한 존재가 됨으로써, 즉 무(無)가 됨으로써 모든 사람의 인정을 받으려는 헛된 소망이다.

은 영적인 영광을 삭감시킬 뿐이라고 생각했기 때문이다. 자기 시대의 무관심에도 불구하고 그는 자신의 작품이 위대하고 중요하다는 것을 알고 있었다. 왜냐하면 영원한 힘은 헛되이 수고하지 않기 때문이다.

나의 작품들은 변함없이 남아 있으리니,
시간은 격노하지만 헛된 격노이리.
저 높이 시간의 거친 근원에서,
거대한 대서양의 산맥 위에서,
저 높은 나의 황금빛 집에서,
그곳에서 그것들은 영원히 빛나리니.

당신 모두에게, 그리고 나 스스로에게 권한다. ──작업하라, 그리하여 영원히 빛나라.

16
상상력 사용법

상상력의 사용에 관해 좀 더 이야기해 보자.

비록 사람들이 충분히 믿지는 않지만 누구나 상상력을 갖고 있다. 사람들은 글을 쓸 때 상상력을 너무 힘들게, 억지로 불러내려고 한다.

나도 여러 해 동안 상상력을 사용하기가 너무 어렵다고 여겨 왔다. 그러나 결코 그렇지 않다. 상상력의 사용을 어렵게 만드는 유일한 원인은 두려움, 즉 졸작이 되면 어쩌나 하는 불안이다. 예를 들어 나는 이런 경험을 하곤 했다. "자, 단편소설 하나를 써야 해" 하면서 책상에 앉아 이야기 속으로 빠져들기를 기다리다가 "존 존슨은…" 하고 쓰기 시작하자마자 곧장 막혀 버리는 것이다. 왜냐하면 나의 주인공이 어떤 모습인지 어떤 사람인지를 아직 모르기 때문이다. 그럼 곧 좌절하고 나 자신은 도무지 상상력이라곤 없는 인간이라는 끔찍한 두려움에 휩싸이곤 했다.

만일 이런 두려움만 없다면, 우리는 하루 종일이라도 존 존슨을 그려 보려고 조용히 노력할 것이다. 정원의 풀을 뽑거나 하면서 즐거운 마음으로, 마침내 그의 모습이 생생히 떠오를 때까지 기다릴 것이다.

이제 내가 알게 된 사실은 우리가 노력하지 않을 때, 독특한 수동적 명료함을 갖게 될 때 상상력이 찾아오고 활동한다는 것이다.

나의 한 친구는 자주 똑같은 꿈을 꾼다. 그 꿈속에서는 낯설고 모르는 사람들이 매혹적인 얼굴로 근사한 옷을 입고 줄지어 나타나며, 그녀는 그 행렬이 다가오는 것을 지켜본다. 마치 그들이 자신을 즐겁게 하려고 행진을 하는 것 같아서 그녀는 "어머, 멋있어라! 그들이 이리 오고 있네" 하며 감탄한다. 그녀는 아무런 노력도 하지 않으며 그저 유쾌하게 긴장을 푼다. 당신이 쓰는 이야기나 소설의 등장인물들이 당신에게 다가와 모습을 드러내는 일도 이 꿈과 비슷하다고 나는 생각한다.

신비하며 투시력을 지닌 나의 젊은 스웨덴 친구가 해준 이야기에서도 같은 생각이 들었다. 그녀는 블레이크처럼 성자와 천사와 영웅들의 환영을 본다. 눈을 감으면, 빛에 휩싸인 존재들이 그녀 앞에 나타난다. 그들의 모습은, 블레이크의 표현을 빌리자면 '죽어 없어질 육안'으로 보는 그 어떤 것보다도 훨씬 더 분명하고 상세하다.[1] 그녀가 무엇을 보는지, 또 왜 보는지를 나는 설명할 수가 없다. 하지만 만약 내가 그녀처럼 거룩하고 놀라운 단테 식의 상상력을 통해 볼 수만 있다면, 놀라운 은총을 받게 되리라는 것을 나는 안다.

그녀의 상상력에 관해 나는 수없이 질문을 던졌다.

그녀는 이렇게 대답했다.

내가 실용적이 되면 그 상상력은 작동하지 않아요. 예를 들어, 눈을 감고 내게 보이는 것들을 이야기하고 있을 때 옆에서 어떤 친구가 이렇게 말한 적이 있지요. "하지만 넌 너무 아름다운 존재들만 보는구나. 틀림없이 나쁜 존재들도 있을 거야." 그럼 나도 마음속으로, "어디 보자, 분명 그런 게 있을 거야" 하고 생각하지요. 하지만 그런 존재들을 보려고 노력하자마자, 별안간 아무것도 보이지 않게 돼요. 모든 것이, '저 너머'를 볼 수 있는 그 힘이 완전히 사라져 버리고 말아요.

이것은 모차르트가 작곡하던 방식, 그 몹시 아름다운 음악의 마르지 않는 자유로운 원천이기도 하다.

그는 이렇게 말했다.

---

1) 블레이크는 환영을 보는 이 눈을 '불멸의 상상력 기관'이라고 불렀다.

이 문제에 관해 다음 말밖에 할 수가 없다. 왜냐하면 나 자신도 그 이상은 모르며 설명할 수도 없기 때문이다. 완전히 나 자신이 되고 철저히 혼자가 되어 아주 유쾌한 기분일 때——예를 들어 마차로 여행을 하거나 식사 후에 산책을 하거나 잠이 오지 않는 밤중에——바로 그런 상황에서 악상이 가장 잘, 가장 풍부하게 흘러나온다. 그것이 어디서 어떻게 오는지는 나도 모른다. 물론 억지로 불러낼 수는 없다. 내게 기쁨을 주는 그 악상을 들은 그대로 콧노래로 흥얼거리거나 하면서 기억에 담아두고 친숙해진다. 계속 이렇게 하다 보면 어느덧 이런저런 작은 재료들로 어떻게 훌륭한 요리를 만들 수 있는지 알게 된다. 다시 말해서 대위법의 규칙과 여러 악기들의 독특성에 어울리게끔 만들 수 있다.

이 모든 것이 나의 영혼을 불사르고, 그리하여 만약 내가 혼란되지만 않는다면 나의 주제는 스스로 확장되고 질서정연해지고 윤곽이 뚜렷해지며, 아무리 길더라도 그 전체가 마음속에 거의 완전하게 자리 잡는다. 그럼 나는 마치 아름다운 그림이나 조각을 보듯 한눈에 그것을 볼 수 있게 된다. 나의 상상 속에서 그 부분 부분을 연속적으로 듣는 게 아니라 그것을 한꺼번에 듣게 된다. 이것이 얼마나 즐거운 일인지는 말로 설명할 수 없다! 이 모든 발명 과정, 이 제작 과정은 정말 유쾌하며 생생한 꿈속에서 일어난다. 더욱이 작품 전체를 실제로 듣는다는 것은 최고의 기분이다. 이렇게 만들어진 가락은 결코 잊히지 않는다.

그것은 아마도 신성한 창조주에게 감사드려야 할 최고의 선물일 것이다.

모든 사람이 모차르트와 똑같을 수는 없다. 하지만 우리는 어딘가 그와 닮은 데가 있다. 다만 우리가 상상력을 충분히 믿지 않으며 올바르게 사용하지 못하고 있을 뿐이라고 나는 생각한다. 자기신뢰는 정말 중요하다. 당신이 글쓰기를 시작하면 목에서 힘을 빼고 자유롭고 선한 마음을 가져라. 그리고 게을러져라. 글을 던져 버린 것처럼 느껴라. 아무런 계획도 세우지 말고 그냥 이야기를 쓰면서 무엇이 나오는지를 지켜보라.

때때로 나는 학생들에게 간단한 플롯, 즉 아주 앙상한 뼈대만 제시한 뒤에 그저 자신을 믿으면서 써보라고 말하곤 했다. "마치 터무니없는 거짓말을 아이들에게 들려줄 때처럼 자유롭게 느끼세요. 그리고 내키는 대로 밀어붙이세요. 뻥을 치는 거지요."

그 결과는 정말 놀라웠다. 아주 점잖고 귀족적인 한 여성이 단 몇 분 만에 이야기 하나를 썼다. 어떤 합창단 소녀를 어찌나 훌륭하게 묘사했는지, 그녀조차 자신이 쓴 것에 놀라 기절할 지경이었다. 또 경건한 체하는 한 사업가도 등장하는데 혈통을 중시하는 그 남자는 자기 아내를 용의주도하게 속이고 부정을 저지른다. 점잖고 귀족적인 이 필자는 합창단 소녀를 알고 지낸 적도 없고 아마 본 적도 없었을 것이다. 또 그런 역겨운 사업가도 몰랐으리라. 하지만 이 두 인물은 아주 진실하고 솜씨 좋게 그 자리에서 창조되었다.

당신도 이런 시도를 해보라. 그러면 당신 안에 있는 힘을 알게 될 것이다. 이 현생의 삶으로부터는 물론이고, 모든 전생들로부터 끝없는 이야기가 흘러나올 것이다.

또 다음과 같은 제안도 당신에게 도움이 될 것이다.

예술은 관대함이라고 나는 앞에서 말했다. 당신은 자신을 과시하기 위해서가 아니라, 사람들과 나누기 위해서 무언가를 이야기하는 것이다.

언젠가 나의 피아노 연주를 듣고 나서 한 음악가가 말했다. "연주가 아무 데로도 향하지 않는군요. 당신은 늘 누군가에게 들려주듯 연주해야 합니다. 강물에게, 신에게, 이미 죽은 어떤 사람에게, 혹은 방안에 있는 누군가에게 들려주는 거지요. 어쨌든 연주는 누군가를 향해 이루어져야 합니다."

똑같은 이유로, 당신이 글을 쓸 때도 상상의 독자가 종종 도움이 된다. 그에게 이야기를 들려줌으로써 당신은 줄곧 흥미롭고 설득력 있게 말하게 될 것이다. 이렇게 하면 이야기를 듣는 그가 당신이 이야기를 창조하는 데 얼마나 도움이 되는지를 알게 될 것이다. 아이들에게 이야기를 들려준다고 상상하라. 듣고 있는 사람의 기대로 가득 찬 눈앞에서 당신은 본능적으로 이야기를 진행하고 변화시키고 줄이고 늘리게 된다. 이야기 내내 그가 사로잡혀 몰두하게 하려고 말이다.

이런 식으로 글을 써야 한다. 글을 쓰는 동안 끝까지 듣는 사람을 사로잡아야 한다. 어느 면에서는 말할 때보다 더 그래야 한다. 실제로 말할 때는 청중이 더 예의바르게, 더 귀를 기울여 듣는다.

미술과 음악과 문학이란 말하는 이와 듣는 이 사이에 생생한 교감이 오가는 공유이며, 그 과정에서 (상상의 존재든 초월적인 존재든) 듣는 이가 꼭 필요하다는 인식 덕분에 나는 혼란스럽던 많은 문제들을 말끔히 해결할 수 있었다.

예를 들면 예술을 위한 예술이라는 것이 그런 문제였다. 나는 이 좌우명에 따라 글을 쓰려고 노력하곤 했다. 그렇다, 때때로 나는 타락하지 않은 순수한 예술을 창조하려고 무진 애를 썼다. 마음속으로 모든 타인들을 오만하게 경멸하고 또한 거드름을 피우며 독자들을 무시하면서, 다른 이에게는 좋든 싫든 나에게만 좋으면 된다는 그런 냉담한 태도로 글을 썼던 것이다. 그런데 그런 글은 왜 그토록 따분했을까? 왜 그렇게 역겹도록 형편없었을까? 내가 증명하려던 것이 겨우 이런 '순수한 예술'이었단 말인가? 한 가지 분명한 이유는 타인들을 즐겁게 하거나 내 생각을 명료하게 밝히려고 노력하는, 그런 친절하고 관대한 겸손함이 내게 없었기 때문이다. 지적인 사람들이 흔히 이런 부류의 문학과 예술에 찬탄을 보낼지라도, 그것은 문학적 곡예에 불과했다.

하지만 잘 생각해 보면, 『일리아스』, 송가, 영웅담 등 위대한 고대문학은 많은 청중이 있었기에 그들로부터 창조적인 영향을 받으면서 만들어질 수 있었다. 호머나 단테, 음유시인과 서정시인, 그리고 영웅담 이야기꾼이 청중 앞에 서서 칠현금을 뜯으면서 (누가 관심을 갖든 말든 전혀 신경 쓰지 않고, 냉담하게, 그리고 청중 누구나 느끼며 이야기꾼에게도 생명을 불어넣는 전류인 저 '귀 기울임'을 실제로 경멸하면서) 단지 자신들의 심정만을 드러낸다는 것은 상상조차 할 수 없는 일이다.

　주관적 글쓰기의 문제점은 바로 이것, 즉 듣는 이에게 아무런 관대함도 갖지 않고 아무런 생생한 교류도 나누지 않는 것이다. 체호프는 동생의 글에 대해 이렇게 충고했다.

네가 쓴 이야기에서는 한 젊은 부부가 저녁식사를 하며 줄곧 서로 키스를 나누면서 시시한 소리만 지껄이고 앉아 있더구나. 그 글에는 의미 있는 말은 단 한 마디도 없고 오직 자기만족만 있어. 그러므로 너는 독자를 위해 쓰고 있지 않은 거야. 그 지껄임이 너를 기쁘게 했기 때문에 네가 그 글을 썼던 거야. … 주관성은 끔찍한 것이다. ──작가의 형편없음을 무지막지하게 드러낸다는 이유만으로도 그것은 정말 끔찍하지. 그 저녁식사를 자세히 묘사해 보는 것은 어떻겠니? 그 부부가 식사하는 모습이라든지, 무엇을 먹었으며, 요리사의 모습은 어땠는지, 주인공 남자가 얼마나 세속적이며 자신의 게으른 행복에 대해 얼마나 만족하고 있는지, 여주인공이 식탁용 냅킨을 두른 채 점잔빼는 자기 남편에게 표현하는 사랑이 얼마나 우스꽝스러운지 하는 것들을 써보려무나. … 사람들을 웃기고 자극하고 비웃으려면 어떻게 해야 하는지 너는 잘 알고 있지. 너는 정말로 다채로운 문체를 갖고 있더구나.

바로 이런 이유 때문에, 당신은 자신의 심리적 고민이 5분의 4를 차지하고 마치 수술대 위에 자기 내장을 모조리 드러내는 듯한 그런 장편을 써서는 안 된다(내 경험에서 알게 된 사실이지만). 아무도 그런 글에는 관심이 없다. 게다가 삼차원이라는 것 때문에 모든 독자는 단번에 당신이 속물이며 이기주의자이고 자신 이외의 다른 누구에게도 무관심하다는 것을 알아차린다. 그리하여 독자는 시들해지고 지친 느낌으로 생각할 것이다. ─"왜 내가 더 읽어야 하는 거지? 작가는 내게 아무것도 말하지 않을 거야. 그는 오로지 독백하고 있을 뿐이야."

17
"격분한 호랑이가 훈련받은 말보다 현명하다"
— 윌리엄 블레이크

신중한 계획자이며 실용적인 한 친구에게 나는 이 책(오래 전부터 구상해 온)을 일정기한까지 완전히 써야 한다고 말했다.

"책 전체를 계획했나요? 줄거리가 마음속에 확실히 그려졌어요?" 이 질문에 내 마음은 철렁했고 심리적 혼란과 강렬한 불안이 잠시 스쳐갔다.

하지만 이렇게 대답했다.

"물론 계획하지 않았어요. 계획할 생각조차 없거든요."

이런 거대한 언어 구조물을 계획하기 시작하면 마음은 짓눌리게 마련이다. 그 계획은 너무 어렵고 결코 완성되지 않을 것이며 지독히 복잡하고 두려운 일이 될 것이다. 그렇게 하지 말라. 지금 떠오르는 생각을 써라. 더 많은 것들이 나중에 나타날 것이다. 생각의 강이 당신 안에서 흐르게 될 것이다.

내가 이를 깨닫는 데는 여러 해가 걸렸다. 최근까지도 나는 사람들의 조언에 따라 계획을 세우고 논리적 개요를 ──제1장, 제2장의 순서를 정해서 각 장 밑에 소제목 a, b, c를 붙이는 식으로── 짜곤 했다. 하지만 그런 책은 태어날 수조차 없었다. 그것은 끔찍스럽게 지루하고 진실하지 않으며, 또한 계속 이런저런 이야기를 그 잘나고 빈약한 개요에 억지로 끼워 맞췄기 때문이다. "이 짤막한 공자 인용구는 여기 삽입하는 편이 더 좋지 않을까? 어쩌면 '건설적 사고, 혹은 신참 작가가 신중히 피해야 할 점들'이라는 제목의 이 장 속에 집어넣는 게 나을 수도 있어. 아니지, '플롯을 세우는 방법'이라는 이 장 속에 끼워넣어야 할지도 모르겠네."

이렇게 해서는 안 된다. 나는 실제로 써보기 전까지는 책을 계획할 수가 없었다. 먼저 쓰고 계획은 나중에 세우라. 먼저 써보아야만 모든 단어가 자유롭고 의미 있게 나타난다. 그래야만 생각하는 대로, 이야기하고 싶은 대로 쓸 수 있다. 이렇게 해야만 당신의 책이 생생해질 것이다. 그 책이 성공하리라는 뜻은 아니다. 겨우 열 사람에게만 생생할 수도 있다. 하지만 적어도 그 열 사람에게만은, 당신의 책이 살아 있게 된다. 그 책은 그들에게 말을 건넬 것이다. 그것은 그들을 자유롭게 해줄 것이다.

이런 관점에서 본다면 온갖 작문수업과 글쓰기 강좌는 끌고 갈 말도 없는데 마차를 먼저 준비하라고 가르치는 셈이다(미술

강좌에서도 마찬가지라고 한다). 작문수업을 받을 때 우리는 글을 쓰기 전에 먼저 플롯 구성을 배우고, 옷을 만들기 전에 바늘귀를 들여다보는 재봉사처럼 이맛살을 찌푸린 채 플롯의 요구조건들에 근심어린 시선을 던진다. 하지만 당신은 먼저 이야기를 해야 한다. 만약 당신이 어린아이에게 그 애가 귀 기울일 만한 얘기를 하나 만들어 들려준다면, 당신은 이야기를 할 능력을 갖게 될 것이다.

바로 이런 이유 때문에 나는 문학교수든 친구든 가족이든 문예 필자든 간에 비평가를 좋아하지 않는다. 그들은 걸핏하면 우리를 완전히 좌절시킨다. 그들은 첫째로 우리를 절망하게 함으로써,[1] 다음으로 우리의 상상력을 규칙에 속박시킴으로써, 결국 우리가 다음 글도 자유롭게 잘 쓸 수 없게 한다.

작가들이 얼마나 민감한지를 나는 누구보다 잘 알고 있다. 하지만 이는 필연적이다. 그것은 부끄러워할 일이 아니다. 창조하려는 우리의 소망은 영혼의 삶에 속하기 때문에, 우리의 창조물을 사람들이 비난할 때 그들은 우리를 상징적으로 죽이는 것이다. 나아가 그것에 대한 비난은 고문을 받는 듯한 고통을 일으킨다. 비록 상식적으로는 그토록 괴로움을 느끼는 것이 어리석고 자기중심적인 것 같지만 말이다.

---

1) 절망은 유일한 질병이라고 한 조지 버나드 쇼의 말을 기억하라.

내 일기에는 글쓰기 강좌의 학생들 이야기도 있다.

"흥미롭게도, 내가 마음속으로 어떤 식으로든 그들에게 관심을 가지면 그들은 단박에 알아차린다. 반면에 만약 내가 방심하여 한순간이나마 좌절이 그들에게 스며들게 놓아두면 그들은 곧 시들어 버린다. 부드러운 식물들. 따라서 나는 그들의 원고 전부를 읽어야 한다."

만일 내가 일부 글만 골라 읽으면 나머지 학생들은 "저 여자는 잘 쓰지만, 나는 그렇지 못해" 하고 느끼면서 좌절한다.

내가 평론가들에게 반대하는 이유, 또 그들이 창조력을 해치고 질식시키고 차단한다고 생각하는 이유가 무엇인지를 이제 당신이 알았기 바란다. 내게 그 이유를 알게 해준 사람은 바로 윌리엄 블레이크였다.

블레이크는 이렇게 말했다. "우리가 흔히 이성이라고 부르는 것은 결코 진정한 이해가 아니다. 그것은 다만 우리의 오감의 체험으로부터 도출된 것, 즉 지상으로부터, 우리의 육체로부터 나온 것에 불과하다.

이성은 (저 모든 박식한 평론가들과 함께) 말한다. "당신은 이 일을 할 능력이 없다. 왜냐하면 지난번에 그것이 작동하지 못했기 때문이다. 게다가 그것은 수많은 실험을 거쳐 여차저차하게 논리적으로 과학적으로 확립된 것이다." 이렇게 말하는 합리주의자, 유물론적 과학자, 그리고 비평가들은 오로지 육체의 경험에만 근거를 두고 있으며, 그리하여 환상, 즉 상상력의 은총을 차단해 버린다. 하지만 상상력은 신성하며 신으로부터 온다. 상상력은 과학자들이 무게를 달거나 측정할 수 없으며, 결코 확립될 수도 설명될 수도 없다. 환상은 비평가들에게조차, 만일 그들이 허용하기만 한다면, 새롭고 기적적이고 위대한 무언가를 들려줄 것이다. 하지만 단단한 외피로 둘러싸인 그들의 회의적인 지성은 이를 받아들이지 않는다.

블레이크는 말했다.

진정한 지식의 가치는 실증과학보다, 즉 비교와 측정에 근거한 그런 과학보다 훨씬 더 우월하다.… 만일 우리가 진정한 지식을 더 많이 갖게 된다면, 이성을 비롯하여 이제까지 우리가 알아왔던 모든 것들이 완전히 달라질 것이다.

그런데 어떻게 하면 우리는 더 많은 것을 알 수 있을까? 예언자들과 위대한 인간들이 증언했듯이, 그것은 오직 신으로부터 유래하는 상상력을 통해서만 가능하다.

블레이크는 프란시스 베이컨과 그리고 그를 추종한 18세기 합리주의자들을 몹시 혐오했다.

나는 전에 로크와 베이컨과 버크의 책을 읽은 적이 있다. 그때 나는 이 저자들에 대해 나의 견해를 써두었다. 지금 다시 그 기록을 읽어 보면서, 예전에도 지금과 똑같은 경멸과 혐오를 느껐다는 걸 확인한다.… 그들은 영감과 환상을 비웃는다. 영감과 환상은 예전에도 존재했고 지금도 존재하고 있다. 또한 나는 그 것들이 언제나 나의 본질이기를, 그리고 내 영원한 안식처이기 를 소망한다. 그러니 영감과 환상을 비웃는 소리를 들으면서 내 가 어떻게 경멸에 대해 경멸로 답하지 않겠는가?

블레이크는 가브리엘 대천사와 여러 위대한 존재들의 환상 을 보았다. 그들은 블레이크에게 무엇을 쓰고 그려야 할지, 새 로운 조각법을 어떻게 만들지를 알려주었다. 그의 친구 캘버 트에 따르면, "성스러운 블레이크는 신을 보았으며 천사들과 대화했다".

물론 블레이크는 (우리 모두가 갖고 있다고 내가 말한) 상상력 과 영감이 신으로부터 오며 신의 전령을 통해 전달된다고 생 각했다. 심리학자들은 그것이 무의식에서 비롯된다고 말한다. 하지만 어느 쪽 설명이든 다 괜찮다. 나로서는 블레이크의 설 명이 더 좋은데, 왜냐하면 내게는 그것이 훨씬 더 쉽게 이해되 고 설득력 있기 때문이다.

다시 비평가들 이야기로 돌아가자. 그들은 자신의 것이든 타인의 것이든 상상력을 방해하고 겁을 주어 쫓아버린다. 건 축과 회화와 조각의 역사에서 드러나듯이 영감이 사라지고 난 뒤에 비판적인 이론작업이 시작된다. 하지만 사실은 영감이 사라지는 이유는, 과거의 위대한 예술가들이 자유롭게 진정한 자아로부터 작업한 것에 대해서 이론가들이, 훈련받은 말[馬]과 다름없는 자들이, 분해하고 분석하고 규칙으로 명문화하기 시작하기 때문이다.

내가 모든 비평가를 (내 안에 있든 타인들 안에 있든) 싫어하는 또 다른 이유는, 그들이 예술가가 되어 보지 않은 채 무엇인가를 가르치려 하기 때문이다. 마치 연약하고 허둥대는 여자들이 자신은 벌레나 도둑을 무서워하면서 (그토록 장황하게) 남편에게 "이런 겁쟁이, 나가서 싸워요!" 하고 말하는 것과 비슷하다. 그들은 무언가를 스스로 만들 용기나 사랑을 갖지 못한 저급한 평가자이다. 혹은 거대동물 사냥꾼임을 자처하지만 실제로는 저만치 멀리 떨어져 (자신은 아주 안전하게, 또 사격에는 근육운동이나 기술이 전혀 필요 없다는 태도로) 엄청난 자기만족을 느끼면서 예쁜 작은 동물을 죽이는 사람들을 닮았다.

물론 나는 그들을 딱하게 여긴다. 왜냐하면 그들은 자기 안의 비평가(미워하는 자)를 격려함으로써 예술가(사랑하는 자)를 죽이기 때문이다. 만일 당신이 타인의 나쁜 점을 지적할 때, 즉 식별하고 추론하고 비교하는 일을 할 때 기쁨을 느끼는 교양 높은 박식가를 당신 안에 갖고 있다면, 당신은 자신이 무뢰한에 속한다는 사실을 알아야 한다. 나는 당신이 구원받기를 바란다.

창조적 충동의 에너지는 사랑으로부터, 또한 사랑의 모든 징표들 —찬탄, 동정, 열렬한 존경, 감사, 칭찬, 부드러움, 동경, 열광──로부터 나오기 때문이다.

다른 사람들을 대할 때 위대한 예술가가 드러내는 부드러움은 비평가의 태도와 얼마나 대조적인가.

반 고흐는 동생에게 썼다. "너는 화가들에게 친절하지. 네게 말하건대 나는 생각을 깊이 하면 할수록, 사람을 사랑하는 것보다 더 진정으로 예술적인 것은 없다고 더욱 믿게 되는구나."

그리하여 동생이 어떤 화가를 '평범하다'고 말했을 때, 반 고흐는 도저히 참을 수가 없었다. "그것은 전적으로 네가 평범함을 어떻게 보느냐에 달린 문제이다. 가장 단순한 의미의 평범함을 나는 결코 멸시하지 않는다. 누군가 평범함을 경멸한다고 해서, 그가 그 수준 위에 있는 것은 아니다. 내 생각에 우리는 평범함에 대해 적어도 어떤 존경심을 갖는 데서 출발해야하고, 또 평범함이란 이미 상당한 수준을 의미하며 엄청난 곤경을 뚫고 도달한 상태라는 점을 알아야만 한다. 이제 그만 안녕, 상상 속에서 너와 악수를 나눈다."

조슈아 레이놀즈 경이 "열광적 찬미는 결코 지식을 낳지 않는다"고 쓴 책을 보다가 블레이크는 그 페이지의 여백에 이렇게 썼다. "열광적 찬미는 지식의 처음이자 마지막 원리다. 이제 그는 타락하고 부정적이 되고 조롱을 일삼기 시작한 것이다."

그의 '열광'이라는 단어가 '신성한 영감'을 의미한다는 것을 기억하라.

수년 전에 나는 『하퍼스 매거진』에서 많이 배운 어떤 필자가 쓴 기사를 읽었다. 그는 양심의 통증을 느끼며 고백하기를 자기 자녀들을 키운 지침이 모든 사물에 대해 회의를 품을 것, 수많은 이성적 의심의 잣대로 측정하지 않은 상태로는 인생사와 종교와 타인들의 감정을 믿지 말 것, 모든 것을 계속 철저하게 부정하고 의심하는 태도를 지닐 것이었다고 썼다. 다시 말해 자기 안의 모든 자연스러운 사랑과 열정과 열광과 창조력을 시들려 죽이라는 뜻이다. 이런 사람이라면 그것들을 꺼내서 뒷마당에 나가 도끼로 부숴 버리기라도 하겠다.

그러므로 작품을 만들 때, 무엇이든 당신이 사랑하는 것을 쓰거나 그리는 편이 쉬울 것이다. 어느 날 나는 지인들과 시골로 그림을 그리러[2] 갔다. 나를 제외한 다른 사람들은 모두 '흥미로운 구성'이 될 만한 풍경을 찾고 있었다. "내 그림이 가장 좋을 거예요" 하고 나는 그들에게 말했다. 왜냐하면 나는 그리고 싶은 것, 격렬하고 즐거운 열광을 느끼는 대상──햇빛을 받아 하얗게 빛나는 붉고 노란 섬세한 바퀴가 달린 마차 두 대──을 찾아냈기 때문이다. 결국 정말로 내 그림이 최고였다. 다른 사람들보다 기술과 재능이 뛰어나서가 아니라, 다만 바라보고 있는 대상을 사랑한 덕분에 격렬한 에너지가 내 마음속에 가득 찼기 때문이다.

---

[2] 우리 대부분은 그전에 그림을 그려 보지 않았다. 겨우 몇 명만 약간의 경험이 있을 뿐이었다.

글을 쓸 때 우리가 그토록 주저하는 이유는 (바깥 세상의 혹은 우리 안의) 비평가, 다시 말해 의심꾸러기 때문이다. 주저야말로 글을 망쳐 놓는다는 것을 나는 경험으로 알고 있다. 주저한다고 해서 글이 조금이라도 좋아지지는 않는다.

이 글을 쓰는 동안 여러 번 오싹하는 느낌이 들곤 했다. 이런 생각이 들었기 때문이다. "만일 이것이 사실이 아니면 어쩌지? 사람들은 내가 미쳤다고 할 거야. 내 논리는 다 어디로 간 거지? 나는 철학이나 심리학 박사학위도 없잖아."

하지만 내가 한 말이 진실임을 알기에, 그것이 내게 진실이며 자유롭게 말한다면 사람들이 이해할 것이기에, 이 오싹하는 느낌을 거두어버린다. 몇 년 전까지만 해도 나는 두꺼운 책에서 긴 문구를 찾아내어, 예컨대 "윌리엄 제임스의 말에 따르면" 등등의 인용문으로 확증하지 않은 채로는 감히 어떤 이야기도 쓸 수가 없었다.

이제 나는 나 자신에게서 나오는 이야기를 믿는다. 당신이 글을 쓸 때도 그러기 바란다. "이걸 반드시 입증해야지" 하는 식으로 자신의 생각을 계속 통제하지 말기 바란다.

과학적 사례를 인용하거나 모든 것을 비교하는 식으로 당신 생각을 증명할 필요는 전혀 없다.[3] 그냥 말하라. 당신에게 진

---

3) 물론 당신이 증명을 원하지 않는다면, 또는 쓰고 있는 글의 목적이 증명이 아니라면 말이다.

실이라면 그것은 진실한 것이다. 다른 진실은 나중에 또 이야기하면 된다. 누군가 믿든 말든, 나로부터 진실하게 나온 것은 여전히 진실이다. 그것은 나의 진실인 것이다.

그러므로 글을 쓸 때 완전한 자기신뢰를 갖고 말하라. 확증된 문학적 관례나 비평적 건전함에 대하여 소심하게 인정하거나 신경 쓰지 말라. 글이 완성된 후 비평가들이 당신 글의 수많은 허점을 지적할 것을 두려워하지 말라.

그들은 그렇게 하도록 놔둬라. 훗날 만약 당신이 쓴 것이 진실하지 않다는 생각이 들면, 그때 새로운 진실을 받아들여라. 일관성이란 다만 세상에 대한 공포일 뿐이다.

18

"얼굴이 빛나지 않는 자는 별이 되지 못한다"

― 윌리엄 블레이크

세상이 작가들과 출판물로 범람하고 있는데, 왜 나는 모든 이에게 글을 쓰라고 권하는 것일까?

출판된 글이라고 전부 대단하거나 기억될 가치가 있지는 않다. 모든 독자들이 환영하고 또 진정한 예술작품이라고 입을 모아 칭찬하는 책은 2~3년에 한 권쯤 나올 뿐이다. 이런 책들에 나는 고마움을 느낀다. 하지만 훨씬 더 생생하게 살아 있는 문학, 사람들에게 진정으로 말을 건네고 시간을 헛되이 낭비하도록 하지 않는 그런 책이 더 많이 나올 수도 있다.

우리 주변의 숨겨진 세계에 그토록 많은 위대함이 존재하는 것에 비추어 본다면, 겨우 한두 권의 책이라니 너무 적지 않은가? 이 미국의 수억 인구에 비추어 본다면 출판되어 나오는 이런 좋은 책은 너무 빈약하고, 너무 사소하고, 너무 출판사의 판

매실적 위주인 듯하다. 그러므로 세상에 존재할 수 있는 책, 사람들로부터 나올 수 있는 글을 상상해 본다면 한두 권의 책은 너무 적은 수이며, 그것마저도 2년 동안은 인상에 남지만 5년 후면 완전히 사라지고 만다.

그렇지만 (내가 소망하는 대로) 모든 사람이 글을 쓰고 글쓰기를 존중하며 사랑한다면, 우리는 지적이고 열렬하고 열정적인 독자들로 이루어진 한 나라를 갖게 될 것이다. 그 나라는 비평가, 이론가, 책상물림의 군식구, 그리고 "무슨 얘기인지는 알겠으니까 이제 나를 즐겁게 해줘" 하는 식의 태도를 지닌 구경꾼은 살지 않는 곳이다. 그렇게 되면 우리 모두는 기대감과 열렬한 관심을 갖고 글을 통해 서로 대화하게 될 것이다. 우리는 자유로운 형제가 될 것이고 마치 도스토옙스키가 그의 소설에서 묘사한 바와 같이 "노래로뿐만 아니라 삶에서도 오로지 서로를 칭찬하기만 하는" 천국의 사람들처럼 될 것이다. 그리하여 정말로 위대한 문학의 나라를 갖게 될 것이다.

이제 나는 하고 싶은 이야기를 전부 다했다.

요약해 보자. 당신이 글을 쓰기 원한다면,

1. 당신은 재능이 있다는 것, 독창적이라는 것, 그리고 중요한 할 말이 있다는 것을 알라.
2. 작업은 좋은 일임을 알라. 사랑을 갖고 작업을 하고, 그걸 얼마나 좋아하는지를 생각하라. 작업은 쉽고 또 재미있다. 그것은

특권이기도 하다. 초조해하는 허영심과 실패에 대한 두려움만 갖지 않는다면 어려울 게 전혀 없다.

3. 초고에서는 자유롭게 무턱대고 써라.

4. 소설이든 희곡이든 무슨 종류든 당신이 쓰고 싶은 글에 과감히 도전하라. 다만 블레이크의 충고, "행하지 못할 욕망을 키우느니 아이를 요람에서 죽여라"를 기억하라.

5. 형편없는 글을 쓰는 것을 두려워하지 말라. 먼저 쓴 이야기에서 나쁜 점을 발견한다면 새로 이야기를 두 개 더 쓰고 그런 다음 처음 이야기로 되돌아가라.

6. 과거에 쓴 것에 대해 괴로워하거나 부끄러워하지 말라. 이런 일로 나는 얼마나 고통 받았는지 모른다! 나는 이미 쓴 역겹고 시시한 이야기들을 얼마나 자주 (그리고 지금도) 기억에서 불러냈던가! 하지만 당신은 그러지 말기 바란다. 다음 글로 나아가라. 훌륭한 겸손함에서 생겨나는 것이 아니라 오히려 자기존중의 결여에서 비롯되는 이런 심리적 경향과 맞서 싸워라. 우리는 (특히 여성은) 너무나 쉽게 자신이 말하거나 행한 것을 지지하지 않곤 한다. 다른 사람들이 비판하기도 전에 "나도 내 글이 형편없다는 걸 알아" 하고 지레 말해 버리는 태도는 더 큰 비판을 초래할 뿐이다. 이런 태도는 정말 좋지 않고 비겁하다. 자신의 잘못을 부끄러워하는 것은 지나치게 자만심이 강하거나 소심한 태도이다. 물론 그것은 잘못이다. 이렇게 인정하고 다음 글로 넘어가라.

7. 진정하고, 솔직하고, 이론적이지 않은 당신의 자아를 찾아내려고 노력하라.

8. 자신을 커피를 마시지 않으면 작동되지 않는 내장기관이라든가 두개골 속에 든 신경다발쯤으로 여기지 말라. 당신 자신을 눈부시게 빛나는 힘으로, 즉 신과 그의 전령들의 계시를 받으며 언제나 그들의 말을 들을 수 있는 빛나는 존재로 생각하라. 당신은 얼마나 멋진 존재이며 또한 기적인지를 기억하라! 보석 브랜드 티파니가 모기 모양의 보석을 만들더라도 우리는 얼마나 멋지다고 생각하는가!

9. 만약 당신이 스스로 쓴 글에 만족하지 않는다면 그것은 좋은 징조이다. 그건 도달하기 어려운 먼 곳까지를 볼 수 있는 시야를 당신이 갖고 있다는 뜻이다. 거듭 말하자면 거침없이 술술 말을 잘하고 즉각 자신의 작업에 만족하는 사람들에게서는 성공을 기대할 수 없다. 그들의 바다는 무릎 깊이밖에 안 된다.

10. 낙담했을 때 반 고흐의 말을 기억하라. "만일 마음속으로 '넌 화가가 아냐' 하고 말하고 있다면 모든 수단을 다해서 그림을 그려라. 그러면 그 소리는 잠잠해질 것이며 오직 작업을 통해서만 그럴 것이다."

11. 글을 쓸 때 자신을 두려워하지 말라. 스스로를 억압하지 말라. 예를 들어 만약 당신이 감상적인 우울로 빠져드는 것을 두려워한다면, 부디 당신이 할 수 있는 한, 또한 느낄 수 있는 한 최대로 감상적이 되도록 하라. 그렇게 하면 당신은 마침내 그

감정을 이해하고 진정으로 신경 쓰지 않게 될 것이기 때문에 바깥세상으로 뚫고 나갈 수 있으며, 그 감상적인 우울에서 벗어날 수 있다.

12. 당신이 다른 작가들보다 더 나은지 못한지를 궁금해하면서 자신을 평가하려고 하지 말라. 블레이크는 말했다. "나는 판단하고 평가하지 않는다. 나의 일은 창조하는 것이다." 게다가 시간이 생겨난 이후 창조된 그 어떤 다른 존재와도 다르기 때문에, 당신은 비교될 수 없다.

그런데 당신이 이래야 하는 이유는 무엇일까? 도대체 왜 우리 모두는 창조력을 사용하여 글을 쓰거나 그림을 그리거나 음악을 연주하거나 내면의 자아가 하라고 속삭이는 어떤 작업을 반드시 해야 하는 걸까?

그밖에는 다른 어떤 것도 사람들을 그토록 관대하게, 기쁘게, 생동감 있게, 과감하게, 동정적이게, 싸움에 대해서나 혹은 물건과 돈의 축적에 대해서 그토록 무관심하게 만드는 것이 없기 때문이다. 진실과 아름다움을 알 수 있는 최상의 길은 그것을 표현하려고 노력하는 것이기 때문이다. 그리고 어디서든 우리가 존재하는 목적은 진실과 아름다움을 발견하고 그것을 표현하는 것, 다시 말해 그것을 타인과 공유하는 것 외에 달리 무엇이 있겠는가?

그러므로 이 책이 천년왕국의 도래를 이백 년이나 삼백 년

쯤 앞당길 것으로 나는 진심으로 믿는다. 만약 이 책을 읽은 당신이 짧은 이야기 하나를 쓰고 싶다는 욕망을 갖게 되었다면 나는 정말로 기쁘다.

옮긴이 후기

이 책은 글쓰기 안내서의 고전으로 알려져 있다. 십여 년 전에 이 책을 처음 읽으면서 이제나저제나 하며 글 쓰는 방법을 알려주길 기다리던 기억이 난다. 글쓰기 안내서라면 의당 주제 잡기, 자료 수집, 플롯 짜기, 등장인물 묘사하기 같은 내용이 나오리라고 기대하지만 그런 종류의 조언에 저자는 아무 관심도 없다. 아니, 그런 조언이 아무 짝에도 쓸모없음을 알 만큼 경험이 많은 저자가 진짜배기 정보를 전해주는 듯도 하다.

충실한 독자로서(번역을 하느라 네다섯 번은 읽은) 나는 이 후기나마 되도록이면 이 책의 가르침대로 써볼 작정이다. 책을 번역한 후 떠오른 생각들을 두서없이 무턱대고 써내려간 다음 마음에 들지 않아도 그대로 놓아두었다가 다시 두 개의 후기를 써 보려고 한다(제발 첫 번째 글이 마음에 들기를!). 글을 처음 써보는 사람이든 숙련된(?) 작가든 자유롭게 떠오르는 대로 써야 한다니 당연한 이야기 아닌가.

그러나 이 당연지사를 나는 쉽게 받아들일 수 없었다. 후기를 써야 한다는 부담감으로 차일피일 미뤄두고 마감날인 오늘까지 다른 일만 잔뜩 벌여놓았다. 어제는 생애 처음으로 막걸리를 담갔고 오늘은 오랜만에 김밥을 만들었다. 산책을 하며 무언가 쓸 이야기가 떠오르기를 기다리기도 했다. 저자의 권유와는 달리, 느린 산책이 상상력을 끌어내는 데 도움이 되지도 않았다. 나는 미루고 또 미루었다. 자꾸 미뤄둔 까닭이 무엇인지 나는 정확히 모르겠다. 다만 할 말도 없고, 하고 싶은 말도 없다는 생각에 매달려 있었다. 그렇다면 후기를 안 쓰면 된다. 후기라는 게 다 쓸데없는 관행인데, 쓰겠다고 약속한 이 어리석음! 이런저런 생각만 하다 보니, 글쓰기는 귀찮고 힘든 일로 변해서 은근히 압박감을 받아야 했다.

아, 이래서 유랜드 여사가 '무턱대고 쓰라' 하셨군. 또한 그녀는 그 과정을 즐기기를 바랐던 것도 같다. 직접 그런 말을 읽은 기억은 없지만(나의 형편없는 기억력을 용서하시라), 작은 연극을 준비하는 어린애들처럼 몰두하라고 했으니까 말이다. 또 인물화를 그리던 아이들은 얼마나 생기에 넘쳐 있었던가. 사실 나의 경우, 집에서 막걸리 담그기, 김밥 만들기도 그 자체로는 즐거운 일이었다. 유랜드 여사의 '작업하기' 개념을 이런 일상으로까지 확대하는 건 지나친 일이려나? 그녀의 글쓰기-작업하기는 오직 예술작품 만들기에 국한된 것일까? 충실한 독자인 나는 그렇지 않다고 답한다. 만일 내가 매일 즐겁게 술을 빚거나 김밥을 만든다면, 그리하여 그 음식으로 나의 진정한 자아를 표현하는 경지에 이르기를 원한다면, 그렇게 해야 한다.

나의 압박감과 게으름의 배경이 무엇인지 알 듯도 하다. 누군가——내게는 이 책의 독자——를 의식하고 두려워하기 때문이다. 그들의 비판보다는 칭찬을 받을 그런 글을 쓰고 싶기 때문에 선뜻 시작하지 못했던 것이다. 급한 마감시간 덕분에 나는 독자를 의식하지 않고 몇 자 적으면 되겠다고 용기를 냈다. 번역은 성실하게 했다고 자부하지만, 글쓰기에 도통 재능이 없음을 다시금 깨닫는다(제 1장을 다시 봐야 할 듯!).

브렌다 유랜드(Brenda Ueland)의 이 책은 미국에서 1938년에 처음 나오고 1983년에 재출간되었다. 책 제목『만약 당신이 글을 쓰고 싶다면』(*If You Want to Write*)도 그대로였고 책 내용도 거의 바뀌지 않았지만 목차의 표제가 크게 달라졌다. 이 번역서에서는 1983년판을 따랐다. 12년 전 번역을 하고 출간되었던 책을 먼 기억 속에서 꺼내 다시 손질할 수 있는 기회를 주신 출판사와 임유진 님께 감사한다.

2016년 6월

이경숙

글을 쓰고 싶다면

지은이 브렌다 유랜드 | 옮긴이 이경숙 | 발행인 유재건 | 펴낸곳 엑스북스

주간 임유진 | 편집 방원경, 신효섭, 홍민기 | 마케팅 유하나

디자인 권희원 | 경영관리 유수진 | 물류유통 유재영, 이다윗

등록번호 105-87-33826호 | 주소 서울시 마포구 와우산로 180, 4층

대표전화 02-334-1412 | 팩스 02-334-1413 | 이메일 editor@greenbee.co.kr

초판 2쇄 발행 2020년 6월 22일

엑스북스(xbooks)는 (주)그린비출판사의 책읽기·글쓰기 전문 임프린트입니다. 이 도서의 국립중앙도서관 출판예정도서목록(CIP)은 서지정보유통지원시스템(http://seoji.nl.go.kr)과 국가자료종합목록구축시스템(http://kolis-net.nl.go.kr)에서 이용하실 수 있습니다.(CIP제어번호: CIP2016023876)

책값은 뒤표지에 있습니다. 잘못 만들어진 책은 구입처에서 바꿔 드립니다.

ISBN 979-11-86846-08-7   03800